古典詩歌研究彙刊

第一輯

龔鵬程　主編

第 5 冊

魏晉詩歌中的審美意識（下）

朱雅琪　著

國家圖書館出版品預行編目資料

魏晉詩歌中的審美意識 (下) ／朱雅琪 著 -- 初版 — 台北縣永
和市：花木蘭文化出版社，2007〔民 96〕

目 6+172 面；17×24 公分（古典詩歌研究彙刊 第一輯；第 5 冊）

ISBN-13：978-986-7128-92-8（全套：精裝）
ISBN-13：978-986-7128-78-2（精裝）
1. 中國詩－歷史－魏晉南北朝（220–588）2. 中國詩－評論
820.9103   96003129

ISBN 986712878-2

9 789867 128782

古典詩歌研究彙刊
第 一 輯　第 五 冊　　　　ISBN：978-986-7128-78-2

魏晉詩歌中的審美意識 (下)

作　　者　朱雅琪
主　　編　龔鵬程
出　　版　花木蘭文化出版社
發 行 所　花木蘭文化出版社
發 行 人　高小娟
聯絡地址　台北縣永和市中正路五九五號七樓之三
　　　　　電話：02-2923-1455／傳真：02-2923-1452
電子信箱　sut81518@ms59.hinet.net
初　　版　2007 年 3 月
定　　價　第一輯 20 冊（精裝）新台幣 28,000 元

魏晉詩歌中的審美意識（下）

朱雅琪　著

目

錄

上　冊

第一章　導論 —— 建構一個投置於文化視域
　　　　中的詩歌美學理論 ⋯⋯⋯⋯⋯⋯⋯⋯ 1

　第一節　魏晉詩歌美學凝視的意義 ⋯⋯⋯⋯⋯ 1

　第二節　從歷史觀照中建構詩歌美學研究的
　　　　　「審美意識內核」 ⋯⋯⋯⋯⋯⋯⋯⋯ 10

　第三節　「脈絡」的爬梳與「意義」的編織 ⋯⋯ 21

第二章　建安詩歌中的審美意識 —— 離亂世
　　　　界的悲憫與永恆人倫的企求 ⋯⋯⋯⋯ 29

　第一節　鄴下文士統治集團的崛起與詩歌創作
　　　　　意義的轉變 ⋯⋯⋯⋯⋯⋯⋯⋯⋯⋯ 29

　　一、漢末政治社會的動盪及鄴下文士統治集
　　　　團的崛起 ⋯⋯⋯⋯⋯⋯⋯⋯⋯⋯⋯⋯ 29

　　二、鄴下文士集團獨特的生活世界及其文學
　　　　表徵 ⋯⋯⋯⋯⋯⋯⋯⋯⋯⋯⋯⋯⋯⋯ 36

　　三、詩歌成為「情志展現」與「審美意識馳
　　　　騁」的最主要場域 ⋯⋯⋯⋯⋯⋯⋯⋯ 42

　第二節　文氣論中所開展的美學向度及其對詩
　　　　　歌美學的影響 ⋯⋯⋯⋯⋯⋯⋯⋯⋯ 45

　　一、以「氣」為主文論的出現及其傳統 ⋯⋯ 45

　　二、曹丕文氣論中所開展的美學向度 ⋯⋯⋯ 50

　　三、「壯密」之氣的審美風格體現及其對詩歌
　　　　創作的影響 ………………………………… 54

第三節　鄴下文士戲遊生活及詩作中所開顯的
　　　　美學境界 ……………………………………… 57

　　一、戲遊詩作中的審美品類及境界 ………… 57

　　二、戲遊詩作中的和諧隱喻及其政治社會功
　　　　能 ………………………………………………… 61

第四節　離亂中的詩情及其對永恆人倫之美的
　　　　企求 ……………………………………………… 67

　　一、情、志合一趨勢下「哀時言志」的新主
　　　　題 ………………………………………………… 67

　　二、企盼中以人倫禮樂爲本的理想美學境界 · 71

　　三、植基於「離亂流逝」的現實經驗
　　　　而臻「明朗剛健」的美感 ………………… 77

第五節　發揚顯露、麗句滋多的詩美觀 ………… 83

　　一、從「通脫質樸」以迄「壯麗」的審美風
　　　　格 ………………………………………………… 83

　　二、「文質之辯」及其在詩歌創作藝術風格的
　　　　展現 ……………………………………………… 88

第六節　曹植後期詩歌的美學展現 ……………… 93

　　一、曹植後期獨特的生命轉折以及詩歌創作
　　　　對他的意義 ………………………………… 93

　　二、曹植後期詩歌中所展現的審美意識 …… 101

第三章　正始詩歌中的審美意識 —— 憂悶情
　　　　感的奔騰與內在理境的超越 ………… 109

第一節　玄學興起的政治社會作用與詩歌創作
　　　　角色的改變 ………………………………… 109

　　一、玄學興起的社會作用及其政治理想 …… 109

　　二、玄虛相尚的清談社交及其所開展的審美
　　　　向度 …………………………………………… 115

　　三、詩歌創作成爲玄學的附庸 ……………… 120

第二節　玄言思辨滲透下的詩歌美學 …………… 122

　　一、玄學「貴無」的審美理想及其對詩歌創
　　　　作的影響 …………………………………… 122

二、從王弼論「大音希聲」以迄嵇康論「聲
　　無哀樂」的美學啓發…………………… 127

第三節　越名教而任自然的審美意境與創作風
　　　　格………………………………………… 132

一、嵇康、阮籍孤獨的生命現實及其詩歌創
　　作所開展的「憂悶」美感………………… 132

二、嵇康、阮籍詩歌創作所開顯的超越性審
　　美境界……………………………………… 137

三、竹林名士對「超時空」內在自由境界的
　　追求………………………………………… 142

第四節　玄學影響下詩歌創作的美學原則及書
　　　　寫進路…………………………………… 145

一、玄學中的「言、意」之辯及其對詩歌藝
　　文創作的影響……………………………… 145

二、阮籍與嵇康在「言不盡意」下的詩歌審
　　美實踐與落差……………………………… 150

第四章　西晉詩歌中的審美意識 ── 細怨美
　　　　感的投射與自然宏麗的展現………… 157

第一節　西晉政治社會的傾軋及詩歌創作意義
　　　　的改變…………………………………… 157

一、周旋於皇權與世族政治傾軋下的「素族」
　　文士………………………………………… 157

二、素族文士儒、玄揉合的心態結構及其對
　　文學的影響………………………………… 162

三、詩歌成爲仕進的工具或自娛的遊戲…… 167

第二節　陸機〈文賦〉的出現及其所開展的美
　　　　學理論…………………………………… 171

一、〈文賦〉中所展現的時代意義──儒玄揉
　　合思想下對詩歌等「文學」進行想像的
　　「理論」著述……………………………… 171

二、「詩緣情而綺靡」所呈顯的美學世界及其
　　對詩歌創作的影響………………………… 173

第三節　素族文士遊宦羈旅生活中的審美經驗 184

一、素族文士的日常社會生活結構及其特質 184

二、素族文士的審美姿態與品類 …………… 188

三、素族文士以世俗私我情感爲主的細怨審
美內涵 ……………………………………… 197

第四節 天道宇宙自然的宏麗之美 ………… 200

一、感物論與西晉文士的自然觀 …………… 200

二、西晉詩人以描繪自然圖式作爲對現實的
永恆逃避 …………………………………… 204

三、西晉詩人以描繪自然圖式所展現的「宏
麗／至麗」之美 ………………………… 207

第五節 太康詩歌所展現的藝術風格及其創作
進路 ………………………………………… 211

一、西晉詩歌創作的「準形式主義」傾向及
其成因 ……………………………………… 211

二、「高雅綺麗」的藝術風格及其書寫進路 · 214

下　冊

第五章 東晉詩歌中的審美意識 —— 即色游
玄的陶醉與風神調暢的向慕 ………… 221

第一節 江左門閥政治的確立與詩歌美學創作
意義的轉變 ……………………………… 221

一、江左偏安態勢的形成以及門閥政治權力
運作的確立 ……………………………… 221

二、清談雅賞社交生活下詩歌作爲一種美學
實踐的新意義 …………………………… 228

第二節 山水園林中的「詩意棲居」及其所建
構的美學姿態與品味 …………………… 235

一、「發現」山水之美 …………………… 235

二、莊園經濟及園林時空的第二自然建構 … 240

三、「異質地方」中的詩意棲居及其所開顯的
美學品味 ………………………………… 247

第三節 玄學等文化論述及其對詩歌創作的美
學影響 …………………………………… 255

一、玄學的純粹化、佛學化及其對玄言詩發
展的美學影響 …………………………… 255

二、「傳神寫照」等藝術論述的滋生及其所開
　　展的美學向度 ···················· 263

三、葛洪《抱朴子》中所參照折射的文學美
　　學論述 ·························· 271

第四節　「即色游玄」所透顯的審美經驗 ······ 280

一、世族名士「名教」、「自然」合一的理想
　　人格模式 ························ 280

二、山水與人物的「自然」成為審美的最重
　　要品類 ·························· 284

三、「理境」玄悟的審美經驗與觀照 ······· 289

第五節　風神之美的「自然」企求 ············ 302

一、人格哲學建構的美學影響 ············ 302

二、佛學「形盡神不滅」論述對形神關係的
　　詮釋及其影響 ···················· 307

三、「形神自然」的審美理想 ············· 312

第六節　東晉詩歌的詩美觀及其書寫進路 ······ 321

一、玄學影響下的詩美觀及藝術原則 ········ 321

二、「名理」與「奇藻」 ··············· 325

第七節　晉宋之際詩歌發展的新趨勢及陶淵明
　　　　的美學變調 ···················· 334

一、晉宋之際的社會歷史脈絡及詩歌美學的
　　新趨勢 ·························· 334

二、陶淵明生命中「出」與「處」的矛盾及
　　其歸隱田園的意義 ················· 337

三、陶淵明詩歌回歸田園「沖淡」之美的審
　　美向度 ·························· 342

第六章　結論 ── 存在真理的詩性開顯：魏
　　　　晉詩歌實踐的審美自覺 ············ 347

參考書目 ······································· 373

第五章　東晉詩歌中的審美意識 ——
即色游玄的陶醉與風神調暢
的向慕

第一節　江左門閥政治的確立與詩歌美學創作意義的
　　　　轉變

一、江左偏安態勢的形成以及門閥政治權力運作的確立

> 元帝正會，引王丞相登御床，王公固辭，中宗引之彌苦。王
> 公曰：「使太陽與萬物同暉，臣下何以瞻仰？」（《世說新語‧
> 寵禮》）

　　天子正會，百官朝儀，該是何等威武風光之事，然而晉元帝司馬
睿卻一再牽引宰相王導共登御床，演出了一場君臣間彼此推辭的戲
碼。王導雖然固辭不就，並說出了「使太陽與萬物同暉，臣下何以瞻
仰？」的謙讓話語，但從天子待之以殊禮、不敢視其爲臣僚的互動過
程，不難看出晉室在南渡之後，皇室與世族間的權力關係已然有了根
本的改變。這除了可從前述正會牽引之事略窺端倪外，亦展現在元帝
素以「仲父」尊稱王導的事例上〔註1〕；其後，成帝則曾經親臨王導

〔註 1〕 《晉書‧王導傳》。

宅第、拜會王導之妻〔註2〕，且他下手詔給王導，更出現「惶恐言」
與「頓首言」等下對上的字眼〔註3〕。可見，西晉之際司馬氏面對世
族時高高在上的姿態已然不再，代之而起的是皇室與當權世族間的平
起平坐，難怪史書會有「王與馬，共天下」的記載：

> 帝初鎮江東，威名未著，敦與從弟導等同心翼戴，以隆中興。
> 時人爲之語曰：「王與馬，共天下。」〔註4〕
>
> 晉自中原沸騰，介居江左，以一隅之地，抗衡上國，年移三
> 百，蓋有憑焉。其初諺云：「王與馬，共天下」。蓋王氏人倫
> 之盛，實始是矣。〔註5〕

這意味了東晉門閥政治的出現，也透露了世族已然躍居權力的高峰，
不僅成了實際政治的掌權者，更成了文化藝術等美學風潮的實踐者與
推動者。

　　西晉皇室的式微，早從八王之亂時即已露出了端倪。東海王司馬
越雖獲得了最後的勝利，然經過了長達六載（西元 300 年～西元 307
年）的相互征戰，中原地區早已呈現凋弊之狀，給了胡族可趁之機。
趁著皇室權力動盪飄搖之際，原先在八王之亂中曾經幫助成都王穎的
匈奴、羯人等紛紛叛變，開啓了中國歷史上的「五胡亂華」〔註6〕。
面對如此局勢，時任太傅的東海王越雖曾於懷帝永嘉四年（西元 310
年）十一月親自率軍出戰，並於次年師駐項（河南項城縣東北），期
盼能討伐來犯的匈奴劉曜、王彌與羯族石勒〔註7〕，然卻不幸於永嘉

〔註2〕　《晉書‧孔愉傳附孔坦傳》；《晉書‧天文志》。
〔註3〕　「惶恐言」見《晉書‧王導傳》；「頓首言」見《晉書‧荀勖傳附荀
　　　　奕傳》。
〔註4〕　《晉書‧王敦傳》。
〔註5〕　《南史‧王弘傳》。
〔註6〕　五胡亂華起始於晉惠帝永寧元年（西元 301 年）巴氏的李特之亂，
　　　　至永興元年（西元 304 年）匈奴劉淵起兵於左國城（山西離石縣東
　　　　北）後而勢遂盛。參閱林瑞翰《魏晉南北朝史》。台北：五南圖書出
　　　　版公司，民國 79 年 5 月初版，頁 206。
〔註7〕　匈奴劉曜、王彌與羯族石勒皆爲漢主劉聰之部將。

五年三月逝世。爾後其部眾在王衍的領軍下，隨即陷入了多舛的命運，於該年四月爲石勒追擊於苦縣寧平城（河南鹿邑縣西南），而在騎兵圍射下，造成了數十萬眾自相踐踏、死者有如山積的悲慘下場。隨著王衍的潰敗，洛陽亦發生了饑荒，不久爲漢主劉聰所攻陷，懷帝也被擄至平陽，而於永嘉七年二月遇害，此即著名的「永嘉之亂」。西晉諸將雖於永嘉六年奉秦王司馬鄴到長安，並於次年懷帝遇害後立爲天子（即爲晉愍帝），改元建興，但長安於建興四年（西元 316 年）十一月亦被劉曜攻陷，愍帝肉袒銜璧輿襯出降，西晉終於走入了歷史。而就在西晉逐漸衰亡之際，琅邪王司馬睿已奉東海王越之令，於永嘉元年（西元 307 年）九月來到了江南一帶，並在王導恩威並濟政策的協助下，逐漸拉攏並擺平了吳郡地方的世族，爲北人政權在江南的建立掃除了障礙〔註8〕。直到愍帝於平陽遇害後（西元 318 年），司馬睿終於接受了群臣的勸進，於建康即帝位，改元太興，從此開啓了東晉百餘年來在江左偏安的政治局面〔註9〕。

　　東晉政權的建立，乃是在內憂外患的過程中完成的。除了來自江北劉聰、劉曜、石勒等胡人勢力的威脅外〔註10〕，渡江前後，江

〔註8〕　參見何啓民〈東晉時代的南北族群問題〉。《歷史月刊》九十四期，民國 84 年 11 月，頁 31～頁 36。

〔註9〕　東晉皇帝依序爲元帝、明帝、成帝、康帝、穆帝、哀帝、廢帝、簡文帝、孝武帝、安帝與恭帝十一人。至於本段所敘史實請參閱林瑞翰《魏晉南北朝史》。台北：五南圖書出版公司，民國 79 年 5 月初版，以及田余慶《東晉門閥政治》。北京：北京大學出版社，1989 年 1 月初版。

〔註10〕「漢」自晉惠帝永興元年（西元 304 年）劉淵即漢王之位，歷劉和、劉聰、劉粲、劉曜而改國號爲「趙」（爲「前趙」），至東晉成帝成和四年（西元 329 年）而國滅，總共經歷了六主，享國二十六年。「後趙」自石勒於東晉元帝太興二年（西元 319 年）僭號（於東晉成帝成和四年（西元 329 年）擊滅「前趙」），至晉穆帝永和六年（西元 350 年）爲冉閔所滅（國號大魏，歷三年而亡），總共經歷六主，享國三十二年。五胡十六國中，勢力雄厚而佔有中原者，除「前趙」與「後趙」外，尚有慕容皝的「前燕」、符堅之「前秦」、慕容垂之「後燕」、以及姚萇之「後秦」，當時號爲正統。至於國勢較弱而偏

左亦發生了一連串的動亂：例如張昌、陳敏、杜弢與王機等的興風作浪、以及王導的從兄王敦與流民領袖蘇峻等的相繼作亂，帶給了東晉政權沉重的打擊〔註11〕。在這樣的情況下，江左政權是自顧不暇的，既無能力、也無意願向北揮軍。因此，雖有劉琨與祖逖等愛國志士在北方孤軍奮戰，但終不得完成收復失土的大志。事實上，東晉始終沒能形成舉國一致恢復中原的志願，其間雖曾有庾亮兄弟、殷浩、桓溫與謝玄的幾次北伐，但皆以失敗收場。在此同時，北方亦處於持續的混亂之中，並無力南犯，因此南北雙方維持了一定的均勢。其後，前秦苻堅雖曾統一了北方大部份的地區，並萌發了南侵的意圖，然在孝武帝太元八年（西元 383 年）淝水之戰爲謝安、謝玄所帶領的北府軍擊敗後，其統一之夢想終於煙消雲散。從此，南北均衡對峙的態勢愈發地鞏固，直到隋文帝楊堅興起後，方才打破了南北分裂的狀態，重新統一了中國。

　　誠如田余慶在《東晉門閥政治》一書中指出，東晉政權得以在江左維持偏安的局面，門閥世族扮演了相當重要的角色，前引「王與馬，共天下」的話語即是明顯的例證〔註12〕。然而「王與馬，共天下」的政治格局並非始自南渡之後，早在八王之亂結束後，不具備皇室近親名份〔註13〕、號召力有限的東海王司馬越爲了維繫其統

居一隅者，則有張軌的「前涼」、李暠的「西涼」、沮渠蒙遜的「北涼」、呂光的「後涼」、禿髮烏孤的「南涼」、赫連勃勃的「夏」、乞伏國仁的「西秦」、李雄的「成」（李壽改國號爲「漢」，史稱「成漢」）、馮跋的「北燕」以及慕容德的「南燕」等。其中，除了「前涼」、「西涼」與「北燕」爲漢人所建外，其餘者，皆爲匈奴、羯、氐、羌與鮮卑五胡族所建。

〔註11〕 參見勞榦《魏晉南北朝史》。台北：中國文化大學出版部，民國80年6月二版；田余慶《東晉門閥政治》。北京：北京大學出版社，1989年 1 月初版；陶希聖〈東晉之世族名士與州郡權力〉，《食貨月刊》第四卷第七期，民國 63 年 10 月，頁 269～頁 292。

〔註12〕 參見田余慶《東晉門閥政治》。北京：北京大學出版社，1989 年 1月初版，頁 1～頁 38。

〔註13〕 最後參與八王亂事的司馬越，乃是司馬懿弟東武城侯司馬馗之孫，高

治，即找上了素有盛名、又具有地域近鄰關係的琅邪名士王衍〔註
14〕，共同撐起了一個風雨飄搖的末代朝廷。可以說，惠帝末年和懷
帝時期的西晉朝廷，即是一種以司馬越與王衍爲核心、而由世族名
士妝點其間的政治局勢。其與司馬睿及王導在徐州下邳的關係，皆
是後來建康「王與馬，共天下」的前奏。然而西晉末年王與馬的結
合，主導者仍是皇族司馬越，王衍與眾名士只是其附庸，主要用以
妝點朝堂，協助其治理洛陽朝政，並沒有改變西晉自建國以來皇權
凌駕宗族的傳統格局〔註 15〕。

　　王與馬結合的關係，一直到了江左才產生了根本的變化。誠如
田余慶分析者，琅邪王司馬睿本來並不具備在江左運作皇權的條
件。一來，作爲南渡五王〔註 16〕之一的他，與西晉自武帝、惠帝、
懷帝與愍帝以來一脈相傳的皇統是十分疏遠的，並沒有具備堅強的
法統繼承地位；二來，司馬睿在西晉王室中非但沒有威望、實力，

　　　密王司馬泰之子，就血統而言與武帝、惠帝一脈皇統可說是相當地
　　　疏遠。
〔註 14〕王衍之郡望雖然不在東海，卻是東海的近鄰，而且其家族的社會地
　　　位遠高於東海國境內的任何一個家族。
〔註 15〕歷史上來看，宗族群體及其所依存的宗法制度雖然早在皇權出現之前
　　　即已存在，而且在專制皇權出現後得到了大力發展的空間。然而，
　　　自從專制皇權出現後，宗族群體基本上即在皇權的掌控之下，從來
　　　就不曾出現宗族與皇族平起平坐的狀況。即便在東漢因爲皇權旁落
　　　而出現外戚與宦官專擅的情況，也只是一種對於皇權的竊取，而非
　　　對其之否定。因爲，弄權者還是必須假皇帝之名以行事，掌握了（年
　　　幼弱小的）皇帝即掌握了一切。當然了，宗族的坐大與皇權在經濟
　　　的面向上素來是存在著一定的矛盾的，但由於皇權的存在通常具有
　　　庇護宗族的作用，因此只要皇權具有一定的穩定度，一般來說宗族
　　　還是相當願意效忠皇室的。有鑑於此，作爲知識階層主體以及當朝
　　　官員主體的宗族成員，往往是皇權最直接而死心蹋地的擁護者，甚
　　　至在皇權式微之際，亦力圖匡復，直到無力回天，方才成爲新一階
　　　段皇權的角逐者。參見田余慶《東晉門閥政治》。北京：北京大學出
　　　版社，1989 年 1 月初版，頁 340～頁 347。
〔註 16〕其餘四馬爲彭城王、汝南王、南頓王與西陽王，皆因爲不見容於世族
　　　之權臣而罹殺身之禍。

也不見有任何功勞，因此若不借重門閥世族的扶持，在江左根本沒有任何立足的餘地；加以，渡江之初，晉愍帝在長安一隅所代表的正朔還未斷絕，因此只有靠著依附世族的籌碼，方能加重司馬睿在政治上的份量。這時，除了與司馬睿同屬琅邪一地的王敦、王導兄弟已然渡江前來追隨外，原在中朝時依附東海王司馬越的許多僑姓名士，也在時勢催逼下紛紛渡江，投入了司馬睿的陣營。這不僅提供了司馬睿政治運作足夠份量的籌碼，同時也水到渠成地造就了江左一朝的門閥政治〔註17〕。

值得注意的是，晉元帝固有求於僑姓大族的支持，然亡官失守、飽受流離顛沛之苦的南渡世族也需要司馬睿政權所提供的保護，兩者間其實是維持著一種彼此需要、但又互相制衡的關係。一方面，為了有所托庇，以便立穩腳跟、再行出發，南渡世族固然必須盡力保全司馬睿的朝廷，但卻又不願意見到其真正發揮皇權的威力而限制了他們的發展；另一方面，晉元帝雖說曾經執引王導以共登御床，然而與門閥世族共有神器畢竟不是其心甘情願之事。因此，只得透過一場場政治的傾軋與實力的較量，方才能取得皇權與世族、以及世族與世族之間的平衡〔註18〕。以此觀之，諸如晉元帝之重用劉隗、刁協以抑制王家勢力、以及王敦之聯合王導及沈充等南人共叛晉室，莫不是皇權與世族彼此間相互較勁的最具體展現〔註19〕。經過了這樣的過程，不僅世族取得並鞏固了與皇權共天下的地位，各門戶間也達成了一定的平衡。誠如田余慶所言，從王敦兩次舉兵叛亂，卻獲致了截然不同的結果觀之，即可了解這種權力運作的特殊模式：

王敦一叛，以"清君側"即反對劉隗、刁協為名，得到士族的

〔註17〕參見田余慶《東晉門閥政治》。北京：北京大學出版社，1989 年 1 月初版。

〔註18〕除了皇權與世族間之平衡外，亦包括了僑姓世族與吳姓世族、以及僑姓世族之間的平衡。

〔註19〕參見林瑞翰《魏晉南北朝史》。台北：五南圖書出版公司，民國79年 5 月初版，頁 244～頁 248。

普遍支持，這說明士族在東晉的特殊地位和特殊權益，是
不容皇權侵犯的。王敦再叛，欲取代司馬氏而獨吞江左，
以士族共同反對而告失敗，這說明司馬氏皇權也不容任何
一姓士族擅自廢棄。歷史的結論是，只有皇權與士族共治
天下，平衡和秩序才得以維持。所以，本來只是兩晉之際
具體條件下形成的＂王與馬共天下＂的暫時局面，就被皇權與
士族共同接受，成為東晉一朝門閥政治的模式。此後執政
的庾氏、桓氏、謝氏，背景雖各有不同，但都不能違背這
一結論，企圖違背的人，都未能得逞。因此，王與馬、庾
與馬、桓與馬、謝與馬共天下的格局延續多年，始終沒有
大的變動。〔註20〕

　　事實上，主弱臣強成為江左政治的通例，東晉朝廷依序成了以
琅邪王氏、潁川庾氏、譙國桓氏、陳郡謝氏等家族為主的政治舞台。
觀諸史實，東晉之所以能在江左立國、渡過淝水之危、避開來自北
方的威脅，大家族的鼎力支持實是關鍵所在，故政權自然就為其所
把持了，何啓民先生謂：「百年以來，政權不出琅邪臨沂王氏、潁川
鄢陵庾氏，譙國龍亢桓氏、陳郡陽夏謝氏四家之外，政出私門，權
去公家。」〔註21〕沈約亦稱：「晉自社廟南遷，祿去王室。朝權國命，
遞歸臺輔。君道雖存，主威久謝。」〔註22〕。擁有這樣顯貴的政治
權力，加上經濟上的優越條件，東晉的世族名士呈現出相當大的人
格自由與獨立，十分不同於之前官僚階層必須依附於皇權的狀況。
作為世族的一員，他們總是充滿了極度的自信心與優越感，甚至到
了南朝之際仍為了自己的血統而自豪不已。在此狀況下，不僅人格
獲得了自由、思想獲得了解放，包含了詩歌在內的美學實踐亦走向
了自由與解放。

〔註20〕摘引自田余慶《東晉門閥政治》。北京：北京大學出版社，1989年1
　　　　月初版，頁345。
〔註21〕何啓民〈南朝的門第〉，收於《中古門第論集》。台北：學生書局，民
　　　　國71年出版，頁130。
〔註22〕《宋書‧武帝本紀》史臣語。

二、清談雅賞社交生活下詩歌作爲一種美學實踐的新意義

永嘉南渡對原先習於安逸的中土世族所造成的衝擊是相當巨大的。目睹著胡騎的入侵、半壁大好江山的淪陷，世族文士在體會了亡國的切身之痛後，紛紛陷入了一股悽愴與迷惘的情緒之中。例如，衛玠在攜家渡江時，即曾「形神慘悴」〔註23〕地向左右說道：「見此芒芒，不覺百端交集。苟未免有情，亦復誰能遣此！」〔註24〕而南渡諸臣更曾出現了對泣新亭的舉動。《世說新語・言語》記載道：

> 過江諸人，每至美日，輒相邀新亭，藉卉飲宴。周侯中坐而歎曰：「風景不殊，正自有山河之異！」皆相視流淚。唯王丞相愀然變色曰：「當共戮力王室，克復神州，何至作楚囚相對？」

然而，這樣一種惆悵的心緒，卻隨著東晉政權在江左的逐漸穩固而日益消逝了。且經過了一段時日的彼此攻防，不但南方無力統一北方，北方亦無法吞併南方，南北分立的態勢已成定局。這種南北割據態勢的形成，自然而然沖淡了往日諸如新亭對泣的悲愴情緒，取而代之的則是一種習於偏安的心態。是以，庾亮欲移鎮石城時，蔡謨會上疏加以反對，並得到了朝中許多人的附和〔註25〕。殷浩北伐，王羲之亦相當不以爲然，並親自致書加以阻止。王氏甚至在殷浩徐圖再次北伐之際，勸殷氏應放棄淮河流域而退守長江一線〔註26〕。關於這種一隅偏安的心態，孫綽在反對桓溫北伐的上疏中，表達得至爲清楚：

> 植根於江外數十年矣，一朝拔之，頓驅蹠於空荒之地，提挈萬里，踰險浮深，離墳墓，棄生業，富者無三年之糧，貧者無一飧之飯，田宅不可復售，舟車無從而得。捨安樂之國，適習亂之鄉，出必安之地，就累卵之危，將頓仆道塗，飄溺

〔註23〕 《世說新語・言語》。
〔註24〕 《世說新語・言語》。
〔註25〕 《晉書・蔡謨傳》。
〔註26〕 《晉書・王羲之傳》。

　　　　江川，僅有達者。〔註27〕

誠如疏中所言，永嘉南渡時初到南地所面臨的人生地不熟窘境已然不
再了，一切都已經習以爲常了。渡江之後的僑姓世族（尤其是其第二
代以後）經過了多年經營，不管是墳墓、生業，還是田宅、舟車，都
已經重新在江南找到了安頓。處於這樣習於偏安的歷史脈絡下，他們
會將精力轉向內心，尋求一種特屬於閑定安寧的精神慰藉，是十分自
然的。羅宗強說道：

　　　南渡一代的悽惻悵惘已成過去，一切都習慣了，……這樣的
　　　局面有利於追求安寧、追求平靜。於是走向內心，去尋求另
　　　一個廣闊天地，去尋找精神的慰藉。終江左百年，未離這種
　　　境界。〔註28〕

　　綜而觀之，東晉世族名士轉向內心、追求精神寄託的情形是相當
普遍的，而這主要是透過清談雅賞社交生活的中介而達成的。從西晉
末年開始，士人群體間即出現了一種對清談虛誕士風進行反省的聲
音。王衍在臨死前便感嘆說道：「嗚呼！吾曹雖不如古人，向若不祖
尚浮虛，勠力以匡天下，猶可不至今日。」〔註29〕劉琨在經歷了亡國
之痛後，亦曾反省年少時欲藉由虛無曠達以實現齊物達觀境界的不可
取〔註30〕。到了東晉，除了「雅好經史，憎疾玄虛」〔註31〕的虞預曾
說「論阮籍裸袒，比之伊川被髮，所以胡虜遍於中國，以爲過衰周之
時」〔註32〕外，李充與干寶更分別於〈學箴〉與〈晉紀總論〉中批評

〔註27〕 《晉書・孫楚傳附孫綽傳》。
〔註28〕 引自羅宗強《魏晉南北朝文學思想史》。北京：中華書局，1996 年 10
　　　　月初版，頁 129。
〔註29〕 《晉書・王衍傳》。
〔註30〕 劉琨〈答盧諶詩〉之附信：「昔在少壯，未嘗檢括，遠慕老莊之齊物，
　　　　近嘉阮生之放曠，怪厚薄何從而生，哀樂何由而至，自頃輈張，因
　　　　於逆亂，國破家亡，親友彫殘。塊然獨坐，則哀憤兩集；負杖行吟，
　　　　則百憂俱至。……但分析之日，不能不悵恨爾。然後知聃周之爲虛
　　　　誕，嗣宗之爲妄作也。」
〔註31〕 《晉書・虞預傳》。
〔註32〕 仝上注。

西晉虛誕無爲的風氣。

　　儘管有這樣的批評與反省，但是玄談的風氣並沒有在江左中斷。這乃是由於一種風氣的養成以及一種生活習癖的形塑，並非是一朝一夕之事，而其改變也非須臾之間即能完成。江左名士在不知不覺間，將他們在西晉之際養成的以玄談爲主的生活方式帶到了江左。逃難顛沛之際固然無暇他顧，然只要情況允許，他們便會在有意無意間恢復了以往的生活方式。《世說新語‧文學》篇記載：

> 舊云：王丞相過江左，止道聲無哀樂、養生、言盡意三理而已。然宛轉關生，無所不入。

> 殷中軍爲庾公長史，下都，王丞相爲之集，桓公、王長史、王藍田、謝鎮西並在。丞相自起解帳帶麈尾，語殷曰：「身今日當與君共談析理。」既共清言，遂達三更。丞相與殷共相往反，其餘諸賢，略無所關。既彼我相盡，丞相乃歎曰：「向來語，乃竟未知理源所歸，至於辭喻不相負。正始之音，正當爾耳！」明旦，桓宣武語人曰：「昨夜聽殷、王清言甚佳，仁祖亦不寂寞，我亦時復造心，顧看兩王掾，輒翣如生母狗馨。」

當時的中興名臣王導，就是一談玄的領袖人物，在他的周圍，聚攏了一批清談名士，例如殷浩、王述、王濛、溫嶠、庾亮等，而後輩如謝尚、謝安與王羲之等人也都參與其間，甚至連晉元帝及晉明帝都是崇尚玄虛的人，一時之間，清談風氣大爲盛行。

　　值得注意的是，干寶等人對玄虛之風的批判，雖未能革除江左談玄的風氣，卻也造成了若干影響：除了促成中興名臣一度思欲恢復儒學〔註33〕、以達成名教與自然合一的理想外，更促成了談玄活動對精神性的追求。因此，儘管東晉之際仍舊存在著如阮瞻、王澄、謝鯤、胡毋輔之、阮脩、畢卓、王尼、羊曼、王敦與周顗等縱酒裸飲、醉心

〔註33〕王導、庾亮、戴邈、荀崧等人都曾寫有專門論述復興儒教、裁抑虛浮的文告和奏章。

女色的縱情荒誕之士，然而，一種亟欲去除感官性、著重對純粹精神性講求的風尚也在逐漸形成當中。其伴隨著世族名士日益獲得人格自由與獨立的歷史發展，而在東晉中期後蔚成了一種普遍的風尚。羅宗強說道：

> 西晉士人在金谷澗的歌鐘留連中，把詩、酒、伎樂與山水遊觀，第一次那樣大規模的結合，成了東晉士人的先導。但石崇和他同時的名士們，他們所理解的人生的歡樂，主要是金碧輝煌，是錦繡歌鐘，是豪華的物質享受。音樂與詩與山水的美，只是這種生活的點綴，使這種本來過於世俗（甚至是庸俗）的生活得到雅化，帶些詩意。或者可以說，這是世族豪門對他們的身份的一種體認。他們似乎覺察到他們的優越感裡，除了榮華富貴之外，還應該增加一點什麼……。因之，他們除了鬥富之外，便有了詩、樂和山水審美。但是他們的主要追求，還更多是物質的。他們的平庸的情趣還沒有因這最初的雅化而從世俗裡擺脫出來。就是說，山水審美還沒有成為他們內心不可或缺的一種精神需要，而只是他們生活中的一種點綴而已。把點綴變成不可或缺的精神需要的，是東晉士人。〔註34〕

又說：

> 東晉中期以後，士人的人生理想轉向追求寧靜、閒逸，追求一種脫俗的瀟灑風神。西晉時期那種歌鐘宴飲，對弄婢妾的風氣是從士人的生活中消退盡光華了。他們不再以此為榮。他們也宴飲、但已去掉喧嘩；他們也攜妓東山，但已經帶上了名士情趣。他們的生活趣味是轉移了，從物欲的滿足，轉向了重和平寧靜心境的追求。〔註35〕

當時在會稽一帶聚集了一批著名的人物，如王羲之、王凝之、

〔註34〕 羅宗強《玄學與魏晉士人心態》。台北：文史哲出版社，民國81年11月初版，頁329。

〔註35〕 引自羅宗強《魏晉南北朝文學思想史》。北京：中華書局，1996年10月初版，頁129～頁130。

王薈、王述、王愉、謝玄、謝琰等王、謝家族的子弟、以及戴逵、許詢、殷融、郄超、郄愔、孫綽、李充、桓伊、何充等名士，而道行高超的方外遊僧如支遁、白道猷等亦加入了他們的行列。他們除了舉行以三玄及佛理爲主要內容的清談外，還一起遊賞山水、展開詩文、音樂、書法與繪畫的往返、以及養生之道的談論與修習。王羲之寫與諸多友人的信件中，即透露了這樣一種屬於世族名士雅賞生活的特殊內容：

> 復與君此章草，所得極不爲少，而筆至惡，殊不稱意。〔註36〕
>
> 畫又精妙，甚可觀也。彼有能畫者不？欲摹取，當可得不？須具告。〔註37〕
>
> 鄉里人擇葯，有發簡而得此葯者，足下豈識之不？乃云服之令人仙，不知誰能試者？〔註38〕

從這些書信文字的記載，不難看到當時世族士人的生活方式。在當時玄學學風的影響下，世族門閥若想保有自己顯貴的地位，必須要完成由儒入玄的轉變，他們於是從東漢之際的埋首經學轉而崇尚玄學，並以文學等藝術的創發取代了對經史子集的研習與稽考。玄學清談與文藝創作於是成了東晉世族家學的首要內容，是世族名士必備的文化學養〔註39〕。在此狀況下，他們雖未能全然忘情於功名，但與西晉士人相較，卻更著重於對藝術性、精神性的企求。他們對閒逸生活本身的嚮往，甚至還大過於對仕途的熱衷。是以「初渡浙江，便有終焉之志」〔註40〕的王羲之在與謝萬的書信中會說道：

> 古之辭世者或被髮陽狂，或污身穢跡，可謂艱矣。今僕坐而獲逸，遂其宿心，其爲慶幸，豈非天賜！違天不祥。

〔註36〕《王右軍集・與謝安書》。
〔註37〕《法書要錄》卷十。
〔註38〕《王右軍集・釋葯帖》。
〔註39〕參見王玫《六朝山水詩史》。天津：天津人民出版社，1996 年 8 月初版，頁 128～頁 130。
〔註40〕《晉書・王羲之傳》。

> 頃東遊還，修植桑果，今盛敷榮，率諸子，抱弱孫，游觀其
> 間，有一味之甘，割而分之，以娛目前。雖植德無殊邈，猶
> 欲教養子孫以敦厚退讓。或以輕薄，庶令舉策數馬，彷彿萬
> 石之風。君謂此何如？
>
> 比當與安石東游山海，并行田視地利，頤養閒暇。衣食之
> 餘，欲與親知時共歡讌，雖不能興言高詠，銜杯引滿，語
> 田里所行，故以為撫掌之資，其為得意，可勝言耶！常依
> 陸賈、班嗣、楊王孫之處世，甚欲希風數子，老夫志願盡
> 於此也。〔註41〕

這樣一種追求隱逸生活的傾向，亦不難從他們所具有的特殊雅好上一窺究竟：例如王羲之即「性愛鵝」〔註42〕；王子猷則愛好種竹，曾說「何可一日無此君？」〔註43〕；張湛「好於齋前種松柏，養鴝鵒」〔註44〕；支遁則好鶴，亦好養馬以觀其俊逸的神采〔註45〕；而袁山松出遊，則「每好令左右作挽歌」〔註46〕。凡此種種，皆具現了世族名士對於閒逸生活的特殊品味追求。

　　曾參與蘭亭集會的袁嶠之在〈蘭亭詩二首〉之一中描述道：

> 人亦有言，得意則歡。佳賓既臻，相與遊盤。
>
> 微音迭詠，馥焉若蘭。苟齊一致，遐想揭竿。

如袁氏詩歌所透露者，王、謝等世族所開展的雅賞生活，不只是一種屬於個體的獨特生活，而是具有著深刻的群體性與社會性的。這是屬於士人群體的社交生活方式，清談、游賞山水、乃至於詩書畫的創作等，皆是一種世族身份的具體展現。而藉由這樣屬於某一社群的集體社會生活實踐，他們不但照見了自我的理想形象，召喚了特殊的主體，同時也建構並維護了屬於世族群體的認同感與統一性。誠如晚近

〔註41〕全上注。

〔註42〕全上注。

〔註43〕《世說新語‧任誕》。

〔註44〕《世說新語‧任誕》劉孝標注引裴啟《語林》。

〔註45〕支遁好鶴之事以及養馬觀其神駿之事皆參見《世說新語‧言語》。

〔註46〕《世說新語‧任誕》。

文化研究者迪克・赫布迪齊（Dick Hebdige）在《次文化：生活方式的意義》（*Subculture: The Meaning of Style*）中指出者，任何社會群體自我鏡像的形塑以及文化的建構，是必須透過生活實踐而中介的〔註47〕。而以世族名士為主體的雅賞社交生活，正具有建構並鞏固其特殊鏡像的積極作用。

　　處於這樣的生活脈絡下，包含了詩歌在內的文學美學實踐，其意義已在不知不覺中有所轉變。誠如上述，世族士人間以詩、書、畫等相互往返的情形相當普遍，因而出現了一些兼具實用性與玩賞性之四言雅詩及五言詩的創作。以山水景物、人物描寫與純粹說理等為主題的詩歌，是雅賞社交生活中酬贈應對之作，亦是他們對精神性企求的重要一環，是以盧諶會說道「妙詩申篤好，清義貫幽賾」〔註48〕。這些詩歌往往乃是藉玄理以標榜風流或題品人物，而非以抒情言志。鍾嶸〈詩品序〉便說道：「永嘉時，貴黃、老，稍尚虛談，於時篇什，理過其辭，淡乎寡味。爰及江表，微波尚傳。孫綽、許詢、桓、庾諸公詩，皆平典似道德論，建安風力盡矣」。

　　這種狀況，伴隨著當時談玄與文學合流的大趨勢而有了更為複雜的糾結。相對於談玄，雖然詩歌創作仍是處於附庸的地位，但由於談玄對藝術性的重視與講究、以及佛玄思想的深刻影響等因素，漢魏以來長期處於分離狀況的談玄藝術與詩歌等文學開始有了合流的趨勢，因此朱德才在〈贈傅氏詩〉中說道：「猗猗彼君子，逍遙集華堂。高論呈玄妙，彈筆播文章」。當時的名士在清談前往往要先行撰寫略語，以作為談玄內容的推演，因而促進了清談與寫作的結合：

　　　　謝鎮西少時，聞殷浩能清言，故往造之。殷未過有所通，為
　　　　謝標榜諸義，作數百語。既有佳致，兼辭條豐蔚，甚足以動

〔註47〕參見迪克・赫布迪齊（Dick Hebdige）原著、張儒林譯《次文化：生活方式的意義》（Subculture: The Meaning of Style）。台北：駱駝出版社，1997 年 9 月初版，頁 1〜頁 11、頁 79〜頁 142。
〔註48〕盧諶〈答魏子悌詩〉。

心駭聽。謝注神傾意，不覺汗流交面。殷徐語左右：「取手
巾與謝郎拭面。」〔註49〕

王逸少作會稽，初至，支道林在焉。孫興公謂王曰：「支道
林拔新領異，胸懷所及，乃自佳，卿欲見不？」王本自有
一往儁氣，殊自輕之。後孫與支共載往王許，王都領域，
不與交言。須臾支退，後正值王當行，車已在門。支語王
曰：「君未可去，貧道與君小語。」因論莊子逍遙遊。支作
數千言，才藻新奇，花爛映發。王遂披襟解帶，留連不能
已。〔註50〕

　　而誠如劉勰所說：「詩必柱下之旨歸」〔註51〕。充滿了玄味的詩
歌往往成了世族文人藉以發露才性、標榜風流的重要媒介。很顯然
地，玄學清談與文藝創作已成了世族門第家學最重要的內容，而世族
及遊僧也已取代了西晉時的素族文士而成為當代詩歌創作的最重要
主體。詩歌作為一種文學及美學實踐，已越來越受到重視，並成了世
族名士及遊僧強調精神性、展露個性的社交生活中不可或缺的一環。

第二節　山水園林中的「詩意棲居」及其所建構的美學姿態與品味

一、「發現」山水之美

王子敬云：「從山陰道上行，山川自相映發，使人應接不暇。
若秋冬之際，尤難為懷。」（《世說新語・言語》）

余少慕老莊之道，仰其風流久矣，卻感於陵賢妻之言，悵然
悟之，乃經始東山，建五畝之宅。帶長阜，倚茂林，孰與坐
華幕、擊鐘鼓者同年而語其樂哉！（孫綽〈遂初賦序〉）

　　世族名士的雅賞社交生活以及相關的美學實踐，必須要有實質的
空間作為基礎，方能開展。晚近人文地理學者愛德華・索雅（Edward

〔註49〕《世說新語・文學》。
〔註50〕《世說新語・文學》。
〔註51〕《文心雕龍・時序》。

W. Soja）在《後現代地理學》（*Postmodern Geographies*）中便指出，人類社會及其文化的形成，皆是以人文的空間，亦即所謂的「空間性」（spatiality）作為基礎的。而「眞實空間」（real space）在其中扮演了重要的角色，它是任何社會生活以及意識形態得以滋生、鞏固、甚或改變的重要中介〔註52〕。就東晉世族文化之開展而言，江南地區特殊的眞實空間，尤其是「山水」及「園林」（或「園宅」）即扮演了關鍵性的角色。是以王子敬會道出了「山川自相映發，使人應接不暇」的心曲；而一代文宗孫綽也會有「帶長阜，倚茂林，孰與坐華幕、擊鐘鼓者同年而語其樂哉！」的感懷。王玫在《六朝山水詩史》中曾指出：「"六朝"本來就不僅是時間上的概念，它在空間方面的意義也十分重要。江南地理環境應該是研究六朝思想文化所不可忽視的要素」〔註53〕，故江南的山水園林作為一種眞實空間的存在，乃是吾人研究東晉詩歌中審美意識所不可忽視的面向。

　　觀諸歷史的發展，長江流域下游一帶在新石器時期雖曾出現過河姆渡文化，一度蔚成了與北方爭輝的局面，然到了先秦之際，北方的黃河流域卻成了華夏民族發展的重心。不但農業生產主要以北方為中心，文化以及人口素質亦以北方為準的。相較之下，南方則多「南蠻鴃舌之人，斷髮紋身」〔註54〕，呈現出相對落後的狀況。漢武帝在位時強令豪族大宗遷居南地的舉措雖促成了人口的大量南遷，並相當程度促進了江南經濟的開發，但兩漢之際江南仍舊是人口稀少、生產力不濟之地。為此《史記・貨殖列傳》記載道：「楚越之地，地廣人稀，飯稻羹魚，……不待賈而足，地勢饒食，無饑饉之患，以故呰窳偷生，無積聚而多貧，是故江淮以南，無凍餓之人，亦無千金之家」。直到孫吳在江東立國後，農業生產的重心方才逐漸有向江南移轉的趨勢。

〔註52〕 Edward W. Soja, 1989, Postmodern Geographies, London: Verso.

〔註53〕 引自王玫《六朝山水詩史》。天津：天津人民出版社，1996 年 8 月初版，頁 134。

〔註54〕 參見《孟子・滕文公上》、《左傳・哀公七年》。

《三國志‧吳書‧孫權傳》所稱「谷帛如山，稻田沃野，民無飢歲」的情形，即是江南自然環境在孫吳治下日益顯露其優勢的明證。只是，江東雖然成了經濟的重心，也出現了一些以經律爲重的地方性家族〔註55〕，但始終未能成爲思想、文化與藝術的重鎮。正當曹操父子在北方引領風騷，橫槊賦詩，帶動了詩歌等文學的蓬勃發展之際，孫吳治下的江南仍少見文學創作。山水雖美，卻尚未能引發文學群體的出現，亦未能成爲時人注目體會的對象。

這種情形，在西晉統一後，雖因陸續開展的南北文化交流而有所改善，但以北方爲中心的優越意識仍舊存在。例如陸機入洛之後，即曾受到了王濟、劉眞長與盧志等的輕視〔註56〕，而當時的中原世族也動輒以「貉奴」稱呼南人〔註57〕。倒是西晉中葉以後中原地區因八王、永嘉之亂所肇致的大動盪，爲南北經濟與文化地位的易勢帶來了契機。由於上自世族、下至庶民等越來越多的人陸續地逃亡江東，加以中原的耕作技術與文化也傳入了南方，整個經濟與文化的重心於是隨之南遷，不僅吳會地區成了全國的經濟重心〔註58〕，建康、會稽一帶也成了清談及詩歌等文化藝術的中心。在此情況下，江南峻秀的山水於是在突然間前所未有地被發現了，不但成了美學意識投射的重要對象，也成了文藝創作的重要寶庫。袁山松說道：

> 常聞峽中水疾，書記及口傳悉以臨懼相戒，曾無稱有山水之
> 美也。及余來踐躋此境，既至欣然，始信耳聞之不如親見矣。
> 其疊崿秀峰，奇構異形，固難以辭敘。林木蕭森，離離蔚蔚，
> 乃在霞氣之表。仰矚俯映，彌習彌佳，流連信宿，不覺忘返。

〔註55〕　參見劉淑芬《六朝的城市與社會》。台北：台灣學生書局，民國 81 年 10 月初版，頁 255～頁 315。

〔註56〕　參見《晉書‧陸機傳》、《世說新語‧簡傲》。

〔註57〕　見林師文月〈潘岳陸機詩中的「南方」意識〉。《台大中文學報》，第五期，民國 81 年 6 月，頁 115。

〔註58〕　吳指三吳，會指會稽，俱在揚州境內，爲東晉及南朝四代的經濟命脈。參見劉淑芬《六朝的城市與社會》。台北：台灣學生書局，民國 81 年 10 月初版，頁 81～頁 86。

> 目所屢歷，未嘗有也。既自信得此奇觀，山水有靈，亦當驚
> 知己於千古矣。〔註59〕

親臨江南的袁山松，驚訝地發現了江南山水向來為書記及口傳所忽略的「美」，並發出了「山水有靈，亦當驚知己於千古矣」的感慨。可見，南渡士人以其原始的山水意識，驚見了江南山川流水的嫵媚動人之處，並反過來促成了山水意識在江左的進一步昇華與發展。

江南的山水之所以會進一步引發了世族名士的山水意識與審美情趣，主要在其所具有的特殊樣態。易言之，它具有著鮮明而特殊的輪廓與形式特徵，並具有著時空間上的特殊品質，因而吸引了士人的注目。當時著名的士人與遊僧，泰半活動在首都建康（今江蘇南京）以南到會稽（今浙江紹興）、永嘉（今浙江溫州），以及西南到潯陽（今江西九江）一帶。其中尤以會稽為最，是士人們聚會最多的地方，例如謝安在未出仕之時即曾居於會稽。而由王羲之等人於永和九年（西元 353 年）舉行的蘭亭集會亦在會稽山陰的崇山峻嶺之間〔註60〕。當時的會稽郡轄有山陰、上虞、餘姚、句章 鄞、鄮、始寧、剡、永興、諸暨十縣，境內的會稽山、宛委、秦望、天柱諸山連綿橫亙，相對於北方的氣候乾燥與草木稀少，它顯得雨水充沛、林木蒼鬱與山巒疊翠，乃是中國境內最秀麗的山川勝地之一。《世說新語‧言語》注引《會稽郡記》說道：

> 會稽境特多名山水，峰崿隆峻，吐納雲霧。松栝楓柏，擢榦竦條，潭壑鏡澈，清流瀉注。

相關的地理志書亦記載道：

> 雩山與嵊山接，二山雖曰異縣，而峰嶺相連。其間傾澗懷煙，泉谿引霧，吹畦風馨，觸岫延賞，是以王元琳謂之神明境。〔註61〕

〔註59〕見《水經注》卷四十三江水「又東過夷陵縣南」條引袁山松語。

〔註60〕參見羅宗強《魏晉南北朝文學思想史》。北京：中華書局，1996 年
10 月初版，頁 135；《晉書‧王羲之傳》。

〔註61〕《水經注》卷四十「漸江水」注。

自上虞七十里至溪口，從溪口隨江上數十里，兩岸峻壁，乘
高臨水，深林茂竹，表裡輝映，名爲雩崍，奔瀨迅湍，以至
剡也。〔註62〕

戴公山，……多茂林叢竹，又有清流激湍，丹崖蒼石，互相
映帶。〔註63〕

謝岩山，……山隩深峭，被以荊榛。巨澗奔激，清湍崩石，映
帶左右，入於溪下，爲三墜嶺，俯視深川，紺碧一色。〔註64〕

剡溪東北注入上虞，爲曹娥江。雩崍二山之峽爲溪口。剡
之四鄉，山圍平野，溪行其中，至嵊山，清楓嶺相向壁立，
愈近而雩山回巒於下，若遮若擁，舟行自二三里外望之，
恍不知水從何出。……舊錄所謂蒼岸壁立，下束清流是也。
〔註65〕

東有四明山，千崗萬崖，巍與天敵……又東爲丹池山，積翠
飄渺，雲霞所興。〔註66〕

東山歸然特立於眾峰間，洪揖蔽雲，如鸞鶴飛舞；林谷深蔚，
望不可見。逮至山下，於千峰掩抱間得微徑，循石路而上，
今爲國慶禪院，乃太傅舊宅。絕頂有謝公調馬路，白雲、明
月二堂遺址。至此，山川始軒豁呈露，萬峰林立，下視煙海
渺然，天水相接，蓋萬里雲景也。〔註67〕

　　上述相關記載，皆說明了會稽山水峰巒疊翠，溪澗澄靜，明秀之
中帶有雲霞之氣而引人遐思的特殊風貌，其中，尤以剡中一帶爲最。
羅宗強便指出，剡中一帶「清和一氣」的山川神韻，乃是東晉以及後
世士人爲之陶醉、流連忘返的所在〔註68〕。正是由於此種特色，使東

〔註62〕《嘉泰會稽志》卷九。

〔註63〕《剡錄》卷二〈山水志〉。

〔註64〕《嵊縣志》卷一引〈同治志〉。

〔註65〕仝上注。

〔註66〕《剡錄》卷二〈山水志〉

〔註67〕乾隆刊本《紹興府志》卷五引宋玉鋥〈東山記〉。

〔註68〕羅宗強《魏晉南北朝文學思想史》。北京：中華書局，1996年10月
　　　　初版，頁136。

晉世族文士體會到了山水的重要地位。而在玄學自然無爲的論述下，他們將山水提到了自然體系中最重要的地位，更將其具體化爲園林藝術，創造了一個屬於「第二自然」的異質時空，在其中開展了以玄談、詩歌等藝術爲主的雅賞社交生活，從而積澱了屬於東晉一朝的特殊審美意識。

二、莊園經濟及園林時空的第二自然建構

　　晉室南遷，使得向來習於北方地理環境的世族名士有機會見識到江南特殊地理時空所具有的魅力。世族名士以其長期涵蓄的獨特文化素養，驚訝地意識到了會稽等地山川流水的景致之美，並視之爲思想與藝術活動所以創發的瑰寶。原來早已存在、卻沒沒無聞的江南山水，於是在突然間被發現了。世族名士與遊僧不僅以其作爲雅賞社交的生活基地，更將其當成了審美鑑照與藝術創作的重要媒材或對象，因而蔚成了各種藝術蓬勃發展的盛況。其中，園林（園宅）的構築，即是相當具有代表性的一環。作爲一個眞實空間，園林可說是名士山水意象的具體呈現。它乃是一種「第二自然」〔註69〕，是名士對自然進行詮釋的空間再現，提供了他們山水之外遊賞的另一基地。

　　值得注意的是，園林空間的普遍構築，與東晉之際特殊的政治經濟情勢是密切相關的。早在西晉時，司馬氏推行的「九品官人法」與「占田法」即從政治與經濟兩方面爲世族提供了相當大的利益保障。南遷之後，在王與馬共天下的政治格局下，東晉政權爲了維護僑姓大族的利益並拉攏吳地的世族，便在西晉經濟制度的基礎上作了一番的調整與補充，不僅大大提昇了對世族封賜的數額，更允許世族大量開發土地。當時，一方面原先在三國之際即因領兵制度的實施而獲致眾多土地的吳地大族，仍在三吳地區佔有著廣大的農田、領有著大批的

〔註69〕　「第二自然」爲黑格爾用語，指稱一種有別於原始自然、而經人爲建
　　　　　構或佈滿了人爲痕跡的自然。見黑格爾著、朱孟實譯《美學》第三
　　　　　卷。台北：里仁書局，民國71年3月出版，頁105。

童僕與佃客，並伺機向外擴張，勢力可謂相當鞏固。另一方面，北來的僑姓大族雖擁有政治上的強勢地位，但在經濟上卻仍須遷就原有的吳地大族。爲了求田問舍、廣開生業，他們只得紛紛渡過浙江，來到了吳人勢力較弱的會稽郡與臨海郡間的浙東地帶殖產興利，開闢了爲數甚多的廣大莊園〔註70〕。世族佔地的面積於是成倍激增，擁有了最爲可觀的經濟實力。

　　門閥中人於是不僅在政治上是個大官員，同時在經濟上亦是個大地主，可謂是充分地掌握了東晉一朝的政經大權。就以一代中興名臣王導來說，他雖然爲人「簡素寡欲，倉無儲穀，衣不重帛」〔註71〕，生活十分簡樸，但仍擁有鍾山墅與西園等相當數量的田產。又如志趣淡薄的謝安，曾經高臥的東山即是他休養生息的田莊基地。他另外還「於土山營墅，樓館竹林甚盛。每攜中外子侄往來游集，肴饌亦屢費百金，世頗以此譏焉，而安殊不以屑意」〔註72〕。王謝家族中雖亦有僅依俸祿過活、甚至於貧窮者，但就東晉而言，世族地主享受著經濟上種種的特權卻是當時更爲普遍的情形〔註73〕。當時的僑姓世族與吳地大族雖群聚於首都建康從事著政治活動，但其產業卻遍佈於以三吳、會稽爲中心的浙東與浙西地域。經過了他們在這些地方封山占澤、拓殖產業的結果，三吳、會稽一帶屬於百姓的私地可說相當稀少，皆是佈滿了屬於豪族強宗的廣大莊園。事實上，除了這些地方外，都城附近以及鄰近的揚州、南徐州、南豫州等地，也都建有王公貴人的莊園，提供了世族名士進行雅賞社交生活的充分物質基礎。劉淑芬說道：

　　東晉南朝王公世族在官吏普遍經營產業的風氣之下，挾其勢

〔註70〕　參見劉淑芬《六朝的城市與社會》。台北：台灣學生書局，民國81年10月初版，頁91。

〔註71〕　《晉書・王導傳》。

〔註72〕　《晉書・謝安傳》。

〔註73〕　參見王玫《六朝山水詩史》。天津：天津人民出版社，1996年8月初版，頁124。

力以陵侮百姓，兼併田地，他們雖居於都城以從事政治活
動，但其經濟勢力卻遍及揚州、南徐州、南豫州等鄰近建康
的郡縣，尤其以三吳、會稽之地富室豪族園墅相望，爲其經
濟主要的來源。建康的達官顯要以散佈上述各處莊園之收
入，匯集都城，支付車服鮮麗、園宅競美、從容優適的生活。
〔註74〕

　　有了豐裕物質的支持，王公貴族會將心力投注於園宅的興建是十
分自然的。當時，三吳、會稽一帶遍佈著王公貴族的居宅，他們的宅
第不僅氣象宏偉、繪有精緻的壁畫，而且還包括了精心設計的園林〔註
75〕。貴族名士雖不乏在山水間興建自然式園林的狀況（位於會稽山
陰、「有崇山峻嶺，茂林修竹，又有清流激湍，映帶左右」〔註76〕的
著名的「蘭亭」即是一例），但其所建構的園林卻以人工化者爲多，
而且特別集中於百官貴族匯聚的都城建康。他們除了在建康城的中心
區域興建了饒富山林之趣的華邸園宅，同時也在郊區附近建立了名之
爲「墅」的相關別館〔註77〕，因而形成了東晉建康城的重要特色。

　　根據史傳的記載，王導、謝安與紀瞻的園宅即位於秦淮河南岸的
烏衣巷中〔註78〕。謝萬的園宅則在依傍著丹陽郡城的長樂橋東〔註
79〕，與吳隱之的園宅〔註80〕同樣位於秦淮河南岸。秦淮河北岸亦有
多處園宅，例如王導在冶城設有西園〔註81〕，謝尚與郗鑒的園宅則分

〔註74〕　引自劉淑芬《六朝的城市與社會》。台北：台灣學生書局，民國81年
　　　　　10月初版，頁92。
〔註75〕　參見吳功正《六朝美學史》。南京：江蘇美術出版社，1994年12月
　　　　　一版，頁504～頁568；劉淑芬《六朝的城市與社會》。台北：台灣
　　　　　學生書局，民國81年10月初版，頁111～頁134。
〔註76〕　《晉書‧王羲之傳》引王羲之〈蘭亭集序〉。
〔註77〕　例如謝安即在去建康東二十里的土山營墅（《晉書‧謝安傳》）。
〔註78〕　王導與謝安之烏衣巷宅見《景定建康志》卷四十二；紀瞻之烏衣巷宅
　　　　　則見《晉書‧紀瞻傳》。
〔註79〕　《景定建康志》卷四十二。
〔註80〕　仝上注。
〔註81〕　《建康實錄》卷十。

別位於唐縣東南一里二百步、以及清溪之處〔註82〕。就建康一地園宅的分佈而言，東晉之初，北方南渡的王、謝大族雖仍繼承了孫吳之際以秦淮河南岸爲建築基地的傳統，但已有了北移的趨勢，而且隨著時間的推移，愈往北發展。基本上，貴族園宅的分佈孫吳時以南岸居多，東晉時則各居其半，至南朝宋室以降則已多在北岸〔註83〕。隨著建康城在東晉成帝咸和五年（西元330年）以後的規劃發展〔註84〕，南岸已逐漸變爲平民居宅所在，而北岸御道兩側則爲富人居室。至於「由清溪一線以東延伸到東府城東，及鍾山西側是貴族達官園宅所在，宮城北的雞籠山逼近宮苑，爲諸王宗室邸宅，臺城周圍也佈有宗室、公主的第宅。」〔註85〕可說是充分反映了六朝貴族社會等級分明的制度性發展。

　　貴族名士對於園林的建造，主要是仿效處士逸民於山林間所建造的具有自然美的園林。上文曾經提及，東晉時的會稽郡一帶，乃是中國山光水色最爲明秀之地，除了不少名士爲之動容外，許多隱者亦擇此而居，經營出了頗具自然美的園林境界。例如與名士交往甚殷的僧人康僧淵即在豫章的山林間建立了具有自然逸趣的園林：

　　　康僧淵在豫章，去郭數十里，立精舍。旁連嶺，帶長川，芳
　　　林列於軒庭，清流激於堂宇。〔註86〕

　　這些隱者棲居所在的山崖石壁、溪澗流泉固然令人嚮往，但由

〔註82〕　《景定建康志》卷四十二。

〔註83〕　參見劉淑芬《六朝的城市與社會》。台北：台灣學生書局，民國81年10月初版，頁122～頁127。

〔註84〕　東進成帝咸和二年（西元327年）蘇峻於歷陽起兵，曾攻入洛陽。此亂雖於咸和四年（西元329年）平定，卻造成了建康城滿目瘡痍、宮室破敗的景況。成帝於是於咸和五年（西元330年）9月，開始重建建康城，在王導的規劃主導下，修造了宮城與都城兩部分，費時兩年而完成，爲後來南朝四代的都城制定了一定的規模。

〔註85〕　引自劉淑芬《六朝的城市與社會》。台北：台灣學生書局，民國81年10月初版，頁127。

〔註86〕　《世說新語・栖逸》。

於隱居生活是必須要忍受物質上樸實以及精神上孤獨的雙重試鍊，遠不是習於安逸豐裕生活的世族名士所能忍受者。加上他們也難以放棄社會上的崇高地位與權益，因而便在城鎮郊野中構築了人為的庭園，試圖藉由營造藝術重建一個他們對於隱居生活想像的真實空間〔註87〕。很顯然地，這乃是一個經由人為建構的「第二自然」，也是一個帶有人文痕跡的真實空間。藉之，出仕的貴族名士得以讓自己在不必完全離開繁華之餘，即能經常置身於充滿自然氛圍的空間情境之中，以聊慰企慕隱逸的精神需求。其連同建在山水之際、莊園之中的部分園林，共同構成了貴族名士及遊僧尋求精神飄逸的重要基地。

由於這些園林乃是企慕隱逸、修禊等生活的產物，因此，其營造的方式處處充滿了時人對「山水自然」的特殊想像。易言之，這些園林雖是人為的庭園，但卻處處要求表現出一種天然的風貌，甚至要讓遊園者產生恍若就在山水之中的特殊感受。為了達此效果，當時園林的營造有一些特殊的講究。首先，園中普遍營造有假山，例如會稽王司馬道子的東第即「穿池築山，列樹竹木，功用鉅萬」。當時築造假山的技術已可亂真，是以孝武帝臨幸司馬道子的園宅時，會誤以為園中的假山是天然丘壑：

> 嬖人趙牙出自優倡……牙為道子開東第，築山穿池，列樹竹木，功用鉅萬。……帝嘗幸其宅，謂道子曰：「府內有山，因得遊矚，甚善也。然修飾太過，非示天下以儉。」道子無以對，唯唯而已，左右侍臣莫敢有言。帝還宮，道子謂牙曰：「上若知山是板築所作，爾必死矣。」牙曰：「公在，牙何敢死！」營造彌甚。〔註88〕

除了以板築築造假山的情形外，約莫在稍後的宋室更開始了聚石為

〔註87〕參見劉淑芬《六朝的城市與社會》。台北：台灣學生書局，民國81年10月初版，頁112～頁113。

〔註88〕《晉書·簡文三子傳》。

山的風氣，例如劉勔即在鍾山之南「聚石蓄水，彷彿丘中」〔註89〕，從而開展了中國文人對山石鑑賞的風氣，以至於到了晚明江南園林中終於出現了以「透」、「漏」、「瘦」、「皺」等標準品評奇石的審美高峰〔註90〕。

其次，除了有假山之外，園林的構築一般還會引泉、開池、甚至鑿湖，將水引入園內，以塑造靈動的時空想像。司馬道子的東第即有「穿池」的營造手法，而遠在山嶺之間的蘭亭，也還出現了將「清流激湍，……引以為流觴曲水」〔註91〕的舉動。山與水在園林的塑造中經常是相輔相成的，無山固然不足以顯出水的靈動，無水亦無法襯托出山的巍昂，一實一虛、一靜一動、一突一平、一堅一柔之間，往往形成了一組甚富對比性的空間符碼，而為遊賞者增添了無限的遐想空間。

再者，花木等植物亦是東晉園林中重要的組成元素，司馬道子東第即「列樹竹木」。其種類有張湛好於齋前種植的松柏、王子猷所喜好的竹、以及出現在《苑城記》中的桔樹、石榴、槐樹、垂楊等。這些花果樹木多以雜錯種植為主，不但使得園林景色充滿了變化，亦令四季不時有花木可賞、嘉果可摘，增添了不少隱逸生活自給自足的豐富想像。最後，東晉的園林亦不時可見特殊動物的痕跡，例如王導的西園中即有「鳥獸麋鹿」〔註92〕。而鶴、鵝等以其所具有的文化象徵性，往往成了名士豢養與欣賞的對象。

這些園林的經營是有著一定的原則的。山、水、植物與動物等空間元素並不是隨意的擺置，而是按照地形特色與遊賞動線，透過借

〔註89〕　《宋書‧劉勔傳》。
〔註90〕　參見吳功正《六朝美學史》。南京：江蘇美術出版社，1994 年 12 月一版，頁 540。
〔註91〕　《晉書‧王羲之傳》引王羲之〈蘭亭集序〉。
〔註92〕　《晉書‧郭文傳》：「王導聞其名，遣人迎之，文不肯就車船，荷擔徒行。既至，導置之西園，園中果木成林，又有鳥獸麋鹿，因以居文焉。」

景、形成時空節奏等手法的細膩安排佈置，求得時空展現的整體性效果〔註93〕。此從《苑城記》對於東晉孝武帝新宮室植物栽植規劃的描述即可略窺究竟：

> 城外塹內並種桔樹，其宮牆內則種石榴，其殿庭及三台三省悉列種槐樹，其宮南夾路出朱雀門，悉種垂楊與槐也。

這是一種經過縝密構思以再現「自然」的系統性設計，務求在統一中有變化，而在變化中能見到秩序。換句話說，它雖注重個別時空間元素所具有的藝術特性，但更強調彼此間相互輝映，形成一種統一整體的最大美學效果。對於中國庭園具有的這種整體性效果，德國哲學家黑格爾（Georg Wilhelm Friedrich Hegel, 1770～1831）在其《美學》中有相當精闢的分析：

> 園林藝術不僅替精神創造一種環境，一種第二自然，一開始就用完全新的方式來建造，而且把自然風景納入建築的構圖設計裡⋯⋯。花園⋯⋯不是運用自由的自然事物而建造成的作品，而是一種繪畫，讓自然事物保持自然形狀，力圖摹仿自由的大自然。它把凡是自然風景中能令人心曠神怡的東西集中在一起，形成一個整體，例如岩石和它的生糙自然的體積，山谷，樹木，草坪，蜿蜒的小溪，堤岸上氣氛活躍的大河流，平靜的湖邊長著花木，一瀉直下的瀑布之類。中國的園林藝術早就這樣把整片自然風景包括湖，島，河，假山，遠景等等都納到園子裡。〔註94〕

事實上，也正是透過這樣一種整體性的安排佈置，貴族名士發展了他們對於自然的概念，並引以為詩歌等美學實踐的重要源泉。在此，「自然」顯然是經過抉擇與建構的，是以其在美學形象上充滿了如畫般的藝術效果而成為名士心儀的對象。易言之，自然本身

〔註93〕 參見吳功正《六朝美學史》。南京：江蘇美術出版社，1994 年 12 月一版，頁 555～頁 559。

〔註94〕 黑格爾著、朱孟實譯《美學》第三卷。台北：里仁書局，民國 71 年 3 月出版，頁 105～頁 106。

成了美學關注欣賞的對象,並以其本身自由、多變、蕭散而充滿意象的輪廓與品質豐富了名士本身的心靈。藉由此一過程,「自然」非但建構了其作爲美學化的特殊形象,並成了道體談論與心靈寄託的對象。這種由世族名士、隱士遊僧所開展出來的園林藝術,除了興盛於南朝之外,經過了隋唐、宋元的沉潛發展後,亦再度興盛於明清江南的城市之中。而由於社會經濟脈絡的不同,明清江南園林所展現的是一種以商人爲主的文化型態,並不具備有六朝名士般企求隱逸的高尙情懷;但後者於狹小的城市空間中追求山林變化與自然情趣的園林建構手法,卻顯然有東晉、南朝的傳統淵源。東晉以及其後的南朝實可說是中國園林發展的關鍵階段,具有前導的作用〔註95〕。

三、「異質地方」中的詩意棲居及其所開顯的美學品味

　　世族名士與遊僧所顯現出來的創造與審美活力,主要係以其在山水園林中所開展出來的日常生活作爲中介的。前述諸如談玄、詩書畫往返等以雅賞爲主要模式的社交生活,即是以山水及園林作爲實踐的基地。據史傳記載,約莫魏晉以後,六朝名士、文人大規模地競相奔赴大自然,逐漸形成了遊覽山水的普遍風氣。《晉書》、《宋書》、《南齊書》、《梁書》與《南史》等即記載了許多當時士人好山樂水的行徑:

　　　　〔羊〕祜樂山水,每風景,必造峴山,置酒言詠,終日不倦。當慨然歎息,顧謂從事中郎鄒湛等曰:「自有宇宙,便有此山。由來賢達勝士,登此遠望,如我與卿者多矣!皆湮滅無聞,使人悲傷。如百歲後有知,魂魄猶應登此也。」〔註96〕
　　　　〔阮籍〕或閉戶視書,累月不出;或登臨山水,經日忘歸。

<hr>

〔註95〕 參見黃長美《中國庭園與文人思想》。台北:明文書局,民國77年4月三版,頁7～頁15;劉淑芬《六朝的城市與社會》。台北:台灣學生書局,民國81年10月初版,頁111～頁134。
〔註96〕 《晉書・羊祜傳》。

博覽群籍，尤好老莊。〔註97〕

〔孫統〕性好山水，乃求爲鄞令，轉在吳寧。居職不留心碎務，縱意游肆，名山勝川靡不窮究。〔註98〕

〔郭文〕少愛山水，尚嘉遁。年十三，每游山林，彌旬忘反。父母終，服畢，不娶，辭家游名山，歷華陰之崖，以觀石室之石函。〔註99〕

〔王〕羲之既去官，與東土人士盡山水之游，弋釣爲娛。又與道士許邁共修服食，採藥石不遠千里，遍游東中諸郡，窮諸名山，泛滄海，歎曰：「我卒當以樂死。」〔註100〕

〔謝靈運〕……出爲永嘉太守。郡有名山水，靈運素所愛好。出守既不得志，遂肆意游遨，遍歷諸縣，動逾旬朔，民間聽訟，不復關懷。所至輒爲詩詠，以致其意焉。〔註101〕

〔宗炳〕好山水，愛遠游，西陟荊巫，南登衡岳。因而結宇衡山，欲懷尚平之志。〔註102〕

〔孔淳之〕居會稽剡縣。性好山水，每有所游，必窮其幽峻，或旬日忘歸。〔註103〕

〔劉凝之〕性好山水，一旦攜妻子泛江湖，隱居衡山之陽，登高嶺，絕人跡，爲小屋居之。採藥服食，妻子皆從其志。〔註104〕

〔蕭子顯〕性愛山水，爲伐社文以見其志，飲酒數斗，頗負才氣。〔註105〕

〔會稽〕郡境，有雲門、天柱山，〔王〕籍嘗游之，或累月

〔註97〕《晉書・阮籍傳》。
〔註98〕《晉書・孫楚傳附孫統傳》。
〔註99〕《晉書・郭文傳》。
〔註100〕《晉書・王羲之傳》。
〔註101〕《宋書・謝靈運傳》。
〔註102〕《宋書・宗炳傳》。
〔註103〕《宋書・孔淳之傳》。
〔註104〕《宋書・劉凝之傳》。
〔註105〕《南史・蕭子顯傳》。

不反。〔註106〕

　〔徐〕摛年老，又愛泉石。〔註107〕

　〔陶弘景〕遍歷名山，尋訪仙藥。身既輕捷，性愛山水，每
經澗谷，必坐臥其間，吟詠盤桓，不能已已。〔註108〕

除了遊歷山水外，亦有不少遊賞園林的紀錄：

　於土山營墅，樓館竹林甚盛。每攜中外子侄往來游集，肴饌
亦屢費百金，世頗以此譏焉，而安殊不以屑意〔註109〕

　簡文入華林園，顧謂左右曰：「會心處，不必在遠。翳然林
水，便自有濠、濮閒想也。覺鳥獸禽魚自來親人。」〔註110〕

　〔袁粲〕好飲酒，善吟諷，獨酌園庭。以此自適。居負南郭，
時杖策獨遊，素寡往來，門無雜客。〔註111〕

　〔孔稚圭〕不樂世務，居宅盛營山水，憑几獨酌，傍無雜事。
〔註112〕

　〔蕭統〕性愛山水，於玄圃穿築，更立亭館，與朝士名素者
游其中。嘗泛舟後池，番禺侯軌盛稱此中宜奏女樂。太子不
答，詠左思招隱詩云：「何必絲與竹，山水有清音。」軌慚
而止。〔註113〕

其餘如南朝文士沈約與謝朓等亦多有游賞東田園林的舉動〔註
114〕。上述以山水及園林爲基地的日常社會生活實踐，不僅豐富了
山水園林本身的時空內涵，同時亦提昇了其所欲追求的精神性質。
事實上，經過了這樣的實踐，山水園林已被建構爲一處米歇・傅寇

〔註106〕《梁書・王籍傳》。
〔註107〕《梁書・徐摛傳》。
〔註108〕《南史・陶弘景傳》。
〔註109〕《晉書・謝安傳》。
〔註110〕《世說新語・言語》。
〔註111〕《宋書・袁粲傳》。
〔註112〕《南齊書・孔稚圭傳》。
〔註113〕《梁書・昭明太子傳》。
〔註114〕《南史・沈約傳》：「立宅東田，矚望東阜，嘗爲〈郊居賦〉以序其事」。
　　　　謝朓則寫有著名的〈遊東田〉詩。

（Michel Foucault）眼中所謂的「異質地方」（heterotopias），充滿了法國哲學家巴希拉在《空間詩學》中所揭示的品質豐饒而引人奇想的異質性〔註 115〕。

而世族名士與遊僧是以相當獨特的身體與心態在與山水園林產生互動的：

> 王子敬云：「從山陰道上行，山川自相映發，使人應接不暇。若秋冬之際，尤難爲懷。」〔註 116〕

> 王司州至吳興印渚中看。歎曰：「非唯使人情開滌，亦覺日月清朗」〔註 117〕

湛方生在〈遊園詠〉中更說道：

> 諒茲境之可懷，究川阜之奇勢。水窮清以澈鑒，山鄰天而無際。乘初霽之新景，登北館以悠矖。對荊門之孤阜，傍魚陽之秀岳。乘夕陽而含詠，杖輕策以行遊。襲秋蘭之流芬，慔長猗之森修。任緩步以升降，歷丘墟而四周。

文中「杖輕策以行遊」點出了遊園者是何等地輕鬆；「任緩步以升降」則指出了遊園者隨地形而升降，又是何等地從容。在這樣輕鬆從容的姿態中，則映現了遊園者希冀藉由對山水園林的自然觀照，而啓發心靈對於形而上道體進行探究的根本欲求。是以簡文帝在入華林園時會說道：「會心處，不必在遠。翳然林水，便自有濠、濮閒想也。覺鳥

〔註 115〕傅寇認爲，傳統的空間研究者或設計者由於受限於歐幾里得的純粹空間概念，多將空間視爲是一種均質而沒有差異的整體，直至巴希拉以心理學爲基礎對空間作出了如詩般的描述、分析方才有所改變。立基於這種異質性，傅寇進一步提出了「異質地方」的概念，用以指稱特定主體透過身體、生活實踐所結構出來的社會空間。傅寇認爲「異質地方」不同於烏托邦，它是眞實存在的地點，但它又不同於眞實空間，而是後者的對反基地。參見傅寇著、陳志梧譯，〈不同空間的正文與上下文（脈絡）〉（Text and Contexts of Other Spaces），收錄於夏鑄九、王志弘編譯《空間的文化形式與社會理論讀本》。台北：明文書局有限公司，民國 82 年 3 月增訂再版，頁 399～頁 410。

〔註 116〕《世說新語・言語》。

〔註 117〕《世說新語・言語》。

獸禽魚自來親人。」而司馬道子夜坐觀月時，亦會出現對謝景重「居心不淨，乃復強欲滓穢太清」的調侃：

> 司馬太傅齋中夜坐，于時天月明淨，都無纖翳。太傅歎以爲佳。謝景重在坐，答曰：「意謂乃不如微雲點綴。」太傅因戲謝曰：「卿居心不淨，乃復強欲滓穢太清邪？」〔註118〕

謝景重「微雲點綴」的關注是美作爲一種「觀賞」對象的「形態」展現，而司馬道子則著重於心靈與自然景象的內外化一，認爲心澄則月明，強調的是「澄懷」而非觀賞，是一種心靈陶冶的態度。而在這樣的態度下，山水園林顯然已不僅是遊覽或居住的處所，而成了名士、遊僧心靈沉浸的參化對象〔註119〕。孫綽〈蘭亭後序〉即相當生動地闡明了山水園林具有使名士感悟玄理的心靈洗滌作用：

> 古人以水喻性，有旨哉！非以淳之則清，淆之則濁耶！故振轡於朝市，則充屈之心生；閒步於林野，則寥落之意興。仰瞻羲唐，邈然遠矣；近詠臺閣，顧探增懷。聊於曖昧之中，期乎縈拂之道。
>
> 暮春之始，禊於南澗之濱。高嶺千尋，長湖萬頃。乃藉芳草，鑒清流，覽卉物，觀魚鳥，具類同榮，資生咸暢。於是和以醇醪，齊以達觀，快然兀矣，復覺鵬鷃之二物哉！
>
> 耀靈縱轡，急景西邁，樂與時去，悲亦繫之，往復推移，新故更換，今日之跡，明日陳矣。感詩人之致興，諒歌詠之有由。〔註120〕

這是一種類似海德格所謂「詩意棲居」的生活方式。海德格在以藝術哲學爲重心建構其存在本體論哲學時，曾提出了「人詩意地棲居」的命題。晚年的他特別讚賞詩人荷爾德林（Friedrich HÖlderlin）如下

〔註118〕《世說新語·言語》。

〔註119〕參見吳功正《六朝美學史》。南京：江蘇美術出版社，1994 年 12 月一版，頁 512～頁 513；黃偉倫《六朝玄言詩研究》。華梵大學東方人文思想研究所碩士論文，民國 88 年 1 月，頁 296～頁 302。

〔註120〕《蘭亭考》卷一。

的詩句：

　　　　充滿勞績，但人詩意地居住在此大地上。〔註121〕

海德格認為，有漂亮華美的住宅、寬敞的空間、典雅的裝飾等，並不
就意味了詩意地棲居。因為當人沉溺於物質享樂的功利性目的時，生
活反倒已經失去了「詩意」。他進一步指出：一來，人們居住在某處，
佔據著一定的空間，這絕非棲居；二來，物質性的築居（building）
雖是棲居的前提，但亦非棲居本身。只有「詩意」才使棲居變成為棲
居，缺乏詩意的棲居根本不成其為棲居。亦即，在世存有者（Dasein）
在「以神性來度量自身」〔註122〕時，在其誠懇地面對著大地、天空、
人群以及神明的一切屬性時〔註123〕，詩意才會顯現，棲居也才成其
為棲居。是以「人只有詩意的棲居才會生活在自己本真的存在之中。
如果我們沉溺於追求物質享樂和空間舒適的棲居的話，我們喪失的正

〔註121〕荷爾德林的詩句引自李醒塵《西方美學史教程》。台北：淑馨出版
　　　　社，1996 年 10 月初版，頁 578；同樣一首詩，施植明所譯的《場
　　　　所精神——邁向建築現象學》中則譯為「充滿價值，而且有詩意地，
　　　　人類在地球上定居。」引自諾伯舒茲（C.Norberg-Schulz）著、施植
　　　　明譯《場所精神——邁向建築現象學》（Genius Loci: Towards a
　　　　Phenomenology of Architecture）。台北：田園城市文化事業有限公
　　　　司，民國 84 年 3 月初版，頁 22。
〔註122〕此句為荷爾德林之語，摘引自周憲《二十世紀西方美學》。南京：
　　　　南京大學出版社，1997 年 12 月初版，頁 294。周憲指出，在海德
　　　　格的語彙中，諸如神明、神等與歐洲基督教傳統對於神的觀念並無
　　　　直接的關聯。他對於神明的觀念其實更接近於荷馬史詩、悲劇、以
　　　　及柏拉圖以前之神話對於神的看法。甚至有人直接指出，他所謂的
　　　　神，即是早期希臘人所理解的「自然」（例如雪神、太陽和河神等）
　　　　與「人」的概念。
〔註123〕海德格在〈建、居、思〉（Building Dwelling Thinking）一文中曾指
　　　　出，人是在天空之下、大地之上、神明之前、以及人群之中棲居/
　　　　殖居。參見 M. Heidegger，"Building Dwelling Thinking", Basic
　　　　Writings, 台北：雙葉書店，民國 74 年出版，頁 323～頁 339；諾伯
　　　　舒茲（C.Norberg-Schulz）著、施植明譯《場所精神 - 邁向建築現
　　　　象學》（Genius Loci: Towards a Phenomenology of Architecture）。台
　　　　北：田園城市文化事業有限公司，民國 84 年 3 月初版，頁 6～頁
　　　　22。

是我們自己本眞的存在。」〔註 124〕

　　以此觀之，東晉世族名士及遊僧的雅賞生活、連同其在此生活中對於道體本眞的追求，其實是充滿了詩意的。世族名士「虛懷以順有、遊外以弘內、沉機以悠息，處於瀟灑從容、隨分咐時、悠閒玩味、細啜慢品的狀態之中」〔註 125〕的生活方式，所彰顯的乃是一種充滿了價值、並積極追求存在本眞的棲居實踐。吳功正說道：「此時的名士風度跟正始、竹林名士有所不同。其外在表現不在揮麈擊壺，捫虱而談，口吐玄言，縱酒使氣，有時甚或是糟蹋身體，自戕生命，它所尋求的外部形式趨向於個人心靈的整修、陶冶、沉醉」〔註 126〕，山水與園林，於焉成了世族名士心靈內在空間最直接的外化形式。

　　透過了這種在山水園林異質時空中的詩意棲居，世族名士與遊僧創作了相當多的詩作。承續著曹魏、西晉詩歌中已然出現的對山水進行描寫的傳統，東晉之際山水詩已在萌芽的階段〔註 127〕。當時，不僅出現了借山水形象說理的詩作（例如謝安、王羲之與謝繹的〈蘭亭詩〉等），同時更出現了相當純粹的山水詩作（例如孫綽〈秋日詩〉、庾闡〈江都遇風〉、以及湛方生的〈還都帆詩〉與〈天晴詩〉等），直接爲劉宋以降山水詩的大興，拉開了序幕。可以說，經由山水園林的滋潤，東晉詩歌已出現了逐漸脫離純粹說理、枯燥無味的跡象。在此發展過程中，不但山水形象日益躍居於重要地位，大道本體精神亦藉

〔註 124〕引自周憲《二十世紀西方美學》。南京：南京大學出版社。1997 年 12月初版，頁 294。

〔註 125〕引自吳功正《六朝美學史》。南京：江蘇美術出版社，1994 年 12 月一版，頁 512。

〔註 126〕引自吳功正《六朝美學史》。南京：江蘇美術出版社，1994 年 12 月一版，頁 511。

〔註 127〕根據王玫的研究，雖然劉勰《文心雕龍・明詩》曾說「莊老告退而山水方滋」，然而山水詩的出現早在玄言詩告退之前。作爲一種獨特的詩歌體類，山水詩有其獨特的發展過程，與玄言詩的關係並非縱向的繼承關係，而更多是橫向的滲透關係。參見王玫《六朝山水詩史》。天津：天津人民出版社，1996 年 8 月初版，頁 153。

自然山水而顯現，再也不需要以詩歌的形式對本體之道作專門的說明

〔註 128〕。

　　以山水園林爲主的生活經驗除了直接激發有關於山水詩的創作外，亦積澱出了一定的審美姿態與美學品味。先就審美姿態而言，蘭亭修禊的舉動，連同前引湛方生〈遊園詠〉中對於「杖輕策以行游」、「任緩步以升降」的描述，透露的即是一種以悟道爲主，充滿了輕鬆、從容的特殊審美姿態。這是一種以承載了道心之人爲主的澄懷關係，審美的過程即是一種修禊、尋道的過程。它雖以「鑑賞」的關係起始，卻在此過程中被昇華爲對道的印證與追求，直接呼應了世族名士與遊僧雅賞社交生活中對精神性的特殊企求。

　　至於世族名士在此生活模式中所積澱的美學品味，則不難從他們對山水的形容中見之。從前述王子敬、袁山松、王司州、王右軍、以及顧長康〔註 129〕等的論述中，會稽、特別是剡中一帶的山水，對他們來說幾乎是「溫潤明秀」的「神明境」，充滿了「清和一氣」的靈氣與神韻。簡而言之，「神靈清秀」已成了他們浸淫於山水中所培養而出的美學品味。

　　而他們在構築園林時，亦沿用了這樣一種力求「神靈清秀」的品味，將之當成理想規範。這種美學品味亦滲透、移轉到詩歌等文學創作之中：

　　　肆眺崇阿，寓目高林。青蘿翳岫，修竹冠岑。谷流清響，條
　　　鼓鳴音。玄崿吐潤，霏霧成陰。(謝萬〈蘭亭詩〉)
　　　地主觀山水，仰尋幽人蹤。回沼激中逵，疏竹間修桐。因流
　　　轉輕觴，冷風飄落松。時禽吟長澗，萬籟吹連峰。(孫統〈蘭
　　　亭詩〉)
　　　丹崖竦立，葩藻映林。淥水揚波，載浮載沉。(王彬之〈蘭亭

〔註 128〕參見王玫《六朝山水詩史》。天津：天津人民出版社，1996 年 8 月
　　　　初版，頁 151～頁 152。
〔註 129〕《世說新語・言語》：「顧長康從會稽還，人問山川之美，顧云：『千
　　　　巖競秀，萬壑爭流，草木朦朧其上，若雲興霞蔚。』」

　　詩〉〉

　　高岳萬丈峻，長湖千里清。白沙窮年潔，林松冬夏青。（湛方
　　生〈還都帆詩〉）

　　落帆修江渚，悠悠極長盼。清氣朗山壑，千里遙相見。（湛方
　　生〈天晴詩〉）

從上述詩作對於山水的描寫可知，「神靈清秀」正是貫穿其間的一統
品質。在此，世族名士於山水園林中的美學體驗，已然具現在他們的
詩歌之中。

第三節　玄學等文化論述及其對詩歌創作的美學影響

一、玄學的純粹化、佛學化及其對玄言詩發展的美學影響

　　東晉時期爲玄言詩達到高峰之際，諸如王導、孫綽、許詢、郭璞、
劉琨、盧諶、庾闡、張翼、袁宏、陸沖、謝道韞、湛方生、王胡之、
符朗、王康琚、江逌、孫放等詩家即曾創作了許多與玄言有關的詩作。
現今留存的詩作，除了東晉初李充、楊方、曹毗等人的作品、以及屬
於晉宋之交陶淵明等所作者外，絕大多數是以玄言詩爲主的。玄言詩
可以說是東晉詩壇的主流，也最直接積澱了東晉詩人的審美意識。因
此歷來文學史家、評論者對玄言詩的成就雖不盡認同，但從詩歌美學
史的角度觀之，卻不能不對這些主宰、反映了東晉詩家審美成就的詩
作作一考察。事實上，學界近來已陸續有人注意到了玄言詩的發展，
並對其藝術成就作了詳盡的論述，黃偉倫的《六朝玄言詩研究》即是
相當具有代表性的例子。這顯示研究者已逐漸拋棄了前此對玄言詩的
成見，開始見到玄言詩出現所具有的關鍵性意義。

　　玄言詩發生的源頭雖可溯至漢武帝時的東方朔〔註130〕，但其較

〔註130〕除了東方朔的〈誡子詩〉外，在正始之前東漢的仲長統（〈見志詩〉
　　　　兩首）、以及建安之際的阮瑀（〈失題詩〉）、繁欽（〈雜詩〉）、曹丕
　　　　（〈善哉行〉）與曹植（〈長歌行〉、〈苦思行〉）的詩句中亦可見他們
　　　　對道家學理有所體會的表現。

爲顯著的發展，卻是在曹魏正始年間。當時阮籍與嵇康的詩作中，已可見不少闡發三玄哲理或具玄虛色彩的詩句。西晉永嘉之後，這種內容的詩作陸續增加，並形成了專門的詩體。它雖在東晉之際達到了高峰，卻旋即於南朝後隨著玄學的衰微而逐漸地退出了歷史的舞台。由於玄言詩乃是襲用了秦漢以來既有以詩歌進行說理、議論的形式，並在魏晉玄風大熾脈絡下加入老、莊、儒、釋等哲理的一種獨特詩體。因此，玄言詩雖然不是玄學簡單而直接的複製，而有其獨特的發展歷史，但其形成的過程，基本上是與玄學本身在魏晉之際獨特的發展關係密切的。

東漢之際，蔡邕的談論雖然已涉玄遠，然而玄學之蔚爲一種普遍的風尚，卻要到正始之際。可以說，道家在魏晉時期的盛大發展，主要是以玄學的形式出現的。何晏、王弼、夏侯玄等正始名士以洛陽爲中心，透過談玄、注釋《易》《老》等方式，提出了貴無的學說。正始中期以後，更有嵇康、阮籍等竹林名士提出了越名教而任自然的看法，冀望探尋人生的玄妙境界。何晏、王弼等將名教立基於自然基礎之上的貴無本體論，基本上是一種政治哲學，有其爲曹魏家族統治合理化、並反抗司馬氏集團的政治意涵〔註131〕。嵇康、阮籍等人將莊學詩化的玄學論述雖對實際政治沒有指導的意義，卻仍具現了他們有感於政治險惡，欲藉莊、老哲學以及高蹈絕倫之人格以資對抗的意涵。因此，嵇康、阮籍的玄言詩作主要表現出以詩中玄理化解老莊詞句的情形。從其詩作中，固然可見到對大道奧秘的探尋，卻同時可感受到詩人心中難掩的激情，可謂在任誕務虛的氣韻下潛藏了一股不平的憂憤。王玫說道：「由於詩人本意並不在爲悟玄而悟玄，只是從老莊玄理中尋找現實人生窮通休戚之理，對玄理本身未必有窮探深究的熱望，更不用說以詩歌形式進行專門討論了，所以這時期詩中的玄理成份時常被詩人憂憤之情所遮蓋，容易被人忽略。同樣，玄理內容由

〔註131〕敏澤《中國美學思想史》第一卷。濟南：齊魯書社，1987年7月初版，頁465～頁466。

於承受詩人情感的滋養顯得並不枯燥煩人，反而爲詩歌平添幾分高蹈清虛的氣息。」〔註132〕

　　玄談務虛的風氣雖經過晉惠帝時裴頠崇有論的攻訐而遭到了相當程度的抑制，但並沒有因此而中輟。元康年間，向秀、郭象爲了調和裴頠崇有論的過實以及王衍貴無的過虛，提出了「名教即自然」的觀點。他們主要將王弼玄學中作爲本體而存在的「無」化入「萬有」之中，並藉由本體的取消，將虛無飄渺的「道」拉回現實之中。亦即，承認存在即是合理，廟堂與山林並無根本的差異。在這樣的認知下，玄虛之道遂被落實爲具體的生活情調，成爲名士虛無放誕、甚至縱慾裸裎的理論藉口。由於著重於行爲之放誕，這些名士對於玄學理論並沒有深究的興趣，亦對文學等實學充滿了鄙視之情，難怪當時玄風雖盛，但卻少見直接抒發玄理的詩作。而由素族文士如傅玄、張華等人所創作的詩歌反而充斥了儒學經義的道德性論述，即使涉及玄理，亦不過是以宇宙、四時等天道輪轉爲基礎的泛泛之論〔註133〕。

　　渡江之後，可說是玄學發展的另一個重要階段。世族名士在充分感受到政治平等對精神自由的解放、以及豐裕物質對非功利實踐的安頓狀況下，轉而以平靜的心態對玄學內涵進行更爲深入的探究。東晉的玄學於是變成了一門純粹的哲學，它一方面解除了在嵇康、阮籍手中因爲政治因素所沾染的激越抗議之情，同時也免除了在元康之際因爲追求功利享樂而淪爲現實生活的藉口。在此趨勢下，原先被向秀、郭象擺落在現實生活中的「道」又重新歸復於本體，玄學再度尋回了其著重思辨性、推演性的抽象意涵，並同時抖落了其在歷史發展中，一再因爲政治與功利因素所蒙上的陰影〔註134〕。

〔註132〕引自王玫《六朝山水詩史》。天津：天津人民出版社，1996 年 8 月
　　　　初版，頁 145～頁 146。

〔註133〕仝上注，頁 146。

〔註134〕仝上注，頁 146～頁 148。

　　至此，玄學已然變成了一門純粹的哲學，對於義理、形而上之道的追求成了其最重要的任務，難怪其思路會與佛教般若學一拍即合，並因而推動了新一階段玄學佛學化的興盛發展。從歷史發展的角度來看，佛教雖然在東漢之際即已傳入中土，並在三國與西晉時得到了較大的發展，但一直未能打入社會上層，也未能契入士人的思想。一直到了東晉，藉由玄談的活動，佛教方才進入了士人的心靈與生活之中〔註135〕。這主要因為，兩晉之間的動盪使得儒道學說已無法全然撫慰眾人失落的心靈，而佛教以其因果報應、末劫世界與慈悲擺渡等學說乘虛而入，填補了這個縫隙。加以佛學的本體論乃是主張「性空本無」的般若學〔註136〕，它非但與玄學貴無的本體論具有理論上的親近性，而且更為精緻，十分能滿足世族名士對於本源之理的窮究與探尋。可以說，是在東晉玄學與佛學合流的脈絡下，佛教才被廣泛地當成為一種哲理來研究，並與中國本土的哲學結合起來，促成了彼此的發展。

　　事實上，東晉之際的佛學主要盛行者即為各種般若之學，已非漢魏及西晉時以禪數、教儀與果報等為內容的佛教，甚至因為詮釋及理解的不同而形成了六家七宗等流派〔註137〕，大大吸引了眾多玄學名士的注意。當時，許多高僧陸續渡江，例如東晉元帝永昌元年（西元322年）帛尸梨蜜多羅到建康，王導、庾亮、周顗、謝鯤、桓彝、王敦等人即悉心予以接待，並對他備加讚賞。而成帝咸和二年（西元

〔註135〕 參見湯用彤《漢魏兩晉南北朝佛教史》。上卷，中華書局，1955年出版，頁180；任繼愈主編《中國哲學發展史（魏晉南北朝）》。北京：人民出版社，1988年4月出版，頁436～頁452。

〔註136〕 般若學亦即大乘佛學中的中觀派理論，係印度大乘空宗為了批判小乘有宗所發展出來的一種理論。

〔註137〕 根據唐時元康所作〈肇論疏〉：「論有六家分成七宗。第一，本無宗；第二，本無異宗；第三，即色宗；第四，識含宗；第五，幻化宗；第六，心無宗；第七，緣會宗。本有六家，第一家分為二宗，故成七宗也。」勞思光《新編中國哲學史（二）》。台北：三民書局股份有限公司，民國76年9月增訂三版，頁239。

327 年）康僧淵、康法暢、支敏度等至建康，眾名士亦與之相交。此外，相互往來者尚有竺道潛、竺道生、竺法雅、竺法深、竺法汰、于法蘭、于法開、支遁、慧遠等僧人、以及王濛、王洽、劉恢、謝安、王羲之、戴逵、顧愷之、許詢、孫綽、郗超、王脩、王坦之、謝朗、袁宏與殷浩等名士〔註138〕。

隨著佛學在江左的迅速傳播，佛理也漸漸取代了老莊義理而進入談座，並反過來促進了佛學的發展。當時，名士與遊僧談論玄理的記載相當多。《世說新語·文學》：

> 有北來道人好才理，與林公相遇於瓦官寺，講小品。于時竺法深、孫興公悉共聽。此道人語，屢設疑難，林公辯答清析，辭氣俱爽。此道人每輒摧屈。孫問深公：「上人當是逆風家，向來何以都不言？」深公笑而不答。林公曰：「白旃檀非不馥，焉能逆風？」深公得此義，夷然不屑。

> 支道林、許、謝盛德，共集王家。王顧謂諸人：「今日可謂彥會，時既不可留，此集固亦難常。當共言詠，以寫其懷。」許便問主人有莊子不？正得漁父一篇。謝看題，便各使四坐通。支道林先通，作七百許語，敘致精麗，才藻奇拔，眾咸稱善。於是四坐各言懷畢。謝問曰：「卿等盡不？」皆曰：「今日之言，少不自竭」。謝後麤難，因自敘其意，作萬餘語，才峰秀逸。既自難干，加意氣擬託，蕭然自得，四坐莫不厭心。支謂謝曰：「君一往奔詣，故復自佳耳。」

> 康僧淵初過江，未有知者，恆周旋市肆，乞索以自營。忽往殷淵源許，值盛有賓客，殷使坐，麤與寒溫，遂及義理。語言辭旨，曾無愧色。領略麤舉，一往參詣。由是知之。

〔註138〕 參見湯用彤《漢魏兩晉南北朝佛教史》上卷。中華書局，1955 年出版，頁 180；錢志熙《魏晉詩歌藝術原論》。北京：北京大學出版社，1993 年 1 月初版，頁 368；李澤厚、劉綱紀主編《中國美學史》第二卷。台北：谷風出版社，民國 76 年 12 月臺一版，頁 381～頁 387；敏澤《中國美學思想史》第一卷。濟南：齊魯書社，1987 年 7 月初版，頁 474～頁 475；任繼愈主編《中國哲學發展史（魏晉南北朝）》。北京：人民出版社，1988 年 4 月出版。

　　誠如〈戒因緣經鼻奈耶序〉所言:「以斯邦人,莊、老教行,與方等經兼忘相似,固因風易行也。」〔註 139〕爲了宣揚佛法,高僧與名士交往,往往採取「格義」之法,亦即須先行藉助玄理,而後導入佛理的討論〔註 140〕。《高僧傳》記載名僧慧遠在宣講佛法時,「嘗有客聽講,難實相義,往復移時,彌增疑昧。遠乃引莊子義以爲連類,於是惑者曉然;是後安公特聽慧遠不廢俗書」〔註 141〕。就東晉士人與遊僧談坐的情況觀之,玄、佛兩理已經自然地互相滲透,不但名僧能談論玄理,名士亦對佛理多有涉獵。例如殷浩、孫綽、郗超等都是對佛理有深刻研究的人。而到了東晉末期,士人的談論則更以佛理爲主要內容。

　　這種玄學佛學化的**趨勢**,不只顯現在佛學談論比重的增加,更是一種佛學義理拓展、深化、甚至於取代玄學討論的過程〔註 142〕。史傳中所載支遁的相關作爲,相當能說明這種狀況:

> 遁在白馬寺,與劉系之等談莊子逍遙篇,云各適性以爲逍遙。遁曰:「不然,夫桀跖以殘害爲性,若適性爲得者,彼亦逍遙矣。」於是退而注逍遙篇,群儒舊學莫不歎伏。〔註 143〕

> 莊子逍遙篇,舊是難處,諸名賢所可鑽味,而不能拔理於郭、向之外。支道林在白馬寺中,將馮太常共語,因及逍遙。支卓然標新理於二家之表,立異義於眾賢之外,皆是諸名賢尋味之所不得。後遂用支理。〔註 144〕

支遁的〈逍遙注〉雖然已經散佚,但他還留下了一篇〈逍遙論〉,可

〔註 139〕見《全晉文》卷一六七。

〔註 140〕參見韋政通《中國思想史》下冊。台北:水牛圖書出版事業有限公司,民國 81 年 9 月十一版,頁 725～頁 729。

〔註 141〕慧皎《高僧傳·慧遠傳》。

〔註 142〕玄學貴無的學說對佛學的發展亦是有所影響的,見敏澤《中國美學思想史》第一卷。濟南:齊魯書社,1987 年 7 月初版,頁 477～頁 178。

〔註 143〕慧皎《高僧傳·支遁傳》。

〔註 144〕《世說新語·文學》。

以一窺他的基本論述：

> 夫逍遙者，明至人之心也。莊生建言大道，而寄指鵬鷃。鵬
> 以營生之路曠，故失適於體外；鷃以在近而笑遠，有矜伐於
> 心內。至人乘天正而高興，遊無窮於放浪。物物而不物於物，
> 則遙然不我得，玄感不爲，不疾而速，則逍然靡不適。此所
> 以爲逍遙也。若夫有欲當其所足；足於所足，快然有似天眞。
> 猶饑者一飽，渴者一盈，豈忘烝嘗於糗糧，絕觴爵於醪醴哉？
> 苟非至足，豈所以逍遙乎？〔註145〕

支道林參照了佛性理論對莊子〈逍遙遊〉作出了新解，旨在矯正郭象注莊所造成的諸多流弊。他認爲所謂的逍遙，並非如向、郭所言的「各任其性」〔註146〕，而是在心靈充分自覺的基礎上達到充分的自由，這就大大地否定了前此玄學提倡的放誕虛無之風，是對縱慾任性、貌似自然、卻一點也不逍遙的人格、行爲的針貶〔註147〕。以此觀之，支遁顯係以佛性理論爲參考點，提出了一種以心靈自覺爲基礎的新的理論模式，從而較爲系統化地闡述了名教與自然合一的學說，並對當時的名士造成了極大的影響。

　　除了支道林的「即色論」外，根據僧肇的綜合，當時流行的般若學另有以道安、慧遠爲主的「本無論」以及首創於支愍度的「心無論」兩派〔註148〕。前者主張以無爲世界萬化之本、般若性空乃是實體〔註149〕；後者則指出萬物係爲實有，「空無只能就心言，不能就物言；……般若學所主張的性宗，不包括現象界在內」〔註150〕，

〔註145〕見《世說新語・文學》劉孝標注引支氏〈逍遙論〉。
〔註146〕見《世說新語・文學》劉孝標注引向子期、郭子玄〈逍遙義〉。
〔註147〕參見錢志熙《魏晉詩歌藝術原論》。北京：北京大學出版社，1993 年 1 月初版，頁 370。
〔註148〕僧肇在〈不眞空論〉中將當時般若學的六家約之爲「本無」、「心無」與「即色」三派，將「識含」、「幻化」與「緣會」併入即色一派。
〔註149〕此爲道安之主張，其徒慧遠則繼承師說，以本無爲法性。參見任繼愈主編《中國哲學發展史（魏晉南北朝）》。北京：人民出版社，1988 年 4 月出版，頁 457～頁 460。
〔註150〕引自韋政通《中國思想史》下冊。台北：水牛圖書出版事業有限公

兩派皆與玄學具有密切複雜的關係。這種現象，到了僧肇手中而有
了關鍵性的發展。繼承了鳩摩羅什對「中觀」的認知，僧肇批評並
結束了前此般若學三派因譯本乖謬而對佛教究竟義諦所產生的誤
詮。他明確地將中觀派的理論引入了當時的佛學之中，主張凡是存
有的一切都是假象與幻象，不僅從根本否定了正始玄學所追求的無
限超越本體的存在，亦否定了從「無」所生「萬有」的存在，從而
影響了東晉末年佛學的發展〔註 151〕。誠如李澤厚與劉綱紀指出者，
對僧肇而言，這樣方能獲得根本的解脫，他的理論已不僅是佛學，
更是一種徹底佛學化的玄學〔註 152〕。而在此佛學已完全取得獨立的
發展基礎上，竺道生更經由獨悟提出了「佛性當有論」與「頓悟乘
佛論」，進一步豐富並開啟了當時以及後世佛學研究的內涵〔註 153〕。

　　而由於玄學的純粹哲學化，玄言詩在東晉之際亦出現了純粹講述
哲理的狀況。從某個角度來看，玄言詩可說是東晉眾多名士與遊僧發
表其玄學觀點的特殊管道。乘著玄學逐漸佛學化的過程，格義佛學、
般若學的相關思想，逐漸地進入了詩歌之中，因而產生了「玄佛雙運」
的詩歌創作狀況〔註 154〕。郗超的〈答傅郎詩〉即是一例：

> 森森群象，妙歸玄同。原始無滯，孰云質通。悟之斯朗，孰
> 為則封。器乘吹萬，理貫一空。

詩中除了「器乘吹萬」係引借《莊子・齊物論》的比喻外，其餘都是
闡述般若學主張一切法皆空的思想。此外，如康僧淵〈代答張君祖

　　　　　司，民國 81 年 9 月十一版，頁 733。
〔註 151〕僧肇雖與鳩摩羅什一樣，主要是在北方宏揚佛法，但其所主張的中
　　　　　觀理論，卻對南方造成了相當大的影響。
〔註 152〕李澤厚、劉綱紀主編《中國美學史》第二卷。台北：谷風出版社，
　　　　　民國 76 年 12 月臺一版，頁 387。
〔註 153〕竺道生的佛性學說，經由南朝之際對《涅盤經》的廣泛研究，而於
　　　　　後來被融貫於天台宗的思想之中；至於他的頓悟義則開了禪宗的先
　　　　　河，並間接影響了宋、明理學中「心學」一脈的開展。
〔註 154〕參見黃偉倫《六朝玄言詩研究》。華梵大學東方人文思想研究所碩
　　　　　士論文，民國 88 年 1 月，頁 216～頁 229。

詩〉、張翼〈贈沙門竺法頵三首〉亦是玄佛雙運的具體例子。

　　除了玄佛雙運的玄言詩作外，亦出現了一些以佛理闡發爲主的詩作。其或藉山水遊歷所感而顯發佛境，如慧遠的〈廬山東林雜詩〉、劉程之、張野與王喬之的〈奉和慧遠遊廬山詩〉；或以說理的方式直陳佛道，如鳩摩羅什的〈十喻詩〉、王齊之〈念佛三昧詩四首〉、廬山諸沙彌〈觀化決疑詩〉。這不僅說明了詩被用爲弘揚佛法的角色，同時也意味了詩已逐漸進入了僧徒生活之中，從而爲後世詩僧的出現開了歷史的先河。此外，亦有既非談玄、亦非說佛，而是著重於一般義理的談論的詩，例如袁宏的〈詠史〉以及王彪之的〈與諸兄弟方山別詩〉等，可說是當時玄學哲學化之下對思辨具有普遍興趣的反映。

　　特別需要指出的是，由於清談思辨、玄言妙解風氣的盛行，其對詩歌等美學實踐亦產生了相當程度的影響。這主要表現在如下的三方面：一來，隨著玄學的逐漸佛學化，佛理中的相關美學論述如慧遠所主張的「形盡神不滅」、僧肇的「象外之談」、以及竺道生的「言意問題」與「頓悟」主張，皆透過了對整個社會思想的影響，而直接或間接地滲透在詩歌等美學的發展歷程之中〔註155〕；其次，詩歌形式本身受到了玄學對玄味的講求，亦出現了玄味化的趨向，而展現在遣詞用字等形式技巧的特殊使用之上；最後，談玄本身即是一種具有高度美學象徵意涵的身體表意實踐，透過一定的肢體動作、一定的聲音與言詞表現，直接展現了東晉名士超越理境的美感陶醉，也遙指了他們對人格風神之美的深刻企求。

二、「傳神寫照」等藝術論述的滋生及其所開展的美學向度

　　東晉是一個著重精神追求的時代，透過日常雅賞生活的實踐，世族名士不僅積極參與了清談的藝術，同時也從事了詩書畫等藝文

〔註155〕參見李澤厚、劉綱紀主編《中國美學史》第二卷。台北：谷風出版社，民國76年12月臺一版，頁387～頁437。

的創作。除了玄言詩、山水詩等文學的創作外，其他的藝術創作亦有著蓬勃的發展。就以書法來說，以王羲之爲代表的王氏書法世家即崛起於南方，影響力大大地超過了渡江前以衛顗、衛瓘、衛恒與衛夫人等一脈相傳的衛氏書法世家。東晉時書法雖已成爲謝安、桓玄等名士陶冶身心的普遍風尚，但書壇主要乃是王氏的天下〔註156〕。被後世喻爲「書聖」的王羲之，在諸如〈蘭亭序〉、〈快雪時晴帖〉、〈姨母帖〉、〈十七帖〉、〈初月帖〉、〈曹娥碑〉等的創作上，即展現了一種平淡天然的美感。因此唐人李嗣眞《書後品》以「披雲睹日，芙蓉出水」、「清風出袖，明月入懷」等語稱之；而張懷瓘《書斷》則稱之爲「天質自然」、「道微而味薄」、「理隱而意深」，直接道出了羲之書法與玄學的關聯。羲之子獻之則寫有〈鴨頭丸帖〉、〈二十九日帖〉、〈中秋帖〉等書作，《書斷》稱他的作品「靈姿秀書，……或大鵬搏風，長鯨噴浪……，則意逸乎筆，未見其止」，可說與乃父共同發展出了一種自然超脫、尚韻、重意的抒情性風格，充分體現了玄學滲透下著重風神之美的特質，與漢魏質樸雄勁之風格大異其趣〔註157〕。

除了書法外，繪畫亦是東晉之際相當重要的藝術創作。謝赫《畫品》評論名畫家魏協時曾說：「古畫皆略，至協始精。」整個東晉可說是繪畫由粗略往精緻（亦即深入表現人物內心）發展的關鍵階段，其中世族名士在這一轉變的過程中起著推波助瀾的作用。當時，一反漢代繪畫被視爲畫工所從事的低賤事務，許多世族名士已經直接參與了繪畫的創作，例如晉明帝即以善佛畫聞名；王羲之叔父王廙「工書

〔註156〕 參見李澤厚、劉綱紀主編《中國美學史》第二卷。台北：谷風出版社，民國76年12月臺一版，頁468。

〔註157〕 參見楊仁愷主編《中國書畫》。台北：南天書局有限公司，民國85年5月出版，頁36～頁48；羅宗強《魏晉南北朝文學思想史》。北京：中華書局，1996年10月初版，頁131；李澤厚、劉綱紀主編《中國美學史》第二卷，台北：谷風出版社，民國76年12月臺一版，頁469～頁470。

畫」〔註158〕；根據《歷代名畫記》，王羲之本人亦能畫，有〈臨鏡自寫眞圖〉傳世；自稱「嗜酒好肉，善畫」的大名士王濛亦「丹青特妙」〔註159〕，而十多歲時在瓦官寺作畫的戴逵善畫，《續晉陽秋》稱他「窮巧丹青」〔註160〕。當時的繪畫品類，由於名士生活的影響而大爲擴展，除了有以鑑戒爲目的的人物畫〔註161〕、以及以維摩詰爲主要描繪對象、重視個體超脫精神的佛畫外，更空前地發展了以當代著名人物爲對象的肖像畫，謝安、桓玄、孫綽、王羲之、王獻之與支道林等都曾入畫〔註162〕。另外，風俗畫、以及以文學名著爲題材的畫亦大有發展〔註163〕。山水畫也已經萌芽〔註164〕，而若干花鳥、蟲草、動物之畫亦已出現。這些畫作（除了佛畫多畫於廟壁上外）由於已經有了卷軸畫的流傳，因而使得收藏與鑑賞成爲可能〔註165〕。綜而觀之，整個東晉畫壇最重要的畫家當推顧愷之，謝安曾說：「顧長康畫，有蒼生來所無。」〔註166〕透過了〈女史箴圖〉、〈洛神賦圖〉、〈斲琴圖〉等，他帶動了東晉畫壇新畫風的出現，不僅深入到了人物內在的心靈世界，同時也體現了一種與玄學、佛學相關的平淡自然之美，十分符合東晉世族名士對審美的品味。

〔註158〕 《晉書・王廙傳》。

〔註159〕 余嘉錫《世說新語箋疏》引《歷代名畫記》卷五曰。

〔註160〕 《世說新語・識鑒》注引《續晉陽秋》。

〔註161〕 從《貞觀公私畫史》的著錄中可以發現，東晉時以鑑戒爲目的的人物雖然還有，但數量已顯著地減少。

〔註162〕 根據《貞觀公私畫史》，顧愷之畫有謝安與桓玄像；史藝則作有孫綽、王羲之像；鍾宗之作有王獻之像；而聶松則畫有支道林像。

〔註163〕 根據《貞觀公私畫史》，魏協畫有〈北風詩〉、戴逵畫有〈十九首詩圖〉、顧愷之畫有〈夏禹治水圖〉、晉明帝與顧愷之都畫有〈洛神賦圖〉。

〔註164〕 根據《貞觀公私畫史》，就山水畫而言，戴逵畫有〈吳中溪山邑居圖〉、戴逵之子戴勃畫有〈九州名山圖〉、而顧愷之畫有〈廬山圖〉。

〔註165〕 參見楊仁愷主編《中國書畫》。台北：南天書局有限公司，民國85年5月出版，頁10～頁13；李澤厚、劉綱紀主編《中國美學史》第二卷。台北：谷風出版社，民國76年12月臺一版，頁515～頁520。

〔註166〕 《世說新語・巧藝》。

　　理論乃是實踐的投射、指導與總結，具有與創作本身互相辯證的效果。東晉書法與繪畫等藝術的蓬勃發展，自然會出現相關的論述，它雖不必然形成系統的理論形式，卻在在呈現了當時的美學品味。先就書論的發展觀之，東晉之際雖無專門的理論篇章留下，但在相關的文獻典籍中仍可見到一些重要的論點，其中尤以王羲之的見解最值得注意。王氏除了將書法視爲一種養生鑑賞之餘事外，最主要的在於把書法同「美」聯繫起來，並強調了書法中「意」的表現。對他而言，書法乃是美的事物、美的實踐，「字字新奇，點點圓轉，美不可再」〔註167〕的說法，即透露出了他對書法形式美的關注。而其所謂：「頃得書，意轉深，點畫之間皆有意，自有言所不盡。得其妙者，事事皆然」〔註168〕，則相當自覺地表達了書法之美並不僅在於形式，而更要有象外之意的深刻體認。

　　上述以王羲之爲代表的東晉書論的出現並非是孤立的，而是奠基於魏晉書論發展的大基礎上的。早在曹魏之際，著名的書法家鍾繇即不滿意於書法的實用功能，而十分注意書法美的創造。承襲了《易傳》、東漢王充以及蔡邕一脈的自然元氣宇宙論傳統，鍾繇提出了「用筆者天也，流美者地也」〔註169〕的論調，首次明確地將美與書法聯繫起來，並含有強調天然美的意圖。此一趨勢，於陸機準形式主義美學觀的推波助瀾下，在有晉一代得到了進一步的發展。諸如成公綏、楊泉等即相當關注書法的華麗之美，索靖、王　、劉彥祖等人甚至直接援用了陸機「綺靡」一辭來形容書法的美〔註170〕。王羲之書論對美的自覺性強調即奠立於此一基礎上，並將之引向了難於言傳的「意」的表現，相當程度超越了東漢末年書論「觀其法象」〔註171〕的觀點。

〔註167〕《全晉文》卷二十六〈雜帖五〉。
〔註168〕〈晉王右軍自論書〉，《法書要錄》卷一。
〔註169〕見陳思《書苑菁華》卷一〈秦漢魏四朝用筆法〉中引述鍾繇之話語。
〔註170〕見成公綏〈隸書體〉、楊泉〈草書賦〉、索靖〈草書狀〉、王　〈行書狀〉與劉彥祖〈飛白書勢銘〉。
〔註171〕根據李澤厚、劉綱紀的說法，東漢時留下書法藝術理論著作的是崔瑗

漢末書論雖曾反覆提及書法藝術難於言傳的特性，但側重點在於天地「法象」種種差異的表現，而不是對主體內在之意的重視，更未提出對意與象關係的明確觀點。受到了玄學「言不盡意」論的影響，西晉之際成公綏、索靖與衛恒等，雖已指出了書法與意的關聯，認爲書法之「意」係「言」所不能盡者，但尚未深入到對書法本質的探討。直到東晉，王羲之方才進一步強調了「意」與書法本質的關聯，不僅要求書法「點畫之間皆有意」，而且「意」須「深」，要「言所不盡」。誠如李澤厚、劉綱紀指出者：「可以說從王羲之開始，中國書法理論才把"書"與"意"在本質上聯繫起來，擺脫了舊傳統的"觀其法象"的束縛，把主體內在的"意"提到了首要地位。」〔註172〕

　　王羲之書論對於「意」的強調，亦可在當時畫論上找到類似的觀點。不同於以前孔丘、莊周、韓非、劉安、王充諸子藉論畫以喻道的情況，魏晉之際可說是繪畫理論發展的自覺時期。在繪畫藝術蓬勃發展的脈絡下，不僅曹植、陸機、王廙等文士陸續提出了對繪畫的看法，到了東晉更首次出現了以畫家爲主所寫就的專門論著。出身於江南顧氏家族的顧愷之以其實際從事繪畫的豐富經驗，融會了對玄學、佛學等的深刻體認，寫下了〈魏晉勝流畫贊〉、〈論畫〉與〈畫雲台山記〉等專門探討繪畫的篇章，將繪畫理論的發展推入了另一個高峰。綜觀畫論在魏晉的發展，曹植與陸機的論述雖不脫孔子所提倡的功能論，強調繪畫所固有的鑒戒功能，然而陸機卻已把繪畫提到與文學同樣高的位置，認爲「丹青之興，比雅頌之述作，美大業之馨香」〔註173〕。

與蔡邕。崔瑗所著的《草書勢》中即曾出現：「觀其法象」的詞句。此一觀點亦貫穿在蔡邕的論述之中，可說是東漢末年書論的主要思想。（崔瑗《草書勢》原書雖已亡佚，卻可從《晉書·衛恒傳》全文引述衛恒《四體書勢》中的《草書勢》中略窺全貌。衛恒即明言爲崔瑗所作）參閱李澤厚、劉綱紀主編《中國美學史》第一卷。台北：谷風出版社，1987 年 2 月再版，頁 674～頁 696。

〔註172〕引自李澤厚、劉綱紀主編《中國美學史》第二卷。台北：谷風出版社，民國 76 年 12 月臺一版，頁 498。

〔註173〕張彥遠《歷代名畫記·敘畫之源流》。

他甚至還指出了繪畫與文學的區別，說道：「宣物莫大於言，存形莫善於畫」〔註174〕，體認到了文與畫應有其各自的角色。到了東晉，王廙更提出了「自畫自書」〔註175〕的觀點，不僅推動了書畫藝術的齊頭發展，同時也促進了兩者的結合，可說是繼漢末蔡邕之後，又一次認為書、畫、文應密切結合的主張。在這樣繪畫逐漸走向自覺的基礎上，顧愷之開始掙脫了先前強調繪畫鑒戒功能的論調，將繪畫與玄學、佛學的思想密切結合起來，完全確立了繪畫所具有的獨特美學價值〔註176〕。

顧愷之的畫論，最主要的貢獻計有如下四項：其一，顧愷之明確提出了繪畫「傳神寫照」的重要性，《世說新語・巧藝》中即引有他「傳神寫照，正在阿堵中」的話語。他將「傳神」視為畫作的第一個品評標準，非常重視描繪對象所應具有的精神特徵。是以他在品評魏晉的畫作時，會出現諸如「神靈冥芒」、「超豁高雄」、「居然為神靈之器」〔註177〕的話語。這同他在〈畫雲台山記〉中強調畫張道陵要能「瘦形而神氣遠」的思想是一致的，都是主張應擷取不同人物的典型特徵以表現其精神〔註178〕。這樣一種論點，亦可從他本身的繪畫作品中看出。《世說新語・巧藝》記載道：

> 顧長康畫裴叔則，頰上益三毛。人問其故？顧曰：「裴楷俊朗有識具，正此是其識具。」看畫者尋之，定覺益三毛如有神明，殊勝未安時。

王衍曾說：「見裴令公精明朗然，籠蓋人上，非凡識也」〔註179〕，所

〔註174〕全上注。

〔註175〕根據張彥遠《歷代名畫記》卷五，王廙曾說過：「畫乃吾自畫，書乃吾自書」。

〔註176〕參見葛路《中國古代繪畫理論發展史》。台北：丹青圖書有限公司，出版時間不詳，頁21～頁33。

〔註177〕〈魏晉勝流畫贊〉，《歷代名畫記》卷五。

〔註178〕參見葛路《中國古代繪畫理論發展史》。台北：丹青圖書有限公司，出版時間不詳，頁28～頁29。

〔註179〕《世說新語・賞譽》。

謂「俊朗有識具」正是時人對裴楷共通的看法，而顧愷之採用了「益三毛」的方法來具體地呈現出他的「神明」。

值得注意的是，顧愷之「傳神」一說所強調的「神」，不僅是指人物的精神或內在生命，更是一種具有審美意涵的人格精神。受到了玄學、佛學的影響，顧氏所提出的神，既非純理智的、亦非純政治倫理上的精神，而是某種自由超脫的人生微妙難言境界的表現，與東晉佛學興起後對永恆不滅涅槃境界的追求脫不了關係，著重的是人作爲一個體感性存在的獨特風姿神貌。以此觀之，與傳神一同出現的「寫照」這個觀念，並不只是單純地畫肖像的意思，而是與佛學超脫的思想有關。從慧遠「鑑明則內照交映，而萬相生焉」〔註180〕、以及僧肇「智有窮幽之鑑，而無知焉；神有應會之用，而無慮焉。神無慮，故能獨王於世表；智無知，故能玄照於事外」〔註181〕等的話語可知，「照」或「玄照」指的是一種主體玄妙的感知能力。因此，「寫照」就不只是畫像的意思，而是要畫出人所具有的神明境界。故「寫照」會與「傳神」並舉，其更爲清楚地傳達了顧愷之除了希望表現個體心靈之活動外，並進一步強調出這種微妙而難以言喻的直感特徵〔註182〕。

其二，顧愷之非常重視透過「形」以表達神〔註183〕。他雖然將神提到了最高的層次，認爲形沒有脫離神而獨立存在的價值，但並沒有否定形的存在。他所以提出「以形寫神」的論調，主要因爲他認爲神明的表現係立基於客體的形象之中，離開了形，便無從表現神。因此他相當重視人體姿勢的描繪（前舉畫裴楷即是一例），也強調人所在的環境作用，例如他曾主張將謝鯤（幼輿）畫於岩石之中：

〔註180〕《全晉文》卷一百六十二〈念佛三昧詩集序〉。
〔註181〕《全晉文》卷一百六十四〈般若無知論〉。
〔註182〕參見李澤厚、劉綱紀主編《中國美學史》第二卷。台北：谷風出版社，民國 76 年 12 月臺一版，頁 553～頁 555。
〔註183〕參見葛路《中國古代繪畫理論發展史》。台北：丹青圖書有限公司，出版時間不詳，頁 29。

> 顧長康畫謝幼輿在岩石裡。人問其所以，顧曰：「謝云：『一
> 丘一壑，自謂過之。』此子宜置丘壑中。」〔註184〕

且他更認為眼睛乃是「傳神寫照」的最關鍵處。《世說新語‧巧藝》
記載道：

> 顧長康畫人，或數年不點精。人問其故？顧曰：「四體妍蚩，
> 本無關於妙處；傳神寫照，正在阿堵中。」

這裡的記載同其所言「手揮五絃易，目送歸鴻難」〔註185〕的話語顯
然是如出一轍。他認為四體的美醜對於傳神的影響，不如眼睛來得
大，因此特別說道：「與點睛之節，上下、大小、濃薄，有一毫小失，
則神氣與之俱變矣。」〔註186〕他甚至注意到畫眼睛時視線表達與傳
神間關係的問題，提出了「悟對通神」〔註187〕的說法，認為畫眼睛
時必須使眼神正對著所注視的對象，否則便無法傳達出時人所重視的
神明。在對「形」的重視中，顧愷之亦將「骨」的概念引入了繪畫理
論，認為「骨法」亦是人物性格、形體美、乃至傳神的一個不可忽視
的面向。當然，「骨」作為一個美學概念，要到劉勰《文心雕龍》中
才獲得充分的論證與開展，就畫論而言，也是在謝赫提出《古畫品錄》
時方才有了進一步的發展。〔註188〕

　　其三，顧愷之還從畫家創作的角度提出了「遷想妙得」的看法。
描繪對象要能以形寫神，然而通過什麼途徑才能表現畫作的精神境界
呢？顧愷之的辦法即是「遷想妙得」。不管就玄學或佛學的意義，「遷
想」都是一種不為可見形象所束縛、超於可見形象之外的想像。畫家
除了要觀察、體會描繪對象的思想情感外，還要能不為其形象所拘，
方能夠掌握其精神特徵；而所謂的「妙得」則是在逐步掌握描繪對象

〔註184〕　《世說新語‧巧藝》。
〔註185〕　《晉書‧顧愷之傳》。
〔註186〕　〈魏晉勝流畫贊〉，《歷代名畫記》卷五。
〔註187〕　仝上註。
〔註188〕　參見李澤厚、劉綱紀主編《中國美學史》第二卷。台北：谷風出版社，
　　　　　民國76年12月臺一版，頁562～頁564。

之精神特徵的同時，亦能透過分析、提煉，以獲得藝術構思並取得超越於象外之神的微妙。這種「遷想妙得」的過程，其實是一種形象思維的活動過程，不但突出了自由想像在藝術創作中的重要性，同時更直指了這種想像乃是一種充滿精神性的感悟，因其目的在於透過直感把握那由形象所呈顯出來的神妙狀態〔註189〕。

其四，顧愷之亦曾從繪畫鑑賞的角度提出了「玄賞則不待喻」的說法。他認為藝術事物中「神」的把握，乃是超乎語言的直接領會，強調的是一種難以言傳的心領神會狀態。這種思想雖可見於先秦道家的美學，但卻是顧愷之第一次針對藝術欣賞而說得如此清楚〔註190〕。

總而言之，東晉是一個藝術創作與論述相當繁盛的時代，以王羲之為代表的書論、以及以顧愷之為首的畫論即是其中最具有代表性者，二者在在呈顯了當時世族名士對美的獨特看法。王氏與顧氏在當時玄學、佛學的影響下，莫不提出了藝術創作必須追求言外、或象外之意的論點。王羲之「點畫之間皆有意」，而且「意」須「深」，要「言所不盡」的論述即是明證；顧愷之則提出了「傳神寫照」、「以形寫神」、「遷想妙得」與「玄賞則不待喻」等見解，不僅將繪畫所追求的象外之意提到了「神」的境界，更將其與人作為一個體感性存在的獨特風姿神貌直接聯繫了起來，從而體現了東晉世族名士對美的極度追求。

三、葛洪《抱朴子》中所參照折射的文學美學論述

東晉雖沒有專門的文學論著傳世，但在道教思想家葛洪所撰寫的《抱朴子》〔註191〕中，卻可見到對文藝的相關討論，足以作為吾人

〔註189〕　參見葛路《中國古代繪畫理論發展史》。台北：丹青圖書有限公司，出版時間不詳，頁32～頁33；李澤厚、劉綱紀主編《中國美學史》第二卷。台北：谷風出版社，民國76年12月臺一版，頁565～頁570。

〔註190〕　參見李澤厚、劉綱紀主編《中國美學史》第二卷。台北：谷風出版社，民國76年12月臺一版，頁570～頁571。

〔註191〕　《抱朴子》一書並非作於一時。根據葛洪自敘，其最後成書於葛洪年近四十歲之際，亦即正當晉元帝建武元年（西元317年）之時。其

了解當時詩歌實踐與理論發展間關係的重要參考。

葛洪為東吳世族之後，其生年雖橫跨兩晉，但主要活動及著述卻完成於東晉。他早年曾有以儒學濟世的企圖，亦曾幾度出仕﹝註192﹞。然由於東晉統治者對葛洪的啓用，主要著眼於對南方世族的籠絡，實際政治權力仍掌握在北方世族手中，葛洪並沒有獲得政治上之高位。加以葛氏家族自其父祖一代也已步入下坡，葛洪因此始終鬱鬱不能得志，於是產生了「絕望於榮華之途，而志安乎窮否之域」﹝註193﹞的念頭。他一方面投入了與其先祖甚具淵源的道教﹝註194﹞，藉由煉丹修仙以尋求肉體的解脫；另一方面則將畢生精力灌注於子書的著述，寫就了《抱朴子》，以企望精神的不朽。葛洪個人的行事風格可說是與時俗大異其趣的，由於他係東吳世族之後，本就容易受到排擠，加以他名位不高、其貌不揚、又不擅於言辭，因此很難打入以北方世族為主、又已與佛學合流的清談社群之中﹝註195﹞。他雖不免受到玄學的影響，晚年甚至明確地提出了道本儒末的主張﹝註196﹞，但其思想主要與儒學、尤其是儒家的求實精神脫不了關係﹝註197﹞。在這種求實的精神指導下，他不僅反對魏晉之際盛

分為外篇與內篇兩部分，前者如其外篇〈自敘〉所述，係「言人間得失，世事臧否」，為較早完成者；後者則講神仙道教理論。葛洪對文藝的相關看法主要見於外篇之中，其中以〈鈞世〉和〈尚博〉等尤為重要。

﹝註192﹞例如葛洪曾在西晉末年司馬睿為丞相時辟為掾屬，並於東晉成帝咸和初，由司徒王導召補為司徒掾，後遷為諮議參軍。

﹝註193﹞《抱朴子》外篇〈自敘〉。

﹝註194﹞葛洪從祖葛玄為孫權之際著名之道士，曾受後者極大之尊敬。

﹝註195﹞《抱朴子》外篇〈自敘〉。

﹝註196﹞《抱朴子》內篇〈明本〉：「道者儒之本也，儒者道之末也」。據外篇〈自敘〉，其內篇屬道家，外篇屬儒家。但葛洪實際上對道家哲學思想甚少發揮，內篇其實是道教理論，只不過依附道家的一些辭句罷了；外篇則以儒家思想為主，兼採法、墨諸家。

﹝註197﹞參見王運熙、顧易生主編《中國文學批評通史——魏晉南北朝卷》。上海：上海古籍出版社，1996 年 12 月出版，頁 133；羅宗強《魏晉南北朝文學思想史》。北京：中華書局，1996 年 10 月初版，頁

行的自然任誕風氣，同時也反對清談，提倡一種「朴野」的生活態度：

> 洪之爲人也駿野，性鈍口訥，形貌醜陋，而終不辯自矜飾也。
> 冠履垢弊，衣或襤褸而不恥焉……洪期於守常，不隨世變。
> 故邦人咸稱之爲抱朴之士。
>
> 洪稟性尪羸，兼之多疾，貧無車馬，不堪徒行，行亦性所不
> 好；又患弊俗捨本逐末，交遊過差，故遂撫筆閒居，守靜蓽
> 門，而無趨從之所。至於權豪之徒，雖在密跡而莫或相識焉。
> 衣不辟寒，室不免漏，食不充虛，名不出戶，不能憂也……
> 故巷無車馬之跡，堂無異志之賓，庭可設雀羅，而几筵積塵
> 焉。〔註198〕

簡言之，被稱爲「抱朴之士」的葛洪乃是以一種近乎批判的態度在面對著當世習尚的。自稱「用不合時，行忤於世，發音則響與俗乖，抗足則跡與眾迕，內無金張之援，外乏彈冠之友」〔註199〕的他，不但對當時世族名士崇尚的高雅飄逸大加指摘，同時更標新立異地提倡一種素朴駿野的價值。這樣一種特立獨行的態度，加上他思想上注重實行、輕視空虛玄談的特色，皆影響了他對於詩歌等文學實踐的看法。

　　基本上，葛洪在《抱朴子》中的文學論述，與東晉士人的文學創作傾向是有一段距離的，兩者有著認識論意義上的根本差異。誠如羅宗強指出者，以思想家身份進而論述文學的葛洪，採取的乃是一種旁觀者的姿態。藉由《抱朴子》，他冷眼對當時的文學潮流進行了針砭，並提出了獨特的見解〔註200〕。有意思的是，葛洪雖對當時的文學主流保持著一定的距離，但他畢竟還是處於整個魏晉文學發

　　　152～頁158。
〔註198〕《抱朴子》外篇〈自敍〉。
〔註199〕《抱朴子》外篇〈自敍〉。
〔註200〕參見羅宗強《玄學與魏晉士人心態》。台北：文史哲出版社，民國81
　　　年11月初版，頁150～頁165。

展的大脈絡中，因此在某些觀點中，仍可見其與當代潮流間所具有的類同性。易言之，葛洪的文學論述與東晉主流文學思潮、以及後者所積澱的審美意識之間，並非是一種簡單的對立關係，而是一種互爲參照、相互折射的複雜關係。綜觀《抱朴子》中的文學美學論述、及其對東晉詩歌美學的參照折射，計有如下幾個重點：

首先，葛洪的文學論述係以儒家文章有助教化的傳統觀點作爲根本。因此他主張文章必須有助於「拯風俗之流，遁世途之凌夷」〔註201〕，並認爲著書者必須具有裨益教化的嚴謹態度：

> 夫製器者珍於周急而不以彩飾外形爲善，立言者貴於助教而不以偶俗集譽爲高。若徒阿順諂諛、虛美隱惡，豈所匡失弼違、醒迷補過者乎？慮寡和而廢白雪之音，嫌難售而賤連城之價，余無取焉。非不能屬華豔以取悅，非不知抗直言之多吝，然不忍違情曲筆、錯濫眞僞，欲令心口相契，顧不愧景，冀知音之在後也。……君子之開口動筆，必戒悟蔽，式整雷同之傾邪，磋礱流遁之闇穢。而著書者徒飾弄華藻，張磔迂闊，屬難驗無益之辭，治靡麗虛言之美，有似堅白厲修之書、公孫刑名之論，雖曠籠天地之外，微入無間之內，立解連環，離同合異，鳥影不動，雞卵有足，犬可爲羊，大龜長蛇之言，適足示巧表奇以誑俗，何異乎畫敖倉以救饑，仰天漢以解渴？〔註202〕

在此，葛洪強調了寫作不能爲取悅世人而虛美隱惡或徒事華艷，而應返回文章所具有的「刺過失」〔註203〕的教化功能。這樣一種重功利、實事求是的態度，與他認爲貴族子弟應當「競尚儒術」〔註204〕，不應空談老莊的生命態度是彼此相通的，皆是對兩晉之間「以老莊爲窟藪」〔註205〕而鄙棄實務之社會風氣的批判。這種以功利實用爲出發

〔註201〕《抱朴子》外篇〈辭義〉。
〔註202〕《抱朴子》外篇〈應嘲〉。
〔註203〕《抱朴子》外篇〈辭義〉。
〔註204〕《抱朴子》外篇〈崇教〉。
〔註205〕《抱朴子》內篇〈釋滯〉。

點的文學觀，與整個東晉文學（尤其是後期）的發展是大相逕庭的。在追求精神性的浪潮中，東晉詩歌等文學實踐逐步趨向的是一種對於非實利性的企求。對世族名士而言，詩歌等文學並非是仕進的工具，也無須扮演教化的角色，而其更多是屬於文人雅士清談風流之際怡情養性、以及展現人格特色之雅事。

　　其次，由於以文學的功利性爲出發點，葛洪相當重視子書的創作，將之提到了最高的地位。因爲他認爲子書能補助正經：「雖津涂殊關，而進德同歸；雖離於擧趾，而合於興化」〔註206〕。在葛洪心目中，所謂的文學就是子書，是以〈自敍〉會說道：「洪年二十餘，乃計作細碎小文，妨棄功日，未若立一家之言。乃草創子書。」在此前提下，他雖曾說過「古詩刺過失，故有益而貴」〔註207〕，但總體而言卻極端輕視詩賦等創作，視之爲不具深美富博品質的小技，不僅無助於教化，而且淺近瑣碎，不足以讓作者發揮其天才：

> 惑詩賦瑣碎之文，而忽子論深美之言，眞僞顚倒，玉石混淆，同廣樂於桑間，均龍章於素質，可悲可慨，豈一條哉！
> 〔註208〕
> 或貴愛詩賦淺近之細文，忽薄深美富厚之子書；以磋切之至言爲駭拙，以虛華之小辯爲妍巧。眞僞顚倒，玉石混淆，同廣樂於桑間，均龍章於卉服。悠悠皆然，可歎可慨者也。
> 〔註209〕

從他這些對當時文風的批判，不難看出葛洪推崇子書、貶抑詩賦的態度，與東晉文學的主流思潮是大不相同的。子書在東晉時雖仍被視爲

〔註206〕《抱朴子》外篇〈尚博〉。
〔註207〕葛洪此語乃是對比於「今詩純虛譽，故有損而賤也」而發的，參見《抱朴子》外篇〈辭義〉。值得注意的是，葛洪雖有上述古詩較今詩「有益而貴」的說法，但從他在《抱朴子》外篇〈鈞世〉中的說法，卻可知他認爲在文辭的美麗雕飾方面，後代作品乃是遠勝於古代的，所持者顯然是一種今勝於古、古質今妍的文學發展觀。
〔註208〕《抱朴子》外篇〈百家〉。
〔註209〕《抱朴子》外篇〈尚博〉。

文章〔註210〕，但顯然並非當時士人的最愛，相對於子書，注重雅賞的他們更偏愛詩賦等葛洪目之為淺近、但卻具有妍巧特質的「細文」。平心而論，葛洪從實用角度對詩賦的貶抑其實是相當偏頗的。誠如海德格與伽達默爾（Hans-Georg Gadamer）一脈現象學──詮釋學美學的啟發，詩賦雖不見得具有教化的功能，卻具有開拓人生不同境界、甚至於開顯生命存在（亦即真理）的積極作用〔註211〕。相較之下，對葛洪甚有影響的曹丕與陸機即較為中肯，他們雖重視子書但卻不曾忽視詩賦的重要性。

再者，由於重實用，葛洪相當重視「文」的價值，認為文章並非小道、「餘事」〔註212〕，而與「德」具有同等的重要性。他甚至還說立言與立功同等重要，對「太上有立德，其次有立功，其次有立言」的傳統觀點進行了修正，把三者等量齊觀〔註213〕。為了說明文章與德性應當並重的道理，葛洪在〈尚博〉中批駁了素來視「德」為「本」、而「文」為「末」的看法，並提出了「德粗文精」的觀點：

> 德行為有事，優劣易見。文章微妙，其體難識。夫易見者粗也，難識者精也。

他認為文章和德行有精粗之分，前者不僅「微妙」而且「難識」，後者則「優劣易見」〔註214〕。值得注意的是，深受儒家影響的葛洪，實際上是不可能否認德行根本的重要性的〔註215〕，因此他所謂文與

〔註210〕 參見王運熙、顧易生主編《中國文學批評通史──魏晉南北朝卷》。上海：上海古籍出版社，1996 年 12 月出版，頁 133。

〔註211〕 參見周憲《二十世紀西方美學》。南京：南京大學出版社，1997 年 12 月初版，頁 412～頁 440。

〔註212〕 《抱朴子》外篇〈尚博〉。

〔註213〕 參見王運熙、顧易生主編《中國文學批評通史──魏晉南北朝卷》。上海：上海古籍出版社，1996 年 12 月出版，頁 135。

〔註214〕 這種主張德行優劣易見的說法雖是一種偏見，但他看到了文章作為一種審美和藝術的對象，乃是具有著德行所無法取代的複雜性，是一種「文的自覺」展現。

〔註215〕 《抱朴子》外篇〈尚博〉中即有「文章雖為德行之次」的說法。

德同等重要的說法，並非是一種兩者並列的二元論，而是從「本不必皆珍，末不必悉薄」〔註216〕的觀點，對德與文關係的重新界定，因此在根本上乃是一種既要有德行也要有文章的一元論。換句話說，他之所以反對「德本文末」的說法，並不在否定文章對德行具有的從屬意義，而在藉此標舉出文章作爲一種藝術及審美對象，具有德行所無法取代的美的價值。這就無形中區別了「審美判斷」與「道德判斷」——亦即「美」與「善」，對美學藝術本身的推展具有極大的貢獻，可說與東晉、甚至整個魏晉「美的自覺」的潮流若合符節〔註217〕。事實上，東晉詩歌中對於風神的追求雖有其人倫道德（善）的指涉，但已注意到了形神昇華本身所透露的美感，是一種對於美本身的關注。

再次，葛洪相當強調作家的天才，認爲文章的優劣，主要取決於作者的才氣，而才氣則是源於先天的稟賦：

> 夫才有清濁，思有修短，雖並屬文，參差萬品。或浩瀁而不淵潭，或得事情而辭鈍，違物理而文工。蓋偏長之一致，非兼通之才也。〔註218〕

這種說法與曹丕《典論·論文》：「文以氣爲主。氣之清濁有體」的說法具有極大的親近性。而這種觀點亦滲透到東晉士人詩歌的創作中，對他們來說，詩歌創作時的姿態、神韻無一不是作者才氣的表現，同時也是其詩歌是否具有價值的主要依據。在此，吾人看到了葛洪文論與東晉主流文論間錯縱複雜的折射關係。

〔註216〕《抱朴子》外篇〈尚博〉。

〔註217〕參見李澤厚、劉綱紀主編《中國美學史》第二卷。台北：谷風出版社，民國 76 年 12 月臺一版，頁 362～頁 372。李澤厚、劉綱紀認爲，中國美學發展史上對審美判斷與道德判斷的區分是從魏晉之際開始的。王弼《老子道德經注》中的說法，已經明顯地包含了對兩者的區分。其後，嵇康在〈聲無哀樂論〉中又區分了情感判斷（亦即審美判斷）與一般的認識判斷（包含了道德判斷）。到了葛洪，則明確論述了兩者有「精粗」與「難識易見」之別。

〔註218〕《抱朴子》外篇〈辭義〉。

再其次，葛洪對文章的欣賞亦提出了自己的看法，認為欣賞者因好惡不同、能力高下，將對文章有不同的評價：

> 妍蚩有定矣，而憎愛異情，故兩目不相為視焉。雅鄭有素矣，而好惡不同，故兩耳不相為聽焉。真偽有質矣，而趨舍舛忤，故兩心不相為謀焉。以醜為美者有矣，以濁為清者有矣，以失為得者有矣。此三者乖殊，炳然可知，如此其易也，而彼此終不可得而一焉。〔註219〕

> 華章藻蔚，非矇瞍所玩；英逸之才，非淺短所識。夫瞻視不能接物，則袞龍與素褐同價矣；聰鑒不足相涉，則俊民與庸夫一概矣。眼不見則美不入神焉，莫之與則傷之者至焉。〔註220〕

在此，他提出了對鑑賞的主張，認為欣賞者的鑑賞力必須達到作品的高度，方能夠對作品作出正確的判斷。對他來說，高度發達的鑑賞力是必須具備不為常情所拘的卓越識見、以及深刻而不淺短的心思。在此基礎上，他暗示了最為成功的作品除了須有「刺過失」的內容外，還要具有「深」、「遠」、「高」、「妙」的特質，並且指出欣賞者若要把握這種特點則必須要能「識其味」、「得其神」：

> 或有汪濊玄曠，合契作者，內辟不測之深源，外播不匱之遠流，其所祖宗也高，其所紬繹也妙，變化不繫滯於規矩之方圓，旁通不凝閡於一途之逼促。是以偏嗜酸□者，莫能識其味；用思有限者，不能得其神也。〔註221〕

葛洪對作品應該深、遠、高、妙的看法，雖非針對詩歌而發，卻與東晉文士對詩歌藝術風格應該「高簡」的認知相去不遠，皆是強調文學作品應具有言語之外的神韻與意味。由此可見，葛洪亦受到了玄學言不盡意思想的影響。而他強調作品及鑑賞應得其「神」的觀點，更是後來佛學化玄學及畫論中相當盛行的論述，其與「味」的觀念，皆是

〔註219〕《抱朴子》內篇〈塞難〉。
〔註220〕《抱朴子》外篇〈擢才〉。
〔註221〕《抱朴子》外篇〈尚博〉。

來自於魏晉之際盛行的人倫品鑒的傳統。顯然，葛洪已經把原來對於人物的「品藻」〔註222〕觀念，轉用於文藝論述之上。

　　最後，葛洪對文辭之態度可說是相當矛盾的。他雖然輕視無益教化而只求靡麗虛構之文，但並不全然反對文辭之美，這主要表現在他對文學發展必然帶來文辭之日漸華美與繁富一事的肯定之上〔註223〕。他在《抱朴子》外篇〈鈞世〉中即舉了具體的例子，說明了言辭之美乃是今勝於古：

> 若夫俱論宮室，而奚斯、路寢之頌，何如王生之賦靈光乎？同說遊獵，而叔畋、盧鈴之詩，何如相如之言上林乎？並美祭祀，而清廟、雲漢之辭，何如郭氏南郊之豔乎？等稱征伐，而出車、六月之作，何如陳琳武軍之壯乎？則舉條可以覺焉。近者夏侯湛、潘安仁並作補亡詩，白華、由庚、南陔、華黍之屬，諸碩儒高才之賞文者，咸以古詩三百，未有足以偶二賢之所作也。

葛洪對文辭的重視，亦可從他自己的文章中大量使用典故和比喻一事得到印證。他這種不取質樸而讚賞雕飾的論調，不同於王充「養實者不育華，調行者不飾辭」〔註224〕的主張，而與陸機〈文賦〉中強調「綺靡」的思想較爲近似，也與東晉詩歌創作注重奇藻妙用的書寫進路若合符節。

　　總之，作爲一個冷靜的旁觀者，葛洪《抱朴子》中的文學論述，不但對魏晉以來文的自覺傳統作出了回應，同時也批判了當時以世族士人爲主的詩歌實踐與思想，因而參照折射出了當時詩歌所積澱的審美意識。從葛洪文論所築構的鏡像中，不難看到詩歌創作在東晉的蓬勃發展、以及它所具有的非功利性。而從其將文與德作出區別，提出了審美判斷有著道德判斷無可取代地位的觀點中，更可一

〔註222〕《抱朴子》外篇〈尚博〉曾出現文章「品藻難一」之說法。
〔註223〕《抱朴子》外篇〈鈞世〉：「且夫古者事事醇素，今則莫不雕飾，時移世改，理自然也」。
〔註224〕王充《論衡・自紀》。

窺當時詩歌創作對於奇辭妙藻以及風神之美的企求。

第四節 「即色游玄」所透顯的審美經驗

一、世族名士「名教」、「自然」合一的理想人格模式

　　一個時代詩歌美學的生發，與當時詩人群體的人格模式與心態結構是息息相關的，生活在特殊社會歷史脈絡下的詩人群體，往往以獨特的心靈、姿態而與對象進行了審美的交流，並將其結果具現在詩歌的創作之中。就東晉主要詩人群體——亦即世族名士的人格模式與心態結構而言，與當時東晉初對時局的檢討具有密切的關係。西晉滅亡的原因雖然相當複雜，但干寶、李充、摯虞與葛洪等卻相繼對元康之際的玄虛放蕩風尚發出了批評。這樣的看法雖然失之偏頗，卻從而促成了東晉一代整體人格理想的轉變。基於政局的實際需要，躍居於政治高位的東晉世族再也不能全然專注於玄遠本身，而必須具有著比西晉世族更多的才幹與務實性。爲了裁抑浮虛，中興名臣王導、庾亮、溫嶠等人雖然延續著玄學清談之風，卻也開始提倡儒教，希望「使文武之道墜而復興，俎豆之儀幽而更彰。」王導在司馬睿尚未即皇帝位時即曾上書說道：

> 自頃皇綱失統，頌聲不興，於今將二紀矣。傳曰「三年不爲禮，禮必壞；三年不爲樂，樂必崩」，而況如此之久乎！先進忘揖讓之容，後生惟金鼓是聞，干戈日尋，俎豆不設，先王之道彌遠，華僞之俗遂滋，非所以端本靖末之謂也。殿下以命世之資，屬陽九之運，禮樂征伐，翼成中興。誠宜經綸稽古，建明學業，以訓後生，漸之教義，使文武之道墜而復興，俎豆之儀幽而更彰。〔註225〕

這樣一次儒教復興的運動，雖因東晉世族根深蒂固的玄學思想阻礙而成果甚小，卻對當時的學風帶來了影響，可說是世族名士重新思索名

〔註225〕《晉書‧王導傳》。

教與自然關係意圖的具體反映，希望藉此而能尋求一種全新的思想與人格模式〔註226〕。

　　過江之後思想有重大改變、對功名轉而熱衷、並積極創作雅詩以迎合時好的郭璞，在其所著的〈客傲〉中，充分地反映了東晉之際世族名士對名教與自然關係進行重新界定的思考痕跡：

> 是以不塵不冥，不驪不騂，支離其神，蕭悴其形。形廢則神王，跡粗而名生。體全者爲犧，至獨者不孤，傲俗者不得以自得，默覺者不足以涉無。故不恢心而形遺，不外累而智喪，無岩穴而冥寂，無江湖而放浪。玄悟不以應機，洞鑒不以昭曠。不物物我我，不是是非非。忘意非我意，得意非我懷。寄群籟乎無象，域萬殊於一歸。

郭璞認爲出世並不爲高、入世亦不爲低，不管是隱逸山林或應世爲官，皆有可能得道。是以處於世道應當能「不塵不冥」，達到和光同塵的境界。郭璞這種強調名教與自然合一的人生觀，顯然與謝萬〈八賢論〉中強調歸隱自然者爲優、入世爲官者爲劣的說法大異其趣〔註227〕。當時的文宗孫綽亦有類似名教與自然本是一體的說法，他在〈贈溫嶠詩〉五首之二中即說道：「既綜幽紀，亦理俗羅。……潁非我朗，貴在光和」；而爲劉眞長作誄時亦極度讚揚眞長「居官無官官之事，處事無事事之心」〔註228〕。這般名教與自然合一、強調和光同塵的人格典範，在王導的身上看得至爲清楚。王導素以「善處興廢」〔註229〕而受到時人的推崇，認爲他的行事所體現的才是一種眞正體道而任自然的人格。除了王導外，庾亮、溫嶠、郗鑒、郗愔父子等莫不如是，可以說，東晉的世族名臣皆竭力維持這樣一種爲人典型。亦即希

〔註226〕參見錢志熙《魏晉詩歌藝術原論》。北京：北京大學出版社，1993年1月初版，頁331～頁339。

〔註227〕謝萬〈八賢論〉中，以屈原、貫誼、龔勝、嵇康四人爲出應世者，而漁父、季主、楚老、孫登四人爲歸隱自然者。他認爲這八人雖同爲賢人，但仍有優劣，意即歸隱自然者爲優、出應世者爲劣。

〔註228〕《晉書・劉惔傳》。

〔註229〕《晉書・王導傳》。

冀建立一種不排除俗務，但在俗務中追求精神超越的人格模式。

東晉世族名士追求「光和」的人格典型的建立，可說是對西晉時向秀、郭象所主張的名教與自然關係的修正。向、郭雖提出了名教即自然的論調，但其對名教與自然間關係的理解，與東晉士人的看法是大不相同的。向、郭自然名教合一主要建基於齊物論的基礎之上，他們並不承認自然與名教有著本質上的差異，而是認爲兩者係同一物事，因此在無形中取消了名教的眞正意義，同時也泯滅了自然的眞實內涵，所謂的名教與自然合一，於是被化約爲簡單的「同一」，並非是一種消化後融合。相較之下，東晉士人對名教與自然關係的再詮釋，則是一種在承認兩者有其根本差異的前提下所進行的融合，是一種希望保留彼此特徵，但又能超越於彼此的一種努力〔註230〕。而向、郭自然名教同一的論調，根本消解了玄學對於本體超越意義的探求，而將玄理導入了生活的層次，與名教合一的自然於是成了保障玄虛放誕士風的理論藉口〔註231〕。反觀東晉名士自然與名教融合的主張，則不僅在思想上導向對於玄學本體義理的探尋，更落實在生活上，具現爲一種「隨事行藏」〔註232〕、進而追求精神境界的人生態度。

東晉士人的理想人格模式，更因爲成了鞏固門閥政治利益的意識形態而愈發地獲得了發展。《晉書·卞壺傳》說道：

> 壺斡實當官，以褒貶爲己任，勤於吏事，欲軌正督世，不肯苟同時好。然性不弘裕，才不副意，故爲諸名士所少，而無卓爾優譽。明帝深器之，於諸大臣而最任職。阮孚每謂之曰：「卿恆無閒泰，常如含瓦石，不亦勞乎？」壺曰：「諸君以道德恢弘，風流相尚，執鄙吝者，非壺而誰！」時貴游子弟

〔註230〕 參見任繼愈主編《中國哲學發展史（魏晉南北朝）》。北京：人民出版社，1988 年 4 月出版，頁 457～頁 460。

〔註231〕 參見王玫《六朝山水詩史》。天津：天津人民出版社，1996 年 8 月初版，頁 146。

〔註232〕 王羲之〈與謝萬書〉，見《晉書·王羲之傳》。

> 多慕王澄、謝鯤爲達，壹屬色於朝曰：「悖禮傷教，罪莫斯
> 甚！中朝傾覆，實由於此。」欲奏推之。王導、庾亮不從，
> 乃止，然而聞者莫不折節。

從上述記載不難看出，東晉之初存在著三類的人：第一類乃是延續著西晉虛無士風的放達之士。這類貴游子弟的作風由於與政治現實並不相容、違背了群體性的原則，因而並不受到一般人的讚許；第二類則是像卞壼這類「幹實當官」，一味提倡禮教、維護皇權的人。這類人雖有可能在君權當道時成爲典範，然在東晉王與馬共天下的格局下，卻是無法得到主流輿論的好評；當時能得到各方認同者，只能像是王導與庾亮這類的人。錢志熙指出：「他們的秘訣就是走折中的道路。在玄與儒、名教與自然等對立範疇之間，尋找折中調和的解決方式。這樣做，既得到放達派的推崇，也得到幹實派的認可。」〔註233〕由此可知，王導、庾亮之流「弘裕」人格形象的建立，乃是有著維護世族群體共同利益的作用的。因爲有了這種同時融合儒與道（包含了佛）的人格模式與心態結構，方能維繫世族集團的內部統一，並保障門閥政治的基本運作。

　　世族群體對於群體性的推崇，展現在他們對於個性自由應該受到適度理性節制的理解當中。東晉世族名教與自然結合的人格模式，有關於自然的涵義，主要指個性的自由展現。不同於西晉素族文士儒玄揉合人格模式中強調柔順文明的一面。西晉所謂的「玄」，主要取決於《易》、《老》哲學對於謙損退讓的強調，其作用在於指導素族文士順應君權和禮教的統治，因此並沒有多少人格自然和個體自由的涵義。而由於王與馬共天下的政治格局，東晉世族獲得了政治社會地位的保障，因此他們對於人格模式中自然的詮釋，便轉而呈顯出一定的解放，是對個性自由的禮讚。然而，這並不表示他們因此走向了個體放縱任情之途。爲了顧及世族群體的共同利益，

〔註233〕引自錢志熙《魏晉詩歌藝術原論》。北京：北京大學出版社，1993年
　　　　1月初版，頁347。

他們轉而以「理性」來節制獲得釋放的個體自由，不但抑制感官的放縱，同時也約束了情感的奔放，從而邁向了一種以精神超脫為標的的境界。故對東晉士人而言，名教與自然結合的所謂「自然」，其實具有兩種不同層次的涵義：一是指個性自由；二是指一種在理性原則指導下對於精神境界的追求。包含了感性但卻臣屬於理性的「自然」，從此成了他們最為重要的審美品類，是世族名士及遊僧詩歌等藝術創作直接感知、歌頌的主要對象。

二、山水與人物的「自然」成為審美的最重要品類

詩歌等藝術實踐是社會文化具體反映的場域之一，它雖不必然直接反映了當代的思潮，但往往刻劃了主流意識的痕跡。東晉的世族社會既然十分關心和光同塵的人格模式的建立，詩歌等藝術創作會展露出類似的傾向是不令人意外的。除了山水、玄言等內容外，東晉詩歌等文學中有極大部分係以塑造名教與自然合一的人格形象作為主題的〔註234〕。張翼〈詠懷詩三首〉之一說道：

> 運形不標異，承懷恬無欲。座可棲王侯，門可迴金轂。風來詠逾清，鱗萃淵不濁。斯乃玄中子，所以矯逸足。何必翫幽閒，青衿表離俗。百齡苟未遒，昨辰亦非促。曦騰望舒映，曩今迭相燭。一世皆逆旅，安悼電往速。區區雖非黨，兼忘混礫玉。恪神罔叢穢，要在夷心曲。

所謂「運形不標異，承懷恬無欲。」即是指內在的精神超越乃是最關鍵的事。在此原則下，該仕則仕、須隱則隱，完全無須拘泥於世俗對於仕進的成見。張翼認為，真正通達的修道者是不必然要「翫幽閒」的，能兼顧俗務與玄道，並從中得出精神的樂趣，方是最值得肯定者。這即是一種對名教與自然合一人格的歌頌，而從對典型人物的品賞中，東晉詩人展露了他們獨特的美的品味。

東晉詩人作為審美對象的人物，主要可分為以下幾類：首先是當

〔註234〕參見錢志熙《魏晉詩歌藝術原論》。北京：北京大學出版社，1993年1月初版，頁349～頁376。

時具有特殊風範的名士。這可從當時士人間彼此的贈答詩中看出，例
如，郭璞在進入東晉後寫有〈與王使君詩〉、〈答王門子詩〉與〈贈溫
嶠詩〉；梅陶亦寫有〈贈溫嶠詩〉；由此推想，溫嶠很可能亦寫有不少
的答贈之作，雖然他的詩作幾乎都已經亡佚。其餘如盧諶寫有〈贈劉
琨詩〉；孫綽則有〈贈溫嶠詩〉、〈與庾冰詩〉、〈答許詢詩〉與〈贈謝
安詩〉；王胡之則寫有〈贈庾翼詩〉與〈答謝安詩〉；而謝安則作有〈與
王胡之詩〉等。藉由詩歌的彼此來往，他們往往表達了對於特定士人
的讚賞與景慕，充分流露了他們的審美興趣：

> 芊芊玉英，濟美瓊林。靡靡王生，實邁俊心。藻豔三秀，響
> 諧韶音。映彩春蘭，擢蕊秋岑。（郭璞〈答王門子詩〉六首之一）
> 儀鳳屬天，騰龍陵雲。昂昂猗人，逸足絕群。溫風既暢，玉
> 潤蘭芬。如彼春零，流津煙熅。（王胡之〈贈庾翼詩〉八首之一）
> 緬哉冥古，邈矣上皇。夷明太素，結紐靈綱。不有其一，二
> 理曷彰。幽源散流，玄風吐芳。芳扇則歇，流引則遠。朴以
> 彫殘，實由英翦。捷徑交軫，荒塗莫踐。超哉沖悟，乘雲獨
> 反。青松負雪，白玉經飆。鮮藻彌映，素質逾昭。凝神內湛，
> 未醨一澆。遂從雅好，高時九霄。洋洋浚泌，藹藹丘園。庭
> 無亂轍，室有清絃。足不越疆，談不離玄。心憑浮雲，氣齊
> 皓然。仰詠道晦，俯膺俗教。天生而靜，物誘則躁。全由抱
> 朴，災生發竅。成歸前識，孰能默覺。曖曖幽人，藏器掩曜。
> 涉易知損，棲老測妙。交存風流，好因維縶。自我不遘，寒
> 暑三襲。漢文延賈，知其弗及。戴生之黃，不覺長揖。與爾
> 造玄，跡未偕入。鳴翼既舒，能不鶴立。整翰望風，庶同遙
> 集。（孫綽〈贈謝安詩〉）

這些詩作乃是直接以當時的人物為審美對象而創作的，或敘述其行藏
與功績、或描寫彼此情誼、或針對其姿態風範作象徵性的歌詠，透露
了東晉詩人對於理想人格模式的企求。

　　此外，莊、老、堯、許、甚至釋迦等先賢先聖亦是東晉詩家審
美意識投射的對象。例如孫嗣〈蘭亭詩〉中即曾出現「望巖懷逸許，
臨流想奇莊。誰云真風絕，千載把餘芳。」的詩句；孫放更直接作

有〈詠莊子詩〉；而支道林則寫有〈四月八日讚佛詩〉，並在〈詠八日詩三首〉其一中出現了「釋迦乘虛會，圓神秀機正」的話語。可見，傳說與故事中的莊子、老子、帝堯、許由與釋迦、佛菩薩等，以其所具有的象徵，亦成了東晉詩人審美的對象。是以孫嗣會以「逸」字形容許由，並以「奇」字歸屬莊周，皆是取其獨特的人格典型之義。這種狀況，甚至延續到具體的歷史人物。例如王胡之〈贈庾翼詩〉八首之七中即說：「元直言歸，武侯解鞍。子魚司契，幼安獨往。神齊玄一，形跡為兩。苟體理分，動寂忘象。仰味高風，載詠載想。」徐庶與諸葛亮、以及華歆與管寧，這兩對在形跡上明顯分為兩路的歷史人物，卻以其在精神上「苟體理分，動寂忘象」的人格展現而受到了相同的審美凝視。質言之，歷史人物，亦以其特殊的精神典型而成了審美的品類。

值得注意的是，當代名士、先賢先聖以及歷史人物之所以會成為東晉詩家的審美對象，主要著眼於他們所具有的「自然」特性。因此，與其說東晉詩人的審美品類乃是人物，倒不如進一步地說是所謂的「自然」。這種情形，不難從他們習慣以具有美感的自然事物或自然形象來形容人品一事獲得證明：

> 荊山天峙，辟立萬丈。蘭薄暉崖，瓊林激響。哲人秀舉，和璧夜朗。凌霄矯翰，希風清往。（王胡之〈答謝安詩〉八首之一）
> 矯翰伊何，羽儀鮮潔。清往伊何，自然挺徹。易達外暢，聰鑒內察。思樂寒松，披條映雪。（王胡之〈答謝安詩〉八首之二）
> 朱火炎上，渌水赴泉。風以氣積，冰由霜堅。妙感無假，率應自然。我雖異韻，及爾同玄。如彼松柏，屬飆俱鮮。（王胡之〈答謝安詩〉八首之三）
> 利交甘絕，仰遵玄指。君子淡親，湛若澄水。余與吾生，相忘隱机。泰不期顯，在悴通否。（王胡之〈答謝安詩〉八首之四）
> 遺榮榮在，外身身全。卓哉先師，修德就閒。散以玄風，滌以青川。或步崇基，或恬蒙園。道足匈懷，神棲浩然。（孫綽〈答許詢詩〉九首之三）

幽源散流，玄風吐芳。芳扇則歇，流引則遠。……超哉沖悟，
乘雲獨反。青松負雪，白玉經飆。鮮藻彌映，素質逾昭。……
心憑浮雲，氣齊皓然。……鳴翼既舒，能不鶴立。整翰望風，
庶同遙集。(孫綽〈贈謝安詩〉)

鮮冰玉凝，遇陽則消。素雪珠麗，潔不崇朝。膏以朗煎，蘭
由芳凋。哲人悟之，和任不摽。外不寄傲，內潤瓊瑤。如彼
潛鴻，拂羽雪霄。(謝安〈與王胡之詩〉六首之一)

內潤伊何，臺臺仁通。拂羽伊何，高栖梧桐。頡頑應木，婉
轉蛇龍。我雖異跡，及爾齊蹤。思樂神崖，悟言機峰。(謝安
〈與王胡之詩〉六首之二)

繡雲綺搆，丹霞增輝。濛汜仰映，扶桑散蕤。吾賢領雋，邁
俗鳳飛。含章秀起，坦步遠遺。(謝安〈與王胡之詩〉六首之三)

往化轉落，運萃勾芒。仁風虛降，與時抑揚。蘭栖湛露，竹
帶素霜。蕊點朱的，薰流清芳。觸地舞雩，遇流濠梁。投綸
同詠，褰褐俱翔。(謝安〈與王胡之詩〉六首之五)

無論是荊山、神崖、機峰、和璧、澄水、青川、濛汜、瓊林，還是希
風、繡雲、丹霞、湛露、堅霜、鮮冰、素雪，甚至於是寒松、扶桑、
勾芒、飛鳳、立鶴、潛鴻、蛇龍、瓊瑤，都是相當優美的自然形象與
經驗。藉之，詩人點出了謝安、王胡之等名士人格上「自然挺徹」、「率
應自然」之類的特色。

　　事實上，以自然形象來品鑒人物早在漢末郭林宗稱讚黃憲「叔度
汪汪如萬頃之陂，澄之不清，擾之不濁，其器深廣，難測量也」〔註
235〕時即已出現，並一度成為魏晉清談的主要內容。但由於自漢魏以
來清談與文學有很長一段時間乃是分離的，因此在詩歌中便不曾出現
類似的表現。西晉雅詩雖已開始吸收了清談品鑒之法，但往往流於典
雅而欠缺幽雋之感。只有到了東晉，由於文學與玄言合流、清談藝術
逐漸進入詩文之中，以自然形象及經驗來品藻人物之情形方始確立了
一定的規模。這類優美的自然形象與經驗的大量出現，與當時士人及

〔註235〕《世說新語·德行》。

遊僧以山水、園林爲基地的雅賞生活經驗是關係密切的。從發現山水以及構築、遊賞園林的經驗中，他們不但體會到了以山水爲主的自然之美，並將這種美感經驗深植於詩歌藝術的創作之中：

> 彭蠡紀三江，廬岳主眾阜。白沙淨川路，青松蔚巖首。此水何時流，此山何時有。人運互推遷，茲器獨長久。悠悠宇宙中，古今迭先後。(湛方生〈帆入南湖詩〉)

> 地主觀山水，仰尋幽人蹤。回沼激中逵，疏竹間修桐。因流轉輕觴，冷風飄落松。時禽吟長澗，萬籟吹連峰。(孫統〈蘭亭詩二首〉之二)

> 肆眺崇阿，寓目高林。青蘿翳岫，修竹冠岑。谷流清響，條鼓鳴音。玄崿吐潤，霏霧成陰。(謝萬〈蘭亭詩二首〉之一)

> 丹崖竦立，葩藻映林。漾水揚波，載浮載沈。(王彬之〈蘭亭詩二首〉之一)

> 崇岩吐清氣，幽岫棲神跡。希聲奏群籟，響出山溜滴。有客獨冥遊，徑然忘所適。揮手撫雲門，靈關安足闢。流心叩玄扃，感至理弗隔。孰是騰九霄，不奮沖天翮。妙同趣自均，一悟超三益。(釋慧遠〈廬山東林雜詩〉)

> 超遊罕神遇，妙善自玄同。徹彼虛明域，曖然塵有封。眾阜平寥廓，一岫獨凌空。霄景憑巖落，清氣與時雍。有標造神極，有客越其峰。長河濯茂楚，險雨列秋松。危步臨絕冥，靈壑映萬重。風泉調遠氣，遙響多喈嗈。遐麗既悠然，餘盼觀九江。事屬天人界，常聞清吹空。(王喬之〈奉和慧遠遊廬山詩〉)

一反西晉素族文士對天體宇宙以及四時花木的高度興趣，東晉世族名士與遊僧將以往被忽視、置於自然體系最下層的「山水」提到了論述的首位，並將其當成審美意識投射的重要對象。而其目的，亦在於藉此而尋得「自然」的形象：

> 峨峨東嶽高，秀極沖青天。巖中間虛宇，寂寞幽以玄。非工復非匠，雲構發自然。(謝道韞〈泰山吟〉)

> 鳴石含潛響，雷震駭九天。妙化非不有，莫知神自然。(庚闡〈觀石鼓詩〉)

> 清往伊何，自然挺徹。……思樂寒松，披條映雪。(王胡之〈答

謝安詩〉八首之二）

　　朱火炎上，淥水赴泉。風以氣積，冰由霜堅。妙感無假，率
　　應自然。（王胡之〈答謝安詩〉八首之三）

這種情形，顯示的乃是西晉以天道意志爲基礎的自然觀被玄學無爲自然觀取代的意識轉變。事實上，當郭象提出了「天地以萬物爲體，而萬物必以自然爲正」的說法時，即已預示了思想即將轉變的跡象。而正是在這基礎上，東晉士人方能進一步確立了以山水及人物之自然爲根本的自然觀，並將其作爲審美的重心。簡言之，不管是人物形象還是以山水爲主的自然物，皆著重於其所召喚的「自然」想像。自然以其所具有的飄逸形象以及千變萬化的如畫姿態，而獲得了東晉士人的青睞，並引以爲審美的最主要品類〔註236〕。

三、「理境」玄悟的審美經驗與觀照

　　名教與自然合一乃是東晉士人的人格理想。他們在建構這種帶有著更多個體自由的人格理想的同時，將人物及山水所表徵的自然當成了最重要的審美品類，並尋求精神上的超越，從而開展出了一種「即色游玄」的審美經驗，並獲致了一種超越性理境的美感陶醉。

1、「從容」身體與「遐逸」心靈

　　美感經驗的生發，主體所具有的特殊身體與心靈姿態是相當關鍵的。從東晉詩人的創作中（尤其是他們與山水園林接觸的創作中）可以看出他們具有著一種獨特的身體與心靈。湛方生〈遊園詠〉記載道：

　　乘初霽之新景，登北館以悠矚。對荊門之孤阜，傍魚陽之秀
　　岳。乘夕陽而含詠，杖輕策以行遊。襲秋蘭之流芬，幏長猗
　　之森修。任緩步以升降，歷丘墟而回周。

誠如「悠矚」、「對孤阜」、「傍秀岳」、「乘夕陽」、「襲流芬」、「幏森修」等所示，遊園中的詩人乃是開放了包括視覺、觸覺、嗅覺等全身的感

────────────

〔註236〕從《世說新語》中可以發現，東晉士人除了以人物及山水自然爲審
　　　　美品類外，亦可見以藝術品爲審美品類的例子，但仍以前兩者爲最。

官在接受外界的召喚。類似的描寫亦可從其他詩人的創作中看出：

> 命駕觀奇逸，徑鶩造靈山。朝濟清溪岸，夕憩五龍泉。……
> 手澡春泉潔，目翫陽葩鮮。(庾闡〈觀石鼓詩〉)

> 北眺衡山首，南睨五嶺末。寂坐挹虛恬，運目情四豁。(庾闡
> 〈衡山詩〉)

> 遙邁播荊衡，杖策憩南郢。……抾卷從老語，揮綸與莊詠。
> 遐眺獨緬想，蕭神飆塵正。時無喜惠偶，絕韻將誰聽。(張翼
> 〈詠懷詩三首之三〉)

> 朝樂朗日，嘯歌丘林。夕翫望舒，入室鳴琴。五絃清激，南
> 風披襟。醇醪淬慮，微言洗心。幽暢者誰，在我賞音。(謝安
> 〈與王胡之詩〉六首之六)

從這些詩作中不難看出，東晉詩人明顯具有著一種從容的身體與姿
態，所謂的「悠矚」、「遐眺」、「目翫」等即是貼切的例子，而「杖輕
策以行遊……任緩步以升降，歷丘墟而回周」等更明確指出了身體動
作的舒緩與不迫。

誠如支遁所謂的「從容遐想逸」〔註237〕，王羲之在〈答許詢〉
中即說「爭先非吾事，靜照在忘求」。這乃是一種在理性的節制下，
對於個體自由追求的結果。故東晉詩家展現出的從容身體與遐逸心
靈，乃是有其節制與修身的絃外之音的。例如著名的蘭亭集會雖是一
次「期山期水」〔註238〕的春遊活動，但卻具有修褉的遺義。

在此狀況下，東晉詩歌中針對身體與心靈的描述往往突顯出一種
「靜」的特質。他們的詩歌中雖不乏對動態身體的描述(例如庾闡〈觀
石鼓詩〉：「命駕觀奇逸，徑鶩造靈山。朝濟清溪岸，夕憩五龍泉。」)，
但是東晉詩家最為歌頌者，卻是一種經由「端坐」、「寂坐」的身體狀
態去感興外物，並透過「遠想」、「悠想」而去體會玄理的過程，郗曇
〈蘭亭詩〉中所謂的「端坐興遠想」即是最典型的例證。

在這種重視靜坐而遠想的心靈狀態下，前述東晉詩家所開放的身

〔註237〕支道林〈八關齋詩三首〉之三。

〔註238〕孫統〈蘭亭詩二首〉之一。

體，其實是一種以靜坐爲中心的感官運作，因此它泰半以諸如「眺」、「眇」、「目玩」、「運目」、「遐眺」等視覺方面爲主。而詩中雖曾出現如「手澡」、「拊卷」、「揮綸」等手的動作，並曾出現「杖策行游」與「緩步升降」等走動的姿態，但都是相當緩慢而從容的。就在這種對於「寧神淨泊」〔註 239〕極度歌頌的身體與心靈實踐中，東晉詩人不僅成了一個「哲人」〔註 240〕，更是一個「達人」〔註 241〕、「沖人」〔註 242〕、與「幽人」〔註 243〕，他們藉由對山水、人物的審美觀照，邁向了對自然本體的徹底把握，並積澱出了特殊的審美經驗。

2、「以玄對山水」的詮釋視域

　　爲了消除時人對庾亮過於崇實的成見，孫綽在〈太尉庾亮碑〉中曾說了如下一段話，來闡揚庾亮人格中豁達悠然的一面：

> 公雅好所托，常在塵垢之外。雖柔心應世，蟡屈其跡，而方寸湛然，固以玄對山水。

這段話說明了庾亮雖然因爲公務所勞，必須「柔心應世」，而無法時常處於山林之中，但他卻「方寸湛然」，因而好似隨時都處在山水之間。詩中「以玄對山水」一句，不但道出了東晉士人對己身應當「常在塵垢之外」的深切期盼，同時也點出了他們以「玄」對山水自然的特殊審美態度。除了以「玄」對山水，他們更以「玄」對世間萬物，這種方式在支遁〈詠懷詩五首〉之二中對於修道過程的描述便清晰可見：

> 端坐鄰孤影，眇罔玄思劬。偓寒收神轡，領略綜名書。涉老咍雙玄，披莊玩太初。詠發清風集，觸思皆恬愉。俯欣質文蔚。仰悲二匠祖，蕭蕭柱下迴。寂寂蒙邑虛。廓矣千載事，消液歸空無。無矣復何傷，萬殊歸一塗。道會貴冥想，罔象

〔註 239〕溫嶠〈迴文虛言詩〉。
〔註 240〕謝安〈與王胡之詩〉六首之一；孫綽，〈贈溫嶠詩〉五首之一。
〔註 241〕曹華〈蘭亭詩〉；孫綽〈答許詢詩〉九首之二。
〔註 242〕孫綽〈答許詢詩〉九首之四。
〔註 243〕孫綽〈贈謝安詩〉；袁宏〈從征行方頭山詩〉；支遁〈詠懷詩五首〉之四。

掇玄珠。悵怏濁水際，幾忘映清渠。反鑒歸澄漠，容與含道
符。心與理理密，形與物物疏。蕭索人事去，獨與神明居。

這段描述道出了東晉詩家儘量去除情感因素、勉力以「玄」去應
對世間萬物的情形。爲了能悟道，東晉詩家採取了兩個重要的步驟：
一來，他們希望能儘量地去除情感的干擾，於是便透過諸如「端坐」、
「寂坐」等趨向於「靜泊」的從容體態，去求得心靈的遐逸，以順暢
悟道的過程。二來，他們在面對山水自然之際，其實是帶有著一種特
殊視域的。誠如張翼〈詠懷詩三首〉之三所言：「拊卷從老語，揮綸
與莊詠」，他們在悟道活動進行的過程中，通常會藉由莊、老以建構
一種面對山水自然的視域。

東晉詩人所建構的這種先在視域，即是所謂的「玄」，是一種初
步建立在莊、老、佛理等學說之上的知識。藉由這種先置於內心中的
玄理，他們面對了山水等自然，並對其進行了感應與詮釋，所謂「以
玄對山水」即是此意。在此，「對」字點出了一個積極主動的意涵，
指主體帶著獨特的詮釋視域主動地對物象進行觀照或投射、並因而啓
動了玄思運行的過程。誠如晚近詮釋學所示，詮釋者乃是以其獨特的
視域在面對並詮釋著事物的，沒有以玄爲基礎的詮釋視域存在，「即
色游玄」的體道過程事實上是不可能開展的。

3、「即色游玄」的審美經驗

東晉詩家乃是藉由「玄」這樣一種詮釋視域而對外物進行著意識
觀照的活動。然而，爲這種詮釋視域所朗照著爲何？是否萬事萬物皆
在其意識投射的範圍內？就理論上而言，他們所觀照的對象雖然包含
了世上所有事物，但誠如上文的分析所示，人物、山水以其所表徵的
「自然」，卻是東晉詩家關注的最主要對象。其中，對於「山水」的
審美意識投射，可說是他們審美經驗生發的最主要途徑。

山水之所以吸引了詩家玄學視域的投射，主要得力於其所具有的
如畫的、多變的外形與品質，因此宗炳在〈畫山水序〉中說道：「山
水以形媚道」。在東晉詩家的筆下，山水作爲一種客體往往具有如下

的特質：一來，山水時有主體化、甚至擬人化的情形：

> 翔霄拂翠嶺，綠澗漱巖間。（庾闡〈觀石鼓詩〉）
>
> 清泉吐翠流，綠醽漂素瀨。（庾闡〈三月三日詩〉）
>
> 澄流入神，玄谷應契。（袁宏〈從征行方頭山詩〉）
>
> 松竹挺巖崖，幽澗激清流。（王玄之〈蘭亭詩〉）

　　二來，東晉詩人筆下的山水雖是動態的、變化的，卻也同時是怡然的、虛靈的：

> 森森連嶺，茫茫原疇。迴霄垂霧，凝泉散流。（謝安〈蘭亭詩二首〉之一）
>
> 溫風起東谷，和氣振柔條。（郗曇〈蘭亭詩〉）
>
> 青蘿翳岫，修竹冠岑。谷流清響，條鼓鳴音。玄崿吐潤，霏霧成陰。（謝萬〈蘭亭詩二首〉之一）
>
> 丹崖竦立，葩藻映林。淥水揚波，載浮載沈。（王彬之〈蘭亭詩二首〉之一）
>
> 峨峨東嶽高，秀極沖青天。巖中間虛宇，寂寞幽以玄。非工復非匠，雲構發自然。（謝道韞〈泰山吟〉）
>
> 回沼激中逵，疏竹間修桐。因流轉輕觴，冷風飄落松。時禽吟長澗，萬籟吹連峰。（孫統〈蘭亭詩二首〉之二）
>
> 高岳萬丈峻，長湖千里清。白沙窮年潔，林松冬夏青。水無暫停流，木有千載貞。（湛方生〈還都帆詩〉）
>
> 屏翳寢神轡，飛廉收靈扇。青天瑩如鏡，凝津平如研。落帆修江渚，悠悠極長晼。清氣朗山壑，千里遙相見。（湛方生〈天晴詩〉）
>
> 春水滿四澤，夏雲多奇峰。秋月揚明輝，冬嶺秀寒松。（顧愷之〈神情詩〉）
>
> 崇岩吐清氣，幽岫棲神跡。希聲奏群籟，響出山溜滴。（慧遠〈廬山東林雜詩〉）

從上引詩句可知，山水的悠然、明淨、空靈等特質，往往是詩家最為關注者。廬山諸道人〈遊石門詩〉之〈序〉對石門山水的描述亦顯示了這種傾向：

詳觀其下，始知七嶺之美蘊奇於此，雙闕對峙其前，重巖映帶其後，巒阜周迴以爲障，崇巖四營而開宇，其中則有石臺石池，宮館之象，觸類之形，致可樂也。清泉分流而合注，漾淵鏡淨於天池，文石發彩，煥若披面，樫松芳草，蔚然光木，其爲神麗，亦已備矣。……而天氣屢變，霄霧塵集，則萬象隱形，流光迴照，則眾山倒影，開闔之際，狀有靈焉，而不可測也。

東晉詩家的詩句中雖曾出現「雷震駭九天」〔註 244〕之類的描述，但絕大多數的山水形象並非是激烈、狂猛的。其雖曾出現「荊山天峙」、「辟立萬丈」〔註 245〕之類關於「崇高」的描述，但不致引起驚懼恐怖的聯想，因爲此乃是對悟道的阻礙。反而是諸如「三春陶和氣」〔註 246〕般的和暢景象，方有助於玄思的獲得。以此觀之，蘭亭集會之選在暮春之始的三月三日於會稽山陰舉行，乃是有一定道理的。就整體而言，東晉詩歌所描繪的山水大多是有一種幽靜怡人的特質。

值得注意的是，誠如郗超〈答傅郎詩〉：「森森群象，妙歸玄同」所示，東晉詩家以玄對山水，其目的並非僅止於對山水等自然事物的欣賞，而更在於對山水自然之後玄理的進一步掌握。是以，廬山諸道人在〈遊石門詩〉之〈序〉中會說道：「俄而太陽告夕，所存已往，乃悟幽人之玄覽，達恆物之大情，其爲神趣，豈山水而已哉。」謝安則說道：「會感者圓，妙得者意。我鑒其同，物睹其異。」〔註 247〕又說：「萬殊混一理，安復覺彭殤。」〔註 248〕郗超則說：「器乖吹萬，理貫一空。」〔註 249〕而王羲之亦說：「大矣造化功，萬殊莫不均。」〔註 250〕這樣的說法皆是希望透過「臨川欣投釣，得意豈在魚」〔註

〔註 244〕庾闡〈觀石鼓詩〉。
〔註 245〕王胡之〈答謝安詩〉八首之一。
〔註 246〕魏滂〈蘭亭詩〉。
〔註 247〕謝安〈與王胡之詩〉六首之四。
〔註 248〕謝安〈蘭亭詩二首〉之二。
〔註 249〕郗超〈答傅郎詩〉六首之一。
〔註 250〕王羲之〈蘭亭詩二首〉之二。

251）、「寓言豈所託，意得筌自喪」〔註252〕、以及「毛鱗有所貴，所貴在忘筌」〔註253〕之類得意忘言的過程，而達到對「宇宙雖遒，古今一契」〔註254〕之類恆久玄理的眞正把握。由此可見，山水等自然扮演的乃是一種介質的角色，它中介了詩人對本體的想像。袁宏在〈從征行方頭山詩〉中曾說道：「澄流入神，玄谷應契。」由其「入神」、「應契」的說法可以發現，這種中介的過程還具有一種主動的性質。山水自然於是成了一種主動的觸媒劑，不僅被視爲一種玄道本體的象徵之物，更具有一種與本體相互辯證的作用，因此能啓動並中介詩人主體從現象到本體（即從色到玄）的整體思想運作過程。

　　東晉詩人藉由山水等自然現象而探尋本體的玄思運作過程，即是支道林所謂「即色游玄」的觀照過程。所以會有這種觀照方式的出現，與東晉玄學的發展密切相關。當時，正始玄學所提出的「言不盡意」、「得意忘象」思想，經過玄學純粹哲學化以及佛學化的發展，已被支道林等人在「眞空妙有」的基調下改造成爲「即色游玄」的論述。相傳支道林著有《即色游玄論》，此書雖已不傳，但從相關的書中，仍可看到此一論述的殘篇斷簡。例如《世說新語·文學》劉孝標註引《支道林集·妙觀章》云：「夫色之性也，不自有色。色不自有，雖色而空。故曰色即爲空，色復異空。」慧遠《肇疏論》云：「支道林法師《即色論》云：吾以爲即色是空，非色滅空，此斯言至矣。何者，夫色之性，色不自色，雖色而空。如知不自知，雖知恆寂也。」而安澄《中論疏記》亦云：「支道林著《即色游玄論》云：『夫道之性，色不自色。不自，雖色而空。知不自知，雖知而寂。』彼意明：色心法空名眞，一切不無空色心是俗也。《述義》云其制《即色論》云：『吾以爲即色顯空，非色滅空』。」所謂的「色」即指物

〔註251〕王彬之〈蘭亭詩二首〉之二。

〔註252〕支遁〈五月長齋詩〉。

〔註253〕支遁〈詠懷詩五首〉之一

〔註254〕廬山諸道人〈遊石門詩〉之〈序〉。

質性的存在，亦即物質現象，而「色不自色」即是認爲物質現象並
非自己生成，物質的存在動因並非內在於事物的自身之中。因此可
以進一步說「色即爲空」、「非色滅空」，作爲本體存在的「般若」、「空」
（亦即佛學化的「玄」）早已在物質毀滅之前即已存在〔註 255〕。這
種說法，明顯揭示了一條經由現象萬有（亦即「色」）而探索「空」
（亦即「玄」）的本體認識途徑。在此，支道林特別吸收了《莊子》
「游」的概念，希望在理論上爲時人提供一種觀照本體的方法。對
支道林來說，本體與現象乃是相依相存的，兩者雖有各自存在的依
據，但彼此卻不能分開來理解。而對於般若性空類本質的把握，必
須從這現象與本體間相依相存的關係去進行把握，只有透過現象去
認識本體，同時反過來亦經由本體去理解現象，亦即「即色游玄」，
方能眞正理解自然的本眞之道〔註 256〕。

　　誠如上述，「即色游玄」可說是東晉詩家的感悟方式，而支道林
更在理論上說明了這一方式。因此他們在面對山水等自然時會出現追
求本體的絃外之音。孫綽在〈游天台山賦〉中說道：

> 散以象外之說，暢以無生之篇。悟遣有之不盡，覺涉無之有
> 間。泯色空以合跡，忽即有而得玄。釋二名之同出，消一無
> 於三幡。恣語樂以終日，等寂默於不言。渾萬象以冥觀，無
> 同體於自然。

誠如孫綽〈游天台山賦〉標題中「游」字、以及內容所點出者，東晉
詩家乃是以「即色游玄」的方式來把握本體的玄妙之道的。他們通過
對現象與本體間各自獨立、卻又相互依存關係的反覆認知，而體會到
了佛學化玄理中諸如眞空妙有等本體的存在。這其實意指了一種通過

〔註 255〕　參見王邦雄等編著《中國哲學史》。台北：國立空中大學，民國 87
　　　　　年 1 月初版，頁 405～頁 407；任繼愈主編《中國哲學發展史（魏
　　　　　晉南北朝）》。北京：人民出版社，1988 年 4 月出版，頁 461～頁 463；
　　　　　韋政通《中國思想史》下冊。台北：水牛圖書出版事業有限公司，
　　　　　民國 81 年 9 月十一版，頁 735～頁 737。
〔註 256〕　參看任繼愈主編《中國佛教史》第二卷。北京：中國社會科學出版社，
　　　　　1985 年 11 月出版，頁 237～頁 251。

感性以掌握理性本體、不脫離形象而進入抽象的認知或創作途徑，它不僅啓動了東晉詩家以神悟、玄鑒爲特徵的審美經驗，同時也具現爲東晉詩歌「名理奇藻」合一的特殊書寫進路〔註257〕。

4、超越理境的美感陶醉

　　支道林「即色游玄」論的提出，除了陳述現象與本體之間既獨立又相互依存的關係外，同時也突出了藉由物象而對本體進行把握的意涵。然而，即色游玄並非只是一種對於現象與本體本身、或兩者關係的論述，它更有著主、客性質、以及兩者間關係重新界定的意涵，並指向了一種特殊的審美觀照方式。

　　一來，即色游玄所達到的「玄」，並非只是一種抽象的本體存在，它更代表了一種境界，亦即所謂的「理境」。《老子》說道：

　　道可道，非常道；名可名，非常名。無名天地之始，有名萬物之母。故常無欲以觀其妙；常有欲以觀其徼。此兩者同出而異名，同謂之玄；玄之又玄，眾妙之門。〔註258〕

　　視之不見名曰夷，聽之不聞名曰希，搏之不得名曰微。此三者不可致詰，故混而爲一。其上不皦，其下不昧，繩繩不可名，復歸於無物。是謂無狀之狀，無物之象，是謂惚恍。迎之不見其首，隨之不見其後。執古之道，以御今之有。能知古始，是謂道紀。〔註259〕

　　道之爲物，惟恍惟惚。惚兮恍兮，其中有象。恍兮惚兮，其中有物。窈兮冥兮，其中有精。其精甚眞，其中有信。自古及今，其名不去，以閱眾甫。吾何以知眾甫之狀哉？以此。〔註260〕

從《老子》對於「道」的形容與詮釋，可知東晉詩家經由「即色」所

〔註257〕參見錢志熙《魏晉詩歌藝術原論》。北京：北京大學出版社，1993年1月初版，頁382。

〔註258〕《老子·第一章》。

〔註259〕《老子·第十四章》。

〔註260〕《老子·第二十一章》。

游探的「玄」乃是一種「無狀之狀，無物之象」，具有「惟恍惟惚」的性質。亦即，是一種介乎可感卻又不全然可感之間的一種境界。支遁的詩歌亦相當程度呈現出了這樣一種亦虛亦實、而充滿了朦朧美感的幽微境界：

> 閑邪託靜室，寂寥虛且眞。逸想流巖阿，朦朧望幽人。（〈詠懷詩五首〉之四）
>
> 翔鸞鳴崑崿，逸志騰冥虛。惚怳迴靈翰，息肩棲南嵎。（〈述懷詩二首〉之一）

這乃是東晉詩家心目中所嚮往的一種理境，誠如郗超「奇趣感心，虛飆流芳」〔註261〕以及廬山諸道人「其爲神趣，豈山水而已哉」〔註262〕的體認，在這樣的境界中往往蘊含著一種「奇趣」或「神趣」。而其特質通常與虛靈的形象聯繫在一起，相當符合他們對於山水自然具有「神靈清秀」風格的體認。

　　二來，即色游玄作爲一種過程，指涉了一種主體本身參與位置與境界的提昇。東晉的詩家往往採取「靜觀者」的立場，帶著玄理視域再經由山水自然的中介、而驗證到先驗本體的存在。在此過程中，主體的位置事實上是一直在被提昇當中的。他們從一個實際涉足於山水中的求道者，透過對於玄理愈發清晰的掌握，逐漸被提高到了一個證道者的位置。在這樣一種變化中，詮釋主體作爲一個「哲人」逐漸達到了「超越性」靜觀的高度，而成了一個「達人」、「至人」、「眞人」，並隨著道體虛靈境界的開顯，而成了一個能領略理境神趣之美的「神人」。誠如廬山諸道人所說：「超興非有本，理感興自生」〔註263〕。在這樣一種過程中，發揮關鍵作用的顯然不是「情感」，而是所謂的「理感」〔註264〕，亦即一種受理性節制而又希冀

〔註261〕〈答傅郎詩〉六首之二
〔註262〕廬山諸道人〈遊石門詩〉之〈序〉。
〔註263〕廬山諸道人〈遊石門詩〉。
〔註264〕例如庾友〈蘭亭詩〉亦曰：「馳心域表，寥寥遠邁。理感則一，冥然神會。」

掌握玄理的特殊感性。東晉詩人在深受理性節制而抑制情感（尤其是感官放縱）下，走向了精神性超越之境的追求。

值得注意的是，這種追求精神性境界的過程，同時也是一種特殊的審美過程，即是所謂的「游」，指主體「資神任獨往」﹝註265﹞、終而「冥然玄會」﹝註266﹞的「通神」﹝註267﹞狀態。廬山諸道人在〈遊石門詩〉中對登上太清之境的描述可說是相當適切的比喻：

> 超興非有本，理感興自生。忽聞石門遊，奇唱發幽情。褰裳思雲駕，望崖想曾城。馳步乘長岩，不覺質有輕。矯首登靈闕，眇若凌太清。端坐誰虛論，轉彼玄中經。神仙同物化，未若兩俱冥。

這種屬於美學昇華的凌虛過程，亦可從郗超「森森群象，妙歸玄同」的論述中略窺端倪。所謂的「妙歸」既是一種超越，同時又是一種審美的境界展現，是一個主體神感、玄悟的過程與結果。在此，「棲凝於玄冥」﹝註268﹞的詮釋主體一方面雖是個悟道者，但同時更是一個藝術家、美學家。他們不僅陶醉於所獲致的超越理境之中，同時也陶醉於「妙歸」的過程本身。

5、回歸我心的凝神靜泊

東晉詩家「以玄對山水」的本體探索雖然導向了對於精神自由境界的追求，但是所謂的境界的滋生卻不僅停留在超越的層次、也不止凝聚於過程之義，而是一具有回歸詩家心靈本身、對心靈進行滌洗的積極意義。如支遁〈詠懷詩五首〉之一中「寥亮心神瑩，含虛映自然」的話語所示，他們乃是希望藉由虛明的心靈以「靜照」﹝註269﹞出整個世界的形象。對他們而言，心靈就有如一個被放置於世界底面的明

﹝註265﹞江淹〈雜體詩三十首之許徵君詢自敘〉。另，張翼〈詠懷詩三首〉之二有「蕭條獨邀神」之話語。
﹝註266﹞庾友〈蘭亭詩〉。
﹝註267﹞郗超〈答傅郎詩〉六首之三：「跡以化形，慧以通神。」
﹝註268﹞康僧淵〈代答張君祖詩〉。
﹝註269﹞王羲之〈答許詢〉：「爭先非吾事，靜照在忘求。」

鏡，隨著玄覽的進行以及境界的開顯，終會將整個世界的本質映照出來。而經由這樣的過程，心靈無形中已然受到了滌洗，所謂「除情累」、「去機巧」即是此意：

> 疊疊玄思得，濯濯情累除。（許詢〈農里詩〉）
>
> 理苟皆是，何累於情。（孫綽〈答許詢詩〉九首之八）
>
> 疊疊玄思清，胸中去機巧。物我俱忘懷，可以狎鷗鳥。（江淹〈雜體詩三十首之孫廷尉綽雜述〉）

在此同時，心靈之中其實已有另一層境界在滋生，是一種屬於「暢」或「豁」的境界：

> 三春啓群品，寄暢在所因。（王羲之〈蘭亭詩二首〉之二）
>
> 今我欣斯遊，愠情亦蹔暢。（桓偉〈蘭亭詩〉）
>
> 醇醪淬慮，微言洗心。幽暢者誰，在我賞音。（謝安〈與王胡之詩〉六首之六）
>
> 北眺衡山首，南睨五嶺末。寂坐挹虛恬，運目情四豁。（庾闡〈衡山詩〉）

隨著「寄暢」境界在心靈中的生發，心靈獲致了「獨與神明居」〔註270〕般的安頓作用，並散發出了一種「逍遙使我閑」〔註271〕的自由感受，具有著「新」、「鮮」之類的美質：

> 群籟雖參差，適我無非新。（王羲之〈蘭亭詩二首〉之二）
>
> 疊疊沈情去，彩彩沖懷鮮。（支道林〈詠懷詩五首〉之一）

而東晉詩家在這樣一種境界回歸我心的過程中，終於變成了一個「幽人」，獲得了「凝神靜泊」〔註272〕的真正寧靜。在此同時，召喚了玄學本體的山水自然，也返回來啓動了心靈的提昇，不僅促成了寄暢逍遙境界的滋生，並賦予了山水本身以全新的特質，上引「群籟雖參差，適我無非新」及「疊疊沈情去，彩彩沖懷鮮」兩段話即說明了這種變化的過程。「山水」所表徵的自然，於是成了心靈

〔註270〕支道林〈詠懷詩五首〉之二。
〔註271〕支道林〈詠懷詩五首〉之一。
〔註272〕溫嶠〈迴文虛言詩〉。

的歸宿，是「幽人」得以安憩之處，因此袁宏在〈從征行方頭山詩〉中說道：「澄流入神，玄谷應契。四象悟心，幽人來憩。」

　　誠如以上分析，東晉詩家以「即色游玄」爲主幹，建構出了一種「理境」陶醉的審美經驗。這是一種主、客（色）、玄（第二客體）三體合一的循環映照過程。先是詩人懷抱著玄學的視域，藉由端坐的身心以觀看、接觸外在的自然，亦即「以玄對山水」；其次則藉由山水自然追索與其具有相互映照關係的本體，並返過來體察山水的存在，形成一種色與玄之間的循環探尋；再者，對本體的把握並非只是一種對實體的掌握，所謂的道、玄其實更意味了一種境界的開展。這是一種藉由「理感」而掌握「理境」中所具有的「神趣」的「神感玄悟」過程。在此「游」的過程中，東晉詩家不僅只是一個哲學家，更是一個藝術家與美學家。他們除了對理境本身的特質有所體會外，更對「妙歸」般的體道昇華過程有所感動；最後，隨著玄理所滋生的境界，並非停留在超越的層次，而是回到了心靈之中，除了具有「除情累」的作用外，同時開顯出了一種屬於「暢」、「豁」的境界。心靈因而獲得了存在的安頓，並具有一種「新」、「鮮」美質的「自由」與「逍遙」感受。至此，東晉詩家終於成了凝神靜泊的「幽人」，「山水」也成了心靈存在的棲居之處。這樣一種主、客、玄三體合一的循環映照過程，雖與伽達默爾所謂的「詮釋學循環」（der hermeneutische kreis）不完全相同，卻具有類似的親近性：後者啓示了悟玄之類的理解並非是一種對於詮釋對象的機械式複製，而是一種「視界融合」（horizontver-Schmelzung），是一種詮釋者與對象間互相詮釋的過程，而透過這種循環，人的存在終將獲得眞正的開顯〔註 273〕。

〔註 273〕 參考李醒塵《西方美學史教程》。台北：淑馨出版社，1996 年 10 月初版，頁 624～頁 627；周憲《二十世紀西方美學》。南京：南京大學出版社，1997 年 12 月初版，頁 416～頁 422。

第五節　風神之美的「自然」企求

一、人格哲學建構的美學影響

東晉盛行以人物入畫,江左貴族宅邸中的壁畫即常出現古聖今賢等人物的題材,例如王粹的館宇中即有莊子的畫像:

> 時弘農王粹以貴公子尚主,館宇甚盛,圖莊周於室,使含爲
> 之讚。〔註274〕

這種風氣除了反映人物乃是東晉審美的重要品類外,亦顯示了當時人倫品鑒的蓬勃發展。人物品評雖然古已有之,但是直到漢末魏初,由於和實際政治發生了關聯,方才受到空前的重視。隨著曹操父子的統一北方,從漢末清議所發展出來的人物品評,高舉著以才能、而非以德行爲本的標準,逐漸成了九品中正制度的規範,並具現爲劉劭《人物志》中「人格類型說」與「人物識鑒法」的理論〔註275〕。這樣一個傳統,在正始後有了性質上的轉變。隨著玄學對人生意義與理想社會的哲理性探討,原先主要供統治者選材、按能授官的人物品評制度,逐漸轉變成對人物才情與風貌的美學品鑒,並在劉義慶編纂的《世說新語》中達到了高峰。如果說劉劭的《人物志》深刻而系統地闡述了人物品評的理論,那麼《世說新語》則生動地記敘了人物品鑒的具體實踐,雙雙見證了魏晉人物品藻從政治性轉向審美性的意識改變〔註276〕。

東晉人物品鑒的蓬勃發展,正是這一歷史脈絡下的產物。它雖有著維繫世族利益的政治性作用,但與漢末魏初的論述相較,卻有著更

〔註274〕《晉書‧嵇紹傳附嵇含傳》。

〔註275〕參見李建中《魏晉文學與魏晉人格》。漢口:湖北教育出版社,1998年9月初版,頁31～頁32。

〔註276〕參見徐復觀《中國藝術精神》。台北:台灣學生書局,民國55年2月初版,頁150～頁153;吳功正《六朝美學史》。南京:江蘇美術出版社,1994年12月一版,頁99～頁104;李建中《魏晉文學與魏晉人格》。漢口:湖北教育出版社,1998年9月初版,頁141～頁158。

為顯著的純粹美學意涵。基本上來說，東晉的人物品鑒主要是一種屬於世族群體內部的輿論運作。通過對名士的介紹與品題，世族不僅建構了理想的人格典型，同時也維繫了他們的內在認同，有助於門閥政治的施行。

　　伴隨著人物品鑒的風行，江左的思想、文學界亦展開了對人格論述的建構。這樣的論述最初出現在甘寶、李充、虞預等人對荒誕士風造成西晉滅亡的反省，其直接引起了王導、庾亮、戴邈與荀崧等人藉由文告或奏章主張裁抑浮虛的迴響。王導等中興名臣無不認為，清談玄理雖然不可放棄，但務實亦同等重要。在此同時，則有郭璞藉由〈客傲〉提出了他自己「不塵不冥」、以超脫的心理看待出世與入仕的主張。其後，則有孫綽為王導、郗鑒、庾亮、褚裒與庾冰等名臣創作了碑文，並著有〈賀司空循像贊〉、〈庾公誄〉、〈王長史誄〉、〈劉眞長誄〉等文章；袁宏則作有〈三國名臣頌〉〔註277〕。藉由對中興名臣以及歷史人物的描述與評價，他們闡述了對理想人格模式的殷切冀求，希望能樹立一種適合於門閥政治運作的人格哲學。除了世族名士之外，東晉的遊僧也透過了佛學來論證玄學人格，藉由玄言詩、頌、贊、偈等的創作，他們積極參與了理想人格的探索。其中尤以支道林對《莊子‧逍遙游》的新解為最，可說有系統地論述了一種至人的人格典型。值得注意的是，詩歌創作亦是東晉整體人格哲學建構的重要一環，充分展現了世族的人格理想。

　　誠如前文所述，東晉士人透過詩、文等所建構的人格哲學是以名教與自然合一為基調的，歌頌的是一種「和光同塵」的處世典範。在此前提下，他們秉持了曹魏以來人物品評重才的思想，訂定了品評的等級。從《世說新語‧品藻》的記載可知，當時的人物公認是存在著一定流品的：

　　　王大將軍下，庾公問：「卿有四友，何者是？」答曰：「君家

〔註277〕《世說新語‧文學》則記載袁宏作有〈名士傳〉。

中郎，我家太尉、阿平、胡毋彥國。阿平故當最劣。」庾曰：
「似未肯劣。」庾又問：「何者居其右？」王曰：「自有人。」
又問：「何者是？」王曰：「噫！其自有公論。」左右躡公，
公乃止。

世論溫太眞，是過江第二流之高者。時名輩共說人物，第一
將盡之間，溫常失色。

桓大司馬下都，問眞長曰：「聞會稽王語奇進，爾邪？」劉
曰：「極進，然故是第二流中人耳！」桓曰：「第一流復是誰？」
劉曰：「正是我輩耳！」

從上述記載，不難看出世族中人非常熱衷於相互品題，並形成了「第
一流」、「第二流」之類的「公論」。這種以流品論人的方式，直接牽
涉的是審美價值的建立，並影響了魏晉以降文藝批評品題方法的出
現〔註278〕。從《世說新語》中，吾人不難發現東晉名士已將品題人
物的精神性活動轉化成了一種審美活動，並建立起了「美」的相關
範疇：

時人道阮思曠：「骨氣不及右軍，簡秀不如眞長，韶潤不如
仲祖，思致不如淵源，而兼有諸人之美。」〔註279〕

撫軍問孫興公：「劉眞長何如？」曰：「清蔚簡令。」「王仲
祖何如？」曰：「溫潤恬和。」「桓溫何如？」曰：「高爽邁
出。」「謝仁祖何如？」曰：「清易令達。」「阮思曠何如？」
曰：「弘潤通長。」「袁羊何如？」曰：「洮洮清便。」「殷洪
遠何如？」曰：「遠有致思。」「卿自謂何如？」曰：「下官
才能所經，悉不如諸賢；至於斟酌時宜，籠罩當世，亦多所
不及。然以不才，時復託懷玄勝，遠詠老、莊，蕭條高寄，
不與時務經懷，自謂此心無所與讓也。」〔註280〕

〔註278〕例如鍾嶸的《詩品》即將詩人劃分爲上、中、下三品，謝赫的《古
畫品錄》則將畫家分爲六品，而庾肩吾的《書品》則將書法家分爲
九品。

〔註279〕《世說新語·品藻》。

〔註280〕仝上注。

劉尹云：「清風朗月，輒思玄度。」〔註281〕

「骨氣」、「簡秀」、「韶潤」、「思致」、「清蔚簡令」、「溫潤恬和」、「高爽邁出」、「清易令達」、「弘潤通長」、「洮洮清便」、「遠有致思」、「蕭條高寄」以及「清風朗月」等都是有關於「美」的概念，直接點出了東晉士人對於美的重視。《世說新語》中關於東晉士人審美品題的記載相當多，而除了品題人物外，亦出現了對自然美及藝術美的品題。事實上，由人物品題發展出來的對自然美與藝術美的品題，三者之間是可以互相比擬形容的。這種方法不僅成了人物美、自然美與藝術美的重要品題方法，同時也成了中國傳統文藝批評與品鑒的重要方法之一，而在唐代司空圖的《二十四詩品》中有了高度成熟的展現〔註282〕。

　　而在對人物美的描述中，更出現了許多有關於「神」的概念，其全稱即是「精神」，乃是莊子合《老子》「窈兮冥兮，其中有精」〔註283〕與「谷神不死」〔註284〕的說法而成的詞彙。對莊子而言，「精」代表了人之心，而心之妙用則為「神」，合起來就是「精神」。魏晉之際的「精神」主要就是承襲了《莊子》的這個傳統，但重點係落在「神」的上面〔註285〕。值得注意的是，「神」與「形」、「骨」、「筋」、「氣」、「肌」、「血」等已逐漸被用於藝術品評的美學概念一樣，皆是從人的具體生命中得到的啟發，清晰地呈現出了中國美學發展與生命形式間的密切關係，也說明了東晉已是個審美自覺以及人文自覺的時代〔註286〕。

　　《世說新語》中即出現了許多帶有「神」的詞彙：

〔註281〕《世說新語・言語》。

〔註282〕參見李澤厚、劉綱紀主編《中國美學史》第二卷。台北：谷風出版社，民國76年12月臺一版，頁106～頁110。

〔註283〕《老子・第二十一章》。

〔註284〕《老子・第六章》。

〔註285〕參見徐復觀《中國藝術精神》。台北：台灣學生書局，民國55年2月初版，頁155。

〔註286〕參見李澤厚、劉綱紀主編《中國美學史》第二卷。台北：谷風出版社，民國76年12月臺一版，頁110～頁120。

戴安道中年畫行像甚精妙。庾道季看之，語戴云：「神明太俗，由卿世情未盡。」戴云：「唯務光當免卿此語耳。」〔註287〕

庾長仁與諸弟入吳，欲住亭中宿。諸弟先上，見群小滿屋，都無相避意。長仁曰：「我試觀之。」乃策杖將一小兒，始入門，諸客望其神姿，一時退匿。〔註288〕

時何充爲敦主簿，在坐，正色曰：「充即廬江人，所聞異於此！」敦默然。旁人爲之反側，充晏然，神意自若。〔註289〕

王子猷、子敬曾俱坐一室，上忽發火。子猷遽走避，不惶取屐；子敬神色恬然，徐喚左右，扶憑而出，不異平常。世以此定二王神宇。〔註290〕

太傅神情方王，吟嘯不言。〔註291〕

王右軍……歎林公器朗神俊。〔註292〕

庾風姿神貌，陶一見便改觀。談宴竟日，愛重頓至。〔註293〕

王彌有俊才美譽，當時聞而造焉。既至，天錫見其風神清令，言話如流，陳說古今，無不貫悉。〔註294〕

從上述諸如「神明」、「神姿」、「神意」、「神色」、「神宇」、「神情」、「神俊」、「神貌」、「風神」等詞彙的使用，可看出以「神」爲中心所發展出來的相關概念，已成了東晉世族品鑒人物的最重要範疇。徐復觀在《中國藝術精神》中指出：

魏晉之所謂精神，……亦稱「神明」，……但此時的所謂精神，或神，實際是生活情調上的，實際上加上了感情的意味；這是在藝術活動中所必然會具備的。因此，「神」亦稱爲「神情」。……這種「神」，是只可感受到，卻是看不見，摸不著

〔註287〕《世說新語・巧藝》。
〔註288〕《世說新語・容止》。
〔註289〕《世說新語・方正》。
〔註290〕《世說新語・雅量》。
〔註291〕仝上注。
〔註292〕《世說新語・賞譽》。
〔註293〕《世說新語・容止》。
〔註294〕《世說新語・賞譽》。

的；中國人便常將這一類的事物、情景，擬之爲「風」；所以又稱爲「風神」。……再進一步，便乾脆以「風」代「神」，於是「風穎」「風器」「風氣」「風期」「風情」「風味」「風韻」「風姿」等名詞，大爲流行起來。不僅上面的「風」字實際都是「神」字的意味；並且舉凡當時由人倫鑒識所下的「題目」，如「清」、「虛」、「朗」、「達」、「簡」、「遠」之類，儘管沒有指明是「神」，其實都是對於神的描述，亦即神的具體內容。……當時藝術性的人倫鑒識，是在玄學、實際是在莊學精神啓發之下，要由一個人的形以把握到人的神；也即是要由人的第一自然的形相，以發現出人的第二自然的形相，因而成就人的藝術形相之美。〔註 295〕

徐氏所指出的這種美學認知，亦貫徹到了詩歌創作之中，它除了直接承襲莊學對於「神」的美學詮釋外，亦關係到了當時慧遠、顧愷之、宗炳等人對於形神問題的討論，可說是東晉對於美的極致認知。

二、佛學「形盡神不滅」說及其影響

東晉世族重神的美學論述之所以出現，除了人格哲學建立的因素外，與當時思想界對形神問題的討論亦關係密切。形神問題不但是個哲學的疑義，更是個美學問題，直接影響了東晉世族審美理想的形成。

形神問題本質上就是人的生死問題，其所以會在魏晉南北朝時獲得廣泛的迴響，與漢末以降的戰亂、疾疫與政局內鬨脫不了關係。社會的動盪一方面促成了薄葬的盛行〔註 296〕，同時亦改變了士人對死的看法。一般來說，主張薄葬的人雖少有意識到人死神滅者，但他們對死後有知的懷疑，卻動搖了傳統的神鬼思想與報應觀〔註 297〕。到

〔註 295〕引自徐復觀《中國藝術精神》。台北：台灣學生書局，民國 55 年 2 月初版，頁 156～頁 157。
〔註 296〕從曹操開始，薄葬成爲魏晉時期皇室的慣例。東晉末，厚葬雖曾一度回流，但在劉宋後，薄葬卻又成爲主流，一直到南北朝結束。
〔註 297〕參見任繼愈主編《中國哲學發展史（魏晉南北朝）》。北京：人民出版

了東晉，人生問題的思索主要展現在對傳統報應論的反省，例如畫家戴逵即以漢代王充的元氣論爲基礎，著述了〈釋疑論〉而與慧遠展開了論爭。戴逵認爲人的夭壽賢愚是先天之氣所命定，「修短窮達」〔註298〕並非「積行」〔註299〕所致，而是「自有定分」〔註300〕。這就從根本否定了命運有因、行爲有果的傳統說法，並預設了人死神滅的論述立場。

　　就在傳統報應觀逐漸動搖之際，佛教的報應觀出現了。爲了反擊戴逵等的質疑，慧遠在〈三報論〉中提出了一種無現驗的報應觀：「業有三報：一曰現報，二曰生報，三曰後報。」〔註301〕藉由輪迴的說法，慧遠把報應推到了無法驗證的將來，除了使戴逵「難以辭究」〔註302〕外，亦改造了傳統的報應之說。

　　隨著三報論的出現，形神問題亦受到了重視。不同於傳統報應說視神祇爲決定報應的主宰，佛教輪迴之說認爲，造業與受報皆係同一主體，因此這個主體必須是永恆存在的，這就導出了「神不滅」、「靈魂不死」的概念〔註303〕。事實上，爲了論證報應的必然，形神關係已是慧遠不可迴避的問題，他於是在〈沙門不敬王者論〉中提出了「形盡神不滅」的觀念。而在〈襄陽丈六金像頌〉與〈萬佛影銘〉兩篇文

　　　　社，1988 年 4 月出版，頁 758～頁 768。
〔註298〕戴逵〈與遠法師書〉，《全晉文》卷一三七。
〔註299〕仝上注。
〔註300〕仝上注。
〔註301〕慧遠〈三報論〉：「業有三報：一曰現報，二曰生報，三曰後報。現報者，善惡始於此身，即此身受。生報者，來生便受。後報者，或經二生三生，百生千生，然後乃受。受之無主，必由於心。心無定司，感事而應。應有遲速，故報有先後。先後雖異，咸隨所遇而爲對。對有強弱，故輕重不同。斯乃自然之賞罰，三報大略也。」《全晉文》卷一六二。
〔註302〕戴逵見了〈三報論〉雖不心服，但無話可說，見〈與遠法師書〉，《全晉文》卷一三七。
〔註303〕參見任繼愈主編《中國哲學發展史（魏晉南北朝）》。北京：人民出版社，1988 年 4 月出版，頁 777。

章中，他更認爲世界萬物的美乃是來自佛的神明，明顯反映了他對形神問題的關切。

慧遠對「神」的論述與戴逵等是不同的。主張形死氣散的戴逵，同指出「形既粉散，知亦如之」〔註304〕的孫盛一般，都是秉持著中國古代對「神」是一種氣的傳統理解。他們雖不反對神的存在，但卻認爲神之所以存在，主要決定於形，神無法不依賴於形而獨立存在，十足顯現出一種重形輕神的傾向。

而慧遠對形神關係的理解可說是屬於重神的一脈。這種傾向在魏晉玄學強調人格本體的論述中已可略窺端倪，例如嵇康的〈養生論〉即把「養神」提到了最重要的位置，強調了神對形的支配性角色。兩晉之交的葛洪，雖曾出現形爲神之宅、形壞則神無以存的說法，但亦主張形須神而立，十分不同於孫盛、戴逵等只強調神對形有所依賴的看法。到了慧遠，則站在佛學的立場提出了他對形神關係的主張：

> 夫神者何耶？精極而爲靈者也。精極則非卦象之所圖，故聖人以妙物而爲言，雖有上智，猶不能定其體狀，窮其幽致。……神也者，圓應無主，妙盡無名，感物而動，假數而行。感物而非物，故物化而不滅；假數而非數，故數盡而不窮。有情則可以物感，有識則可以數求。數有精粗，故其性各異；智有明闇，故其照不同。……論者不尋無方生死之說，而惑聚散於一化；不思神道有妙物之靈，而謂精粗同盡，不亦悲乎！……惑者見形朽於一生，便以爲神情俱喪，猶睹火窮於一本，謂終期都盡耳。此由從養生之談，非遠尋其類者也。就如來論，假令神形俱化，始自天本：愚智賓生，同稟所受；問所受者爲受之於形邪？爲受之於神邪？若受之於形，凡在有形，皆化而爲神矣。若受之於神，是以神傳神，則丹朱與堯帝齊聖，重華與瞽叟等靈，其可然乎？其可然乎？如其不可，故知冥緣之搆，著

〔註304〕孫盛〈與羅君章書〉，《全晉文》卷六十三。

於在昔；明闇之分，定於形初。雖靈均善運，猶不能變性
之自然，況降茲以還乎！〔註305〕

慧遠指出，神不是物、不是數，神相對於形具有著「精極而爲靈」、「有
妙物之靈」的特質。他徹底區別了「神」與「形」的存在，並賦予神
以高於形的地位，是以他會認爲神形有精粗之別，並導出了形雖滅而
神可以永存的觀點。在此之前葛洪雖亦曾觸及類似的觀點，但卻是到
了慧遠，方才將神具有較形爲高的微妙難測的特質加以突出，並形成
具體的理論〔註306〕。

值得注意的是，慧遠雖強調神不同於形、高於形，但並不否定形
的必要性。對他來說，神必須寄託於形、透過形才能呈現。所謂的形
盡而神可以永存，乃是表現在神可以從已滅的「前形」傳到「後形」，
而不是說神可以離形而永存：

推此而論，則知化以情感，神以化傳；情爲化之母，神爲情
之根。情有會物之道，神有冥移之功。但悟徹者反本，惑理
者逐物耳！……夫情數相感，其化無端；因緣密構，潛相傳
寫……。火之傳於薪，猶神之傳於形；火之傳異薪，猶神之
傳異形。前薪非後薪，則知指窮之術妙；前形非後形，則悟
情數之感深。〔註307〕

慧遠認爲情與神是密切相連的，而在宏大佛法的保證下，透過情的感
物化生，就可以將神由前形傳於後形，亦即所謂的「潛相傳寫」。事
實上，爲了堅持報應論，慧遠相當反對滅形而存神。在〈明報應論〉
中，他認爲由「四大之體」結成的人身作爲「神之安宅」乃是有情感
的，不同於地水火風般之無知覺。形與神，亦即身宅與精神，雖是有
區別的，但卻又是結合在一起的，是以他說道：「夫形神雖殊，相與

〔註305〕慧遠〈沙門不敬王者論〉，《全晉文》卷一六一。
〔註306〕與慧遠約莫同時的竹僧敷在〈神無形論〉中亦曾發表類似的觀點，認
　　　　爲「有形便有數，有數則有盡。神既無盡，故知無形。」（《全晉文》
　　　　卷一五七）可見，慧遠之提出重神的主張，有其屬於大環境的必然
　　　　因素。
〔註307〕慧遠〈沙門不敬王者論〉，《全晉文》卷一六一。

爲化；內外誠異，渾爲一體」〔註308〕。

慧遠重神但又認爲形神相與爲化的觀點，直接滲透在他的藝術論述之中。在〈襄陽丈六金像頌〉之〈序〉中，他力主佛雖爲不可見的至精，但爲了啓迪群生，卻可以「擬狀靈範」、「儀形神模」〔註309〕。因此他在〈萬佛影銘〉中說道：「談虛寫容，拂空傳像。相具體微，沖姿自朗。」〔註310〕又說：「妙盡毫端，遠微輕素。托彩虛擬，殆映霄霧。跡以像眞，理深其趣。……彷彿鏡神儀，依稀若眞遇。」〔註311〕莫不是希望透過對形的把握，以掌握到「神」的境界。慧遠顯然認爲，各種有形有名的物是皆是「法身」〔註312〕所特有的「無形無名」〔註313〕的神明的體現，亦即皆是神明的「形」與「影」。而正因爲世上萬物皆體現了至精至妙的佛的神明，因此是極爲光輝美麗的，足可「譬日月麗天，光影彌輝」〔註314〕。慧遠將世界萬物之美歸於佛的神明的論述，若摒除其宗教的目的不談，其實已包含了對「美」形成的深刻看法。他顯已意識到美的構成有兩大要素，必須同時掌握感性（形）與理性（神），美是神表現於形的結果，是形與神、感性與理性的內在統一〔註315〕。

總而言之，慧遠爲了闡揚報應之說所提出的形盡神不滅理論並非只是一種哲學思想，而是具有著美學的意涵。首先，他強調神高於形且兩相爲化的論點，具有一種「美」乃是神表現於形、爲感性與理性內在統一的深刻認知。這種觀點除了可見諸於當時繪畫、書法的創作外，亦可從詩歌的內容略窺端倪。東晉詩家經常是透過「森森群象」

〔註308〕慧遠〈明報應論〉，《全晉文》卷一六二。

〔註309〕慧遠〈襄陽丈六金像頌〉之〈序〉，《全晉文》卷一六二。

〔註310〕慧遠〈萬佛影銘〉，《全晉文》卷一六二。

〔註311〕仝上註。

〔註312〕慧遠〈萬佛影銘〉之〈序〉，《全晉文》卷一六二。

〔註313〕仝上註。

〔註314〕仝上註。

〔註315〕參見李澤厚、劉綱紀主編《中國美學史》第二卷。台北：谷風出版社，民國76年12月臺一版，頁405～頁409。

的掌握以追求玄妙之境的，當時詩歌雖不乏純粹說理之作，但亦有很大部分是玄理與物象並列的，反映了時人對美係感性與理性內在統一的潛在認知。

其次，慧遠提出了物只在具有內在精神的表現時，方可稱為美。亦即，美雖是感性與理性的內在統一，但美並不停留在感性，而更是一種精神境界的體現，是「神」微妙難測特質的發顯。此觀點顯示了慧遠重神的立場，與魏晉玄學、書畫等藝術理論的發展若合符節。顧愷之的「傳神」之說、宗炳與王微的「暢神」之論，皆是此思想的進一步表現〔註 316〕。就詩歌內容觀之，於人格及山水的描述中不時可見重意、重神的思維，可見其已成為詩家明顯的集體意識。當時雖沒有明確的詩論指出詩歌應能傳神、寫意，但東晉詩家頗重視整體風格「玄勝」、「深致」意境的達成，可說是重神思想影響的痕跡。

再者，慧遠提出了「擬狀靈範」、「儀形神模」的觀點，相當類似顧愷之「傳神寫照」的主張，皆是強調透過對「自然」之形的描寫以掌握神；最後，慧遠明確地指出了身體係神之安宅，呼應了東晉詩家希望透過人物的舉止姿容以尋求風神之美的思想。對他們來說，美雖可見於山水自然與藝術中，但更在人的形體中，身體可說是美的最佳積澱所在，也是風神的最直接展現之處。

三、「形神自然」的審美理想

東晉士人所關注的人物、山水自然與藝術之美中，人物美可說是最為根本的。人作為一個獨立個體自身所透顯出來的美，無疑是整個魏晉作為一個人的覺醒時代的美學中心。難怪宗白華會說晉人崇尚「人格的唯美主義」〔註317〕，「尤沉醉於人物的容貌、器識、肉體與

〔註316〕 受到慧遠影響的宗炳，在〈畫山水序〉中認為「暢神」係山水畫的本質及功能；王微的〈敘畫〉雖較無佛學色彩，但亦有「暢神」之思想。

〔註317〕 宗白華〈論世說新語和晉人的美〉，收錄於《美學的散步》。台北：洪範書店有限公司，民國 76 年 3 月四版，頁 70。

精神的美」〔註318〕。這種美學意識的發展，不僅可從當時人格哲學的建構略窺端倪，也可自詩歌等藝術的創作得到印證。許多贈答的詩篇以交遊的人作爲歌頌對象乃是一例；出現在一般詩歌中對先賢逸士的禮讚亦是一例；許多山水玄言詩中對遊賞者體態、心靈及尋道過程的描述又是一例。這些詩作所建構出的人格理想，連同著繪畫、雕刻及書法等藝術，一再說明了東晉名士對理想美的特殊想像。

　　綜觀東晉詩家對人物的表現，可從行止與姿容兩方面論之。首先，論人物的行止。東晉詩歌中不乏對人的行爲舉止的敘述，例如孫綽及王胡之的詩歌皆有對所贈對象事功的歌讚：

> 狡哉不臣，拒順稱兵。矯矯君侯，杖鉞斯征。鯨鯢懸鰓，靈
> 滸載清。淨能弘道，動□功成。(孫綽〈贈溫嶠詩〉五首之四)
> 戎馬生郊，王路未夷。螳螂舉斧，鯨鯢軒鰭。矯矯吾子，劬
> 勞王師。單醴投川，飲者如歸。崑嶺載崇，太陽增輝。(王胡
> 之〈贈庾翼詩〉八首之三)

除了功業外，東晉詩歌對於人物活動的呈顯，主要集中在他們對山水園林的遊賞，王羲之、桓偉、袁嶠之等人的〈蘭亭詩〉即是對此類活動的描述。由於他們山水遊賞的目的主要在體玄悟道，因此詩中對於活動者的陳述多著重於表現其作爲修道者、悟道者的形象，因此詩中人物的行爲舉止大多雅致高尚且透露出智慧德行。簡言之，東晉詩家相當重視行止所透露出來的象徵性，他們雖然認爲理想中人物應該「俯膺儒俗」〔註319〕，但更須「仰詠道誨」〔註320〕。難怪在他們的詩作中會出現對名士「知文之宗，研理之機」〔註321〕等行止的描述。

　　其次，則論人物的姿容。東晉詩家不僅著墨於人物的行止，亦涉及對人物姿態（包括服飾等）、容顏的狀寫。例如支遁詩中即出現「逸容」、「清軀」、「溫手」之類的話語：

〔註318〕仝上注，頁73。
〔註319〕孫綽〈贈謝安詩〉。
〔註320〕仝上注。
〔註321〕梅陶〈贈溫嶠詩〉五首之二。

逸容研沖贖，綵綵運宮商。（〈五月長齋詩〉）

蕭蕭猗明翮，眇眇育清軀。（〈述懷詩二首〉之一）〔註322〕

泠風解煩懷，寒泉濯溫手。（〈八關齋詩三首〉之三）

支遁對美好姿容的觀察，更體現在〈四月八日讚佛詩〉中以「彩靈和」、「矯掌承玉形」、「騰擢散芝英」、「金姿艷春精」、「吐納流芳馨」等對菩薩、四王與飛天的描寫：

菩薩彩靈和，眇然因化生。四王應期來，矯掌承玉形。飛天鼓弱羅，騰擢散芝英。……玄根泯靈府，神條秀形名。圓光朗東旦，金姿艷春精。含和總八音，吐納流芳馨。

除了支遁外，曹毗在〈郗公墓詩〉中曾以「玉顏」形容已逝的郗公；王獻之妾桃葉則曾以「玉手」〔註323〕狀寫動搖白團扇的王郎；而王獻之更曾以「桃葉映紅花，無風自婀娜」〔註324〕來描述桃葉嬌美的容顏與體態。承續了人物品鑒的傳統，東晉可說是個相當重視美好體態與容顏的時代，《世說新語・容止》中的相關描述亦印證了這種趨勢：

王右軍見杜弘治，歎曰：「面如凝脂，眼如點漆，此神仙中人。」

時人目王右軍：「飄如遊雲，矯若驚龍。」

海西時，諸公每朝，朝堂猶暗；唯會稽王來，軒軒如朝霞舉。

謝公云：「見林公雙眼，黯黯明黑。」孫興公見林公：「稜稜露其爽。」

有人歎王恭形茂者，云：「濯濯如春月柳。」

誠如李建中在《魏晉文學與魏晉人格》一書的研究指出者，「目」（或「見」、「睹」、「觀」、「望」等）乃是《世說新語》記載人物品題時用得最多的一類動詞〔註325〕，這其實反映出東晉、乃至整個魏晉

〔註322〕此詩雖爲描述翔鶯所作，但從詩題爲「述懷」可知，其係用以比擬理想中的人物。

〔註323〕桃葉〈答王團扇歌三首〉之二。

〔註324〕王獻之〈桃葉歌三首〉之三。

〔註325〕參見李建中《魏晉文學與魏晉人格》。漢口：湖北教育出版社，1998年9月初版，頁145。

的審美活動是離不開視覺的，視覺雖非審美活動的全部，卻佔了相當
中心的位置。誠如前文之分析，東晉詩家在對望山水時，雖是開放了
全身的感官，但視覺仍舊是最爲重要的部分。在此狀況下，他們會重
視好容顏與妙姿態是不足爲奇的。除了對人物容姿的直接描摹外，他
們也以比喻、象徵的方式爲之。例如王胡之曾以「儀鳳屬天，騰龍陵
雲」〔註 326〕形容庾翼昂然的體態，並以「荊山天峙，辟立萬丈。蘭
薄暉崖，瓊林激響」〔註 327〕形容謝安的「秀舉」〔註 328〕；孫綽亦曾
以「鳴翼既舒，能不鶴立」〔註 329〕比擬謝安的卓然挺拔。而從諸多
山水玄言詩中，亦可看到東晉詩家對於山水遊賞者姿容的想像，誠如
前文分析，這是一種以端坐爲主、散發出從容與幽靜氣質的自然神
態。這種對於姿容的重視，甚至擴及了對「襟」、「帶」、「白團扇」等
的描述，其連同著《世說新語》中所曾出現的「麈尾」等，皆是時人
對於名士風流的想像：

> 朝樂朗日，嘯歌丘林。夕翫望舒，入室鳴琴。五絃清激，南
> 風披襟。(謝安〈與王胡之詩〉六首之六)
> 解帶長陵峻，婆娑清川右。(支遁〈八關齋詩三首〉之三)
> 青青林中竹，可作白團扇。動搖郎玉手，因風託方便。(桃葉
> 〈答王團扇歌三首〉之二)
> 何次道往丞相許，丞相以麈尾指坐，呼何共坐曰：「來！來！
> 此是君坐。」〔註 330〕

值得注意的是，東晉詩家對於人物舉止及姿容的狀寫，並非僅止
於兩者特性的個別分析，而是希望藉此掌握人作爲獨立個體所呈顯出
的整體品質。他們相當重視質地、品質，詩作中即常出現如「玉質」〔註

〔註 326〕王胡之〈贈庾翼詩〉八首之一。
〔註 327〕王胡之〈答謝安詩〉八首之一。
〔註 328〕仝上注。
〔註 329〕孫綽〈贈謝安詩〉。
〔註 330〕《世說新語・賞譽》。
〔註 331〕支遁〈詠禪思道人〉：「玉質凌風霜，淒淒歷清趣。」

331）、「素質」〔註332〕、「質非荊璞」〔註333〕等的話語。對他們來說，
人的外貌或「美形」〔註334〕，必須就其所呈顯出來的整體品質加以把
握方能得其要領。更為重要的是，他們認為人作為一個個體所呈顯出
的形體品質，總是與心靈以及人格境界相連在一起的。亦即，從人的
姿容與行止，不難判定個體內在的精神內涵。為了掌握此種獨特的整
體人格品質，他們援用了許多美的經驗、自然及藝術等象徵物，以作
為比擬：

> 蘭薄有苕，玉泉產玫。疊疊含風，灼灼猗人。如金之映，如
> 瓊之津。擢翹秋陽，淩波暴鱗。（郭璞〈贈溫嶠詩〉五首之一）
> 矯翰伊何，羽儀鮮潔。清往伊何，自然挺徹。易達外暢，聰
> 鑒內察。思樂寒松，披條映雪。（王胡之〈答謝安詩〉八首之二）
> 既綜幽紀，亦理俗羅。神濯無浪，形渾俗波。頹非我朗，貴
> 在光和。振翰梧標，翻飛丹霞。（孫綽〈贈溫嶠詩〉五首之二）
> 孔父有言，後生可畏。灼灼許子，挺奇拔萃。方玉比瑩，擬
> 蘭等蔚。寄懷大匠，仰希遐致。將隆千仞，豈限一匱。（孫綽
> 〈答許詢詩〉九首之五）

詩中「如金之映，如瓊之津」、「思樂寒松，披條映雪」、「振翰梧標，
翻飛丹霞」以及「挺奇拔萃。芳玉比瑩，擬蘭等蔚」等話語，既是針
對人物整體外顯特徵的比擬，同時也直指了人物的心靈與精神特質。
藉由形體以聯繫精神、人格的例子亦常見於《世說新語》中，例如〈賞
譽〉篇即記載：「時人欲題目高坐而未能。桓廷尉以問周侯，周侯曰：
『可謂卓朗。』桓公曰：『精神淵箸。』」「卓朗」指的是高坐的外表，
「淵箸」則是指其深湛的內涵，由形而神，彰顯了高坐無可取代的人
格特質。在此，人格典型意味了一種人的外在與內在的統一，亦即形
與神、感性與理性的統一，代表了一種對於美的境界的企求。誠如郁

〔註332〕孫綽〈贈謝安詩〉：「鮮藻彌映，素質逾昭。」
〔註333〕盧諶〈贈劉琨詩〉：「承侔卞和，質非荊璞。」
〔註334〕《世說新語·容止》。

超「跡以化形，慧以通神」〔註335〕的詩句所示，東晉詩家顯然已意識到，美不僅在於形體本身，更在於對神的掌握，若無法傳神，空有形體是不成其爲美的。可說呼應了慧遠「形盡神不滅」、顧愷之「傳神寫照」、與宗炳、王微「暢神」等重神一派的論述。

　　如詩歌中「自然挺徹」、「率應自然」等話語所示，東晉詩家追求人格典範所傳達出的乃是一種「形神自然」的美學理想。可說是一種透過人物姿容與行止的整體風格，以表現神情自然的美學境界。他們認爲透過形的自然，將可展現心靈、乃至整體人格的自然。故「形神自然」指的是一種瀟灑率眞的「風神」之美，是名士在雅賞生活脈絡下，透過妙行止、好姿容所呈現出的一種超然物外的風度之美。針對東晉名士從「人格的唯美主義」出發，以探求風神之美的狀況，宗白華在〈論世說新語和晉人的美〉中有十分精采的論述：

> 晉人風神瀟灑，不滯於物，這優美的自由的心靈找到一種最適宜於表現他自己的藝術，這就是書法中的行草。行草藝術純係一片神機，無法而有全，全在下筆時點畫自如，一點一拂皆有情趣，從頭至尾，一氣呵成。如天馬行空，遊行自在。又如庖丁之中肯綮，神行於虛。這種超妙的藝術，只有晉人蕭散超脫的心靈，纔能心手相應，登峰造極。魏晉書法的特色，是能盡各字的眞態。……「晉人結字用理，用理則從心所欲不踰矩。」唐張懷瓘「書議」評王獻之書云：「子敬之法，非草非行，流便於行草；又行於其間，無藉因循，甯拘制則，挺然秀出，務於簡易。情馳神縱，超逸優遊，臨事制宜，從意適便。有若風形雨散，潤色開花，筆法體勢之中，最爲風流者也！逸少秉眞行之要，子敬執行草之權，父之靈和，子之神俊，皆古今之獨絕也。」他這一段話不但傳出行草藝術的眞精神，且將晉人這自由瀟灑的藝術人格形容盡致。中國最高美的書法──這書法也是中國繪畫藝術的靈魂──是從晉人的風韻中產生的。

〔註335〕郗超〈答傅郎詩〉六首之三。

> 魏晉的玄學使晉人得到空前絕後的精神解放，晉人的書法
> 是這自由的精神人格最具體最適當的藝術表現。這抽象的
> 音樂似的（非摹象的）藝術纔能表達出晉人的空靈的玄學
> 精神和個性主義的自我價值。〔註336〕

宗白華以行草之美比喻人格之美，主要係就書法與人物兩者在形神層
面作了會通。他指出了行草「無法而有全」的動態之形，不僅與東晉
名士的「風韻」有類似之處，其所呈顯的如「天馬行空」般的「神機」，
亦與東晉名士「蕭散超脫」人格所呈現出來的精神境界有會通之處，
皆代表了一種「風神瀟灑」所展露出的自然之美。

　　東晉詩家所追求的風神在形像上的極致就是一種有如珠玉明月
般的超塵絕俗之美，透露著一片光朗明亮的意象。因此《世說新語‧
容止》中經常以「不復似世中人」、「神仙中人」或「天際眞人」等加
以形容，好似《莊子‧逍遙遊》中「藐姑射之山」的「神人」理想美
的再現：

　　藐姑射之山，有神人居焉，肌膚若冰雪，淖約若處子。不食
　　五穀，吸風飲露。乘雲氣，御飛龍，而遊乎四海之外。

　　這是一種在恍惚飄渺中煥發出珠玉、冰雪般光澤、而又具有空靈
玄寂的美，十分類似世族名士周遊於會稽山水時所發現的「神靈清秀」
之美。「神」以其所召喚的無窮詩意，於是成了東晉詩家的審美理想。
是以廬山諸道人在遊石門時會以「神麗」歌頌山水之美，並以「神趣」
禮讚幽人玄覽所達到的逍遙境界。事實上，東晉詩歌中常見與「神」
有關的詞彙，例如「神邑」〔註337〕、「鑒神」〔註338〕、「寧神」〔註339〕、
「神明」〔註340〕、「神自然」〔註341〕、「精神」〔註342〕「神感」〔註

〔註336〕引自宗白華《美學的散步》。台北：洪範書店有限公司，民國76年
　　　　　3月四版，頁64。
〔註337〕郭璞〈與王使君詩〉五首之三：「方恢神邑，天衢再廓。」
〔註338〕郭璞〈與王使君詩〉五首之四：「翹情明規，懷德鑒神。」
〔註339〕溫嶠〈迴文虛言詩〉：「寧神靜泊，損有崇無。」
〔註340〕梅陶〈贈溫嶠詩〉五首之一：「生而神明，誕質珪璋」；支遁，〈詠
　　　　　懷詩五首〉之二：「蕭索人事去，獨與神明居。」

343）、「鈍神」〔註344〕、「恪神」〔註345〕、「邀神」〔註346〕、「神氣」〔註347〕、「練神」〔註348〕、「神奇」〔註349〕、「凝神」〔註350〕、「神怡」〔註351〕、「響神」〔註352〕、「理神」〔註353〕、「神遇」〔註354〕、「神極」〔註355〕、「神理」〔註356〕、「神往」〔註357〕、「神會」〔註358〕、「奇神」〔註359〕、「冥神」〔註360〕、「神跡」〔註361〕等，對神字的使用可說相當普遍。

除了上述詞彙，亦可見諸如「神崖」〔註362〕、「神蔬」〔註363〕、「神梧」〔註364〕、「神火」〔註365〕、「神基」〔註366〕、「神標」〔註367〕

〔註341〕庾闡〈觀石鼓詩〉：「妙化非不有，莫知神自然。」
〔註342〕盧諶〈答魏子悌詩〉：「理以精神通，匪曰形骸隔。」
〔註343〕盧諶〈時興詩〉：「形變隨時化，神感因物作。」
〔註344〕王胡之〈答謝安詩〉八首之五：「鈍神幽疾，宜處無事。」
〔註345〕張翼〈詠懷詩三首〉之一：「恪神囷叢穢，要在夷心曲。」
〔註346〕張翼〈詠懷詩三首〉之二：「眇情寄極眄，蕭條獨邀神。」
〔註347〕張翼〈贈沙門竺法頠三首〉之一：「泊寂清神氣，綿眇矯妙蹤。」
〔註348〕張翼〈贈沙門竺法頠三首〉之三：「勉尋大乘軌，練神超勇猛。」
〔註349〕王羲之〈蘭亭詩二首〉之六：「於今為神奇，信宿同塵滓。」
〔註350〕孫綽〈贈謝安詩〉：「凝神內湛，未麟一澆。」
〔註351〕王肅之〈蘭亭詩二首〉之一：「今我斯遊，神怡心靜。」
〔註352〕桓玄〈登荊山詩〉：「器栖荒外，命契響神。」
〔註353〕劉程之〈奉和慧遠遊廬山詩〉：「理神固超絕，涉麤罕不群。」
〔註354〕王喬之〈奉和慧遠遊廬山詩〉：「超遊罕神遇，妙善自玄同」；支遁，〈詠禪思道人詩〉：「投一滅官知，攝二由神遇。」
〔註355〕王喬之〈奉和慧遠遊廬山詩〉：「有標造神極，有客越其峰。」
〔註356〕支遁〈詠懷詩五首〉之五：「神理速不疾，道會無陵驕。」
〔註357〕支遁〈詠大德詩〉：「昔聞庖丁子，揮戈在神往。」
〔註358〕支遁〈詠大德詩〉：「交樂盈胸襟，神會流俯仰。」
〔註359〕支遁〈詠八日詩三首〉之二：「不為故為貴，忘奇故奇神。」
〔註360〕康僧淵〈又答張君祖詩〉：「濯志八解淵，遼朗豁冥神。」
〔註361〕慧遠〈廬山東林雜詩〉：「崇巖吐清氣，幽岫棲神跡。」
〔註362〕謝安〈與王胡之詩〉六首之二：「思樂神崖，悟言機峰。」
〔註363〕支遁〈述懷詩二首〉之一：「濯足戲流瀾，採練銜神蔬」、〈詠懷詩五首〉之三：「霄崖育靈藹，神蔬含潤長。」
〔註364〕支遁〈述懷詩二首〉之一：「高吟漱芳醴，頡頑登神梧。」
〔註365〕支遁〈述懷詩二首〉之二：「窮理增靈薪，昭昭神火傳。」
〔註366〕支遁〈詠利城山居〉「五嶽盤神基，四瀆涌蕩津。」

等以「神」來形容自然物、或人造物的詩句。而這些帶有「神」字的話語多是用來讚美人物的身形或人格之美：

> 翹情明規，懷德鑒神。（郭璞〈與王使君詩〉五首之四）
>
> 生而神明，誕質珪璋。（梅陶〈贈溫嶠詩〉五首之一）
>
> 神濯無浪，形渾俗波。（孫綽〈贈溫嶠詩〉五首之二）
>
> 道足匈懷，神棲浩然。（孫綽〈答許詢詩〉九首之三）
>
> 神齊玄一，形寄爲兩。（王胡之〈贈庾翼詩〉八首之七）
>
> 神王自有所，何爲人世間。（孫綽〈失題詩〉）
>
> 一往縱神懷，矯跡步玄闈。（孫放〈數詩〉）
>
> 思樂神崖，悟言機峰。（謝安〈與王胡之詩〉六首之二）
>
> 神資天凝，圓映朝雲。（王齊之〈念佛三昧詩四首〉之三）
>
> 釋迦乘虛會，圓神秀機正。（支遁〈詠八日詩三首〉之一）
>
> 眞人播神化，流淳良有因。……淳白凝神宇，蘭泉渙色身。
>
> （支遁〈詠八日詩三首〉之二）
>
> 寥寥神氣暢，欽若盤春藪。達度冥三才，恍惚喪神偶。（支遁〈八關齋詩三首〉之三）
>
> 偓寒收神轡，領略綜名書。……蕭索人事去，獨與神明居。
>
> （支遁〈詠懷詩五首〉之二）
>
> 魄魄形崖頹，同同神宇敞。（支遁〈詠懷詩五首〉之三）

從上述例子可見，「神」作爲一種思想與美學的範疇已深刻地積澱在東晉詩家的意識之中。它除了帶有佛學探索「冥神絕境」﹝註368﹞的意涵外，亦浸染了莊學追求生命超越的優遊情調。誠如《莊子‧天道》篇中所說：「水靜猶明，而況精神！聖人之心靜乎！天地之鑒也，萬

﹝註367﹞ 支遁〈五月長齋詩〉：「匠者握神標，乘風吹玄芳。」

﹝註368﹞ 「冥神絕境」爲慧遠所提，即是所謂的「涅盤」的境界。在此境界中，「神」的活動雖然必須令其停息，但所謂的「冥神」並非神的消滅，而係使「神」從世俗的情累中獲得徹底解脫，它仍是「神」的「精極而爲靈」的表現，是「神」的眞正永生。參見李澤厚、劉綱紀主編《中國美學史》第二卷。台北：谷風出版社，民國 76 年 12 月臺一版，頁 398。

物之鏡也。」對他們來說，神已不只是一種單純的精神實體，而更是一種美學境界的開顯，它有如鏡水般，總是在虛靜間，鑒照出一種人格於極度逍遙自由下所散發出來的清朗靈澈之美。

第六節　東晉詩歌的詩美觀及其書寫進路

一、玄學影響下的詩美觀及藝術原則

　　誠如現象學、詮釋學美學所示，詩歌等語言乃是在世存有者存在開顯的場域，因此其往往會展現出得以辨識出此在存在的獨特藝術風格〔註369〕。以此觀之，東晉的文學雖只是世族名士以清談為主之雅賞生活中的一小部份，但卻有其獨特的藝術風格。深受了玄學哲學化、及其所衍生的各種思潮的衝擊、以及接收了玄學與文學合流對創作技巧的影響，東晉詩歌無論在詩境的呈顯及書寫的方式上，皆與先前的西晉文士大不相同。明人劉應登在〈《世說新語》序目〉中說道：

> 晉人樂曠多奇情，故其言語文章別是一色，世說可睹已。
> 說為晉作，及於漢魏者其餘耳。雖典雅不如左氏國語，馳
> 騖不如諸國策，而清微簡遠，居然玄勝。概舉如衛虎渡江，
> 安石教兒，機鋒似沉滑稽，又冷類入人夢思，有味有情，
> 咽之愈多，嚼之不見。蓋於時諸公，專以一言半句為終身
> 之目，未若後來人士，勉焉下筆，始定名價。臨川善述，
> 更自高簡有法。

劉應登評論的對象雖是《世說新語》，然而他對該書具有「高簡有法」藝術風格的觀察，卻同樣適用於東晉其它的詩文。「高簡有法」正是東晉文士玄談與詩文創作同樣的風格〔註370〕，是其詩美觀，也是其

〔註369〕參見周憲《二十世紀西方美學》。南京：南京大學出版社，1997 年 12月初版，頁 412～頁 443。

〔註370〕參見錢志熙《魏晉詩歌藝術原論》。北京：北京大學出版社，1993 年1 月初版，頁 377。

藉由詩歌創作展現個體存在的具體表徵。

　　首先，東晉詩歌的創作是相當講究深刻詩境的營造的。繼承了正始以來玄學「言不盡意」的傳統，東晉名士無論在創作詩歌或書、畫等其他藝術時，皆是要求能得「意」的。因此盧諶說道：「妙詩申篤好，清義貫幽賾」〔註371〕，而孫綽亦云：「貽我新詩，韻靈旨清」〔註372〕。所謂的「清義貫幽賾」、「旨清」，指的都是詩歌創作不應停留在形式本身，而應具有清微幽深的言外之意。而東晉雖然沒有正式的詩論傳世以印證類似的美學觀點，但從《世說新語・文學》中有關阮孚評論郭景純詩的記載，卻不難感受到東晉詩家對於高遠之意的追求：

　　　　郭景純詩云：「林無靜樹，川無停流」阮孚云：「泓崢蕭瑟，
　　　　實不可言。每讀此文，輒覺神超形越。」

「泓崢蕭瑟」正是郭詩藉由形象所呈顯出的高遠清微的意境，因此阮孚以「神超形越」高度稱讚其所達到的藝術效果。阮孚具體地指出了郭璞詩歌之所以好，主要在於其能「神超形越」。「神超形越」在此固然代表了閱讀者心生的感受，但也同時意指了詩歌應該具有的高遠境界。

　　東晉詩家十分重視對詩境理趣的追求。他們認為詩歌理境應當高、遠的觀點，可進一步細分為「玄勝」與「深致」兩點。所謂「玄勝」，指的是詩歌創作要能發微玄理的深刻奧秘，要能「意旨超拔」。換句話說，要能「理趣深長而又有所引發，精神之深沉自然流露於外表」〔註373〕；所謂的「深致」指的則是在清楚與不清楚間、在可感與不可感間對於義理的深刻傳達。因此講究的不是對義理的清楚論證，而是一種因為理境的開顯而自然展露的朦朧美感。事實上，東晉

〔註371〕盧諶〈答魏子悌詩〉。
〔註372〕孫綽〈答許詢詩〉九首之九。
〔註373〕引自錢志熙《魏晉詩歌藝術原論》。北京：北京大學出版社，1993年
　　　　1月初版，頁386。

人在言談與詩文中即經常強調「致」字。例如殷中軍即稱康伯「發言遣辭，往往有情致。」〔註374〕《世說新語・文學》中謝尚歡美袁弘歌詠〈詠史詩〉時，亦稱「甚有情致」。而謝安在問眾子弟「〈毛詩〉何句最佳時」，則指出「訏謨定命，遠猷辰告」之句「偏有雅人深致」〔註375〕。可見，雅致、深致所表徵的朦朧美感是時人據以品題詩文的重要判準。

其次，東晉詩家相當重視詩歌整體簡約效果的表達。處在清談藝術與文學合流的大趨勢中，東晉詩歌在語言的運用上與其說是承襲了漢魏的傳統，倒不如說是接受了清談對語言經營的影響。在清談藝術中，不僅強調美聲雅詠，更崇尚簡要，謂其為清通的基礎。《世說新語・文學》中有關劉真長以「辭難簡切」屈服孫安國的記載即是一例。殷中軍在道王右軍時亦以「清鑒貴要」〔註376〕稱之。顧長康更曾以隻字片語而得到時人的讚賞：

> 桓征西治江陵城甚麗，會賓僚出江津望之，云：「若能目此城者有賞。」顧長康時為客，在坐，目曰：「遙望層城，丹樓如霞。」桓即賞以二婢。〔註377〕

面對著江陵城的建築之美，顧愷之並未長篇大論，而只是以「遙望層城，丹樓如霞」的簡鍊字句形容之，並獲得了桓玄的認同。另外，《世說新語・品藻》亦曾記載：

> 王黃門兄弟三人俱詣謝公，子猷、子重多說俗事，子敬寒溫而已。既出，坐客問謝公：「向三賢孰愈？」謝公曰：「小者最勝。」客曰：「何以知之？」謝公曰「吉人之辭寡，躁人之辭多，推此知之。」

從上引例子可知，東晉時的名士是比較偏好言詞簡鍊的。這表現在詩歌上，即是奇藻的拼貼、以及諸如「思樂寒松，披條映雪。」等警策

〔註374〕《世說新語・賞譽》。
〔註375〕《世說新語・文學》。
〔註376〕《世說新語・賞譽》。
〔註377〕《世說新語・言語》。

字句的使用等。對他們來說，言語支離、斷續所形成的「言約」、「辭寡」，是詩歌美學價值上所不能缺少的，因為「簡」可帶來多方的聯想，因此能達到「旨遠」的效果。其中有關於簡勁、簡潔的想像，代表了東晉士人超塵脫俗的人格展現。

最後，東晉詩家除了要求詩歌應能展現「高簡」的藝術效果外，亦十分注重詩歌創作過程所具有的超脫自如的姿態。這種企求不匠意經營、卻自有佳致的藝術表演，即劉應登所謂的「有法」。這樣的藝術效果主要是透過「快捷」的創作方式而達成的，上述顧長康題目江陵城建築之美的過程，即展現了這種快捷的美感。而《世說新語·文學》中亦多見創作的快捷表現。例如：「桓玄嘗登江陵城南樓云：『我今欲為王孝伯作誄。』因吟嘯良久，隨而下筆。一坐之閒，誄以之成。」他們創作上的快捷給人一種聰穎、善悟而具有才氣的想像，而這種「捷悟」其實是名士風流所必備的，難怪《世說新語·捷悟》中會出現對王導「機悟名言」、以及對王東亭「悟捷如此」的讚嘆。

事實上，詩歌等文學藝術的創作，乃是名士表現風流的一部份。因此，他們會注重詩歌創作時所展現出來的超脫自然姿態是不足為奇的。而除了創作本身的快捷具有形塑此種風神之美的效果外，上述語言文字講求「簡約」所蘊含的「機鋒」，亦召喚了對作者超脫穎悟的想像。誠如宗白華對於行草具現出東晉士人人格之美的歌頌般，東晉詩歌創作的過程所追求的亦是一種類似於行草的藝術效果，其「純係一片神機，無法而有全，全在下筆時點畫自如，一點一拂皆有情趣，從頭至尾，一氣呵成。如天馬行空，遊行自在。」〔註378〕

這無疑是一種以個體人格彰顯為主的創作論與詩美觀。強調「捷悟」、「神悟」、及其所呈顯的瀟灑風神，承傳的正是曹丕《典論·論文》以降以作者為中心的天才論。能創作與能清談，並非平凡之事，而是屬於有才情者即興而自有佳致的作為。這種能力，如同「不復似

〔註378〕引自宗白華《美學的散步》。台北：洪範書店有限公司，民國76年3月四版，頁64。

世中人」的美姿容般，皆是來自先天的稟賦。對他們來說，詩歌文本以及創作過程本身的美感，於是成了通達人格之美的最直接中介。這也就是爲什麼孫綽在〈答許詢詩〉中，會將他對許氏所贈新詩的歌頌，連同著自然事物，與他對人物、情誼、以及對人生玄悟境界的禮讚置放在一起的原因：

> 孔父有言，後生可畏。灼灼許子，挺奇拔萃。方玉比瑩，擬蘭等蔚。寄懷大匠，仰希遐致。將隆千仞，豈限一匱。（九首之五）

> 矧乃路迆，致茲乖違。爾託西隅，我滯斯畿。寂寂委巷，寥寥閑扉。淒風夜激，皓雪晨霏。隱机獨詠，賞音者誰。（九首之七）

> 貽我新詩，韻靈旨清。粲如揮錦，琅若叩瓊。既欣夢解，獨愧未冥。慍在有身，樂在忘生。余則異矣，無往不平。理苟皆是，何累於情。（九首之八）

從上引詩組可發現，人物美、藝術美與自然美乃是交纏出現而彼此生發的。而透過這樣一種詩歌作爲藝術美與人物美、甚至自然美的「多重並置」，東晉詩人終於完成了他們對於自然人格及其所散發出來的藝術美的極度歌贊。

二、「名理」與「奇藻」〔註 379〕

　　如上所述，「高簡有法」是東晉詩歌等文學以及清談間共同的審美理想。東晉詩人不僅重視詩歌的玄境生發、講求玄勝及深致，同時還強調整體詩歌的簡約、簡勁效果。此外，他們還講究快捷、看似毫無匠意卻自有佳致的創作姿態，務求透過「清微簡遠，居然玄勝」的藝術風格展現，以召喚理想的人格。爲了達成這種詩美，東晉詩家主要從「名理」與「奇藻」兩方面著手。「名理」直接指向的是對符旨〔註 380〕的探求，其主要透過「詩玄雙運」的書寫手法建構出了涵義

〔註 379〕「名理奇藻」一語見《世說新語・文學》。

〔註 380〕從瑞士語言學家費迪南・索緒爾（Ferdinand de Saussure）開始，符

豐富的符旨，並將其當作符徵以啓動對另一層符旨的循環追求，體現的是一種求高、求深的書寫進路；至於「奇藻」則是試圖從符徵的層面著手，藉由奇藻的意象式拼貼來構成獨特的符徵，以開展、翻新原先藉由詩玄雙運所建構出來的符旨，呈現的是一種見「新」、見「奇」的書寫進路。整體而言，「名理」已構成了東晉詩家獨特的書寫風貌，可謂體現了顧愷之所揭櫫的「高奇見貴」〔註381〕的創作精神。茲分述如下：

1、「詩」「玄」雙運的書寫內容

　　東晉詩家相當重視詩歌所具有的「高遠」風格，他們經常透過「詩玄雙運」的書寫手法以達成這種效果。詩玄雙運中的「詩」，指的是詩歌創作中經常出現的「形象語言」，亦即《新科學》（Scienza Nuova）作者楊巴蒂斯塔・維柯（Giambattista Vico 1668～1744）所強調的「形象思維」（imagination）〔註382〕。朱光潛說道：

> 根據心理學常識，……思維不是只有科學的邏輯思維一種，此外還有文藝所用的形象思維。這兩種思維都從感覺材料出發，都要經過抽象和提煉，都要飛躍到較高的理性階段，所不同者邏輯思維的抽象要拋棄個別特殊事例而求抽象的共性，形象思維的抽象則要從雜亂的形象中提煉出

號學即以「符徵」（the signifier）與「符旨」（the signified）來指涉「符號」（sign）的兩個面向。符徵指一個透過實物、聲音等等的文化性宣示；符旨則是符徵背後所承載的概念。參閱葛迪勒（M. Gottdiener）、亞歷山卓（Alexandros ph. Lagopoulos）在《城市與符號：都市符號學導論》（The City and the Sign: An Introduction to Urban Semiotics）中的〈導論〉（Introduction）（吳瓊芬、陳章瑞、王師、張景森譯），收錄於夏鑄九、王志弘編譯《空間的文化形式與社會理論讀本》。台北：明文書局，民國82年3月增訂再版，頁506～頁507；李幼蒸《理論符號學導論》。北京：中國社會科學出版社，1993年3月初版，頁128～頁132。

〔註381〕《世說新語・文學》。

〔註382〕參見朱光潛〈維柯的《新科學》的評價〉，收錄於《美學再出發》。台北：丹青圖書有限公司，出版年月不詳，頁1～頁32。

見出本質的典型形象。這也就是和科學結論不同的另一種
理性認識。〔註383〕

根據朱光潛的研究，思維除了邏輯思維外，還有形象思維。形象思維
就是「用形象來思維」（think in image），其不同於科學性的嚴密邏輯，
是一種屬於藝術的「詩性智慧」。所謂的「玄」，則是指玄學義理的直
接闡述、詮釋。其與形象思維皆指向了思維本身，而透過兩者的相互
運作，東晉詩歌展開了理境開顯的道路。

　　首先，論東晉詩人對一般思維的運用。前文曾指出，「玄勝」、「深
致」是東晉詩歌「高遠」境界的兩重表現。為了追求玄勝，東晉詩
人在使用形象思維的同時，亦採取了以玄直接入詩的作法。亦即，
在詩歌中藉由議論、詮釋、比附的方法，闡述他們對玄理的認知。
其一，是對以莊、老為主之玄學義理的闡述。例如孫綽〈答許詢詩〉
九首之三中的「遺榮榮在，外身身全」即典出《老子·第七章》：「是
以聖人後其身而身先，外其身而身存」；而庾蘊〈蘭亭詩〉所謂「仰
想虛舟說，俯歎世上賓。朝榮雖云樂，夕弊理自因」則著重詮釋了
《莊子·山木》的深意：「方舟而濟河，有虛船來觸舟，雖有偏心之
人不怒；有一人在其上，則呼張歙之；一呼而不聞，再呼而不聞，
於是三呼耶，則必以惡聲隨之。向也不怒而今也怒，向也虛而今也
實。人能虛己以遊世，其孰能害之！」；其二，則是對佛理的引用或
闡述。由於東晉是玄學佛學化的關鍵階段，因此不時可見佛理入詩
的情形。例如：「萬化同歸盡，離化化乃玄」〔註384〕、「高尚凝玄寂，
萬物息自賓。」〔註385〕值得注意的是，當時由於盛行以老莊術語比
擬佛理的格義佛學，因此這些佛理常是伴隨著玄言出現的。張翼〈贈
沙門法竹頵三首〉之一的「止觀著無無，還淨滯空空。」可說是空

〔註383〕引自朱光潛〈形象思維在文藝中的作用和思想性〉，收錄於《美學
　　　　再出發》。台北：丹青圖書有限公司，出版年月不詳，頁102。
〔註384〕廬山諸沙彌〈觀化決疑詩〉。
〔註385〕康僧淵〈又答張君祖詩〉。

無互用、釋道雙遣相當典型的例子。

其次,則述及「形象思維」的作用。雖然有些詩是以純粹述說義理的方式存在,但東晉詩家在部份詩作中同時亦使用了形象思維的方式,希望以此輔佐、甚至深化對道體、玄境的探求,因此直接有助於詩歌「深致」意境的達成。誠如上述,形象思維是一種不同於邏輯的思維,是一種屬於詩性的思維方式。這種思維,主要藉著意象及其所具有的象徵意義,而引發對哲理本質的聯想及感悟。東晉傑出的詩人可謂相當擅長於這種藉由形象以表現抽象的書寫方式,前文曾經提及以形象比擬人格之美的詩作即是一例(如孫綽〈贈謝安詩〉、〈答許詢詩〉、〈贈溫嶠詩〉,王胡之〈贈庾翼詩〉、〈答謝安詩〉,郗超〈答傅郎詩〉,謝安〈與王胡之詩〉等)。此外,諸如許詢、王羲之、孫放、支遁等人的詩作中亦多有這種表現。茲舉數例:

> 良工眇芳林,妙思觸景騁。箑疑秋蟬翼,圑取望舒景。(許詢〈竹扇詩〉)
> 巨細同一馬,物化無常歸。修鯤解長鱗,鵬起片雲飛。撫翼搏機風,仰凌垂天翬。(孫放〈詠莊子詩〉)
> 取歡仁智樂,寄暢山水陰。清泠澗下瀨,歷落松竹松。(王羲之〈答許詢詩〉二首之一)
> 翔鸞鳴崑崿,逸志騰冥虛。惚怳迴靈翰,息肩棲南嵎。濯足戲流瀾,採練銜神蔬。高吟漱芳醴,頡頏登神梧。蕭蕭猗明翮,眇眇育清軀。長想玄運夷,傾首俟靈符。河清誠可期,戢翼令人劬。(支遁〈述懷詩二首〉之一)

他們所蒐羅入詩的眾多意象,來源相當廣闊,包含了人物(含其人格、事蹟等)、山水等自然物、以及各種藝術品等。其中,山水等自然物即佔了重要的部分,反映了東晉士人藉山水自然體驗人生的整體風氣。至於人物方面,除了當代名士、歷史人物、莊老等,由於佛教的影響,亦可見諸如佛、菩薩、四王、飛天等。而在詩中(尤其是有山水形象的詩)亦可見仙人、神靈忽隱忽現的痕跡,在在為詩歌增添了玄靈幽渺的效果。

　　「詩玄雙運」是一種介乎描寫與說理之間的書寫方式，羊孚的〈雪贊〉即可說明這種狀況：

> 資情以化，乘氣以霏。遇象能鮮，即潔成輝。

從詩歌整體的表現看來，這是一種著重形象思維與義理思維彼此對話、生發的藝術表現形式。而這種表現形式，與當時清談與文學合流的大趨勢是關係密切的。文學不僅大量引用了玄理，更吸收玄學「即色游玄」的思維方式以及清談重視「辭喻」的技巧，而形成了自身獨特的風格。玄學即色游玄的思考方式在當時盛行的情形已如前文所述，而清談採用的「辭喻」技巧則有《世說新語‧文學》中王導所說的話可證：

> 丞相乃歎曰：「向來語，乃竟未知理源所歸，至於辭喻不相負，正始之音，正當爾耳！」

　　總之，詩玄雙運所強調的感性與理性、形象思維與義理思維彼此辯證生發的方法，十分類似玄學用以探尋本體的「即色游玄」之法。在此，十分仰賴「辭喻」之法的即色游玄已不僅是一種追求神妙之道的本體論、知識論進路，而更是一種藝術效果經營上追求高、遠境界的方法論進路。

2、「奇藻」的拼貼

　　慧遠在〈沙門不敬王者論〉中闡述神的「精極而為靈」的特質時，曾提到了欲以語言傳達神的限制：

> 夫神者何耶？精極而為靈者也。精極則非卦象之所圖，故聖人以妙物而為言，雖有上智，猶不能定其體狀，窮其幽致。……將欲言之，是乃言夫不可言，今於不可言之中，復相與而依稀。

神不可言，但卻又要言之，這就不可避免地必須使用藝術的語言。同理，東晉詩歌的理想既是對玄理神妙之境的追求，就免不了要使用藝術的語言。單從詩玄雙運的方式去開發符旨的高義，仍不足以完全彰顯東晉詩家對於「清微簡遠，居然玄勝」的詩美要求。於是他們亦由

符徵的面向著手，希望透過對語言本身作爲一種形式符號的經營，進一步開拓詩歌的美學效果。這即是「奇藻」的拼貼，主要希望透過對語言的特殊處理與安排以產生「奇」的效果。對他們來說，「奇」意味著言辭本身經由支離感與生疏感所產生的對「奇拔」〔註386〕、乃至「簡勁清拔」〔註387〕的美學想像。

東晉是一個相當講究語言藝術的時代，例如道壹道人即「好整飾音辭」〔註388〕，而《世說新語·文學》中有關於清談語言應該「敘致精麗，才藻奇拔」以顯示「才峰秀逸」的說法更印證了這種現象。而孫綽在評斷潘岳與陸機的文學價值時，亦是相當看重潘、陸兩家對於語言的運用的。《世說新語·文學》記載道：

> 孫興公云：「潘文爛若披錦，無處不善；陸文若排沙簡金，往往見寶。」

「爛若披錦」與「排沙簡金」皆是就語言形式本身所發的議論。孫綽這種評論，說明了東晉詩家曾經從太康傳統中吸收了重視語言運用觀念的事實。然而，兩晉詩歌雖都以藻彩競繁著稱，惟西晉主要係以藻彩賦寫情事，主要延續了前人的詩題、詩語以踵事增華。

相較之下，東晉詩歌的語言運用則與漢魏以來的語言藝術傳統有所不同，其主要係透過豐偉的辭藻以狀寫、探尋理境，形成了名理奇藻的特色〔註389〕。這種語言運用原則，誠如一些研究者指出，主要是受到了清談藝術的影響。清談藝術與文學在東晉的完全合流，促成了文學價值觀及方法的極大改變。另外，玄談在西晉與雅詠的結合，亦開啓了東晉詩家語言運用習慣的轉變。從《世說新語·文學》注引鄧粲《晉紀》記載裴遐善敘名理的例子可知，玄談在西晉已經與雅詠

〔註386〕《世說新語·文學》。
〔註387〕引自錢志熙《魏晉詩歌藝術原論》。北京：北京大學出版社，1993年1月初版，頁387。
〔註388〕《世說新語·言語》。
〔註389〕參見錢志熙《魏晉詩歌藝術原論》。北京：北京大學出版社，1993年1月初版，頁378。

有所結合：

> 遐以辯論爲業，善敍名理，辭氣清暢，泠然若琴瑟，聞其言
> 者，知與不知無不歎服。

裴遐將辭藻與聲韻結合而形成的語言藝術，在東晉文學與玄學合流後
顯然影響了東晉文壇走向重視音韻的道路。《世說新語・文學》記載
道：

> 孫興公作天台賦成，以示范榮期，云：「卿試擲地，要作金
> 石聲。」范曰：「恐子之金石，非宮商中聲！」然每至佳句，
> 輒云：「應是我輩語。」

從孫興公作賦要求「金石聲」的情況，不難窺知當時文學注重聲韻的
表現。這種趨勢，亦可在詩作中見之，如孫綽〈答許詢詩〉九首之八：

> 貽我新詩，韻靈旨清。粲如揮錦，琅若叩瓊。

詩中「琅若叩瓊」指的正是詩歌所具有的音韻效果。

　　值得注意的是，清談對東晉詩歌發展不可忽視的影響，還在於對
形式美本身的企求。《世說新語・文學》曾記載支遁與許詢共談時，
透過言辭聲韻本身所散發出來的美感：

> 支道林、許掾諸人共在會稽王齋頭。支爲法師，許爲都講。
> 支通一義，四座莫不厭心，許送一難，眾人莫不抃舞，但共
> 嗟詠二家之美，不辯其理之所在。

在支遁與許詢的對談中，雖然有說理的部分，但由藻彩、聲韻所構成
的形式美本身顯然蓋過了義理，而成爲眾人陶醉之所在。這種重視形
式美的趨勢，顯然亦滲透進詩歌等文學的創作之中。當時贊頌體的創
作相當繁盛，知名的文家如孫綽、袁宏等人的作品主要即屬於這樣一
種體例。這種文體是十分講究語言形式本身的凝鍊的。而詩歌受到清
談與贊頌體的影響，也是相當講究形式之美的〔註 390〕。然而，對東

〔註 390〕以往大部分的文學評論或文學史對於東晉詩歌的評價，囿於其言理
　　　　　的性質，大半是予以否定的。而伴隨著這種否定，對東晉詩歌所具
　　　　　有的形式追求特質也大都是視而不見的。這種狀況，直到最近才有
　　　　　了轉變，諸如錢志熙、黃偉倫等研究者都從不同角度肯定了東晉詩

晉詩家而言，形式美本身並非是其追求的終極目的，而是藉以引發更多玄思神感的中介。

這樣一種重視「奇藻」之美的書寫方式，可從如下幾方面分析之。一來，透過前文曾提及的諸如自然美、藝術美與人物美等意象的大量入詩，東晉詩家已然爲奇藻的營造奠下了基礎。事實上，形象思維本身，既是一種思維，卻又脫離不了語言介質的現實，而這種兼具了形式的特質，正是奇藻得以形成的重要條件。二來，則是透過了音韻的整飾，而爲文辭之「奇」加溫。這雖然尚不如南朝永明體般講究「四聲八病」，但亦可見對於音韻的重視。例如在時人眼中，袁宏的〈詠史詩二首〉即具有「聲既清會」﹝註391﹞的特色。而詩中許多疊字的使用，如「森森」﹝註392﹞、「茫茫」﹝註393﹞、「疊疊」、「濯濯」﹝註394﹞等，配合上字句詞彙的凝鍊，在在造成了詩句音韻鏗鏘、「琅若叩瓊」的奇拔效果。

東晉詩歌的藻彩可用「鮮」、「明」以形容之﹝註395﹞。之所以如此，除了字辭本身因爲新奇所產生的效果外，亦由於許多深具自然美、藝術美、人物美等新鮮事物入詩所致：

> 青松凝素髓，秋菊落芳英。(許詢〈失題詩〉)
>
> 鮮冰玉凝，遇陽則消。素雪珠麗，潔不崇朝。膏以朗煎，蘭由芳凋。哲人悟之，和任不摽。外不寄傲，內潤瓊瑤。如彼潛鴻，拂羽雪霄。(謝安〈與王胡之詩〉六首之一)
>
> 三春啓群品，寄暢在所因。仰望碧天際，俯盤綠水濱。寥朗無崖觀，寓目理自陳。大矣造化功，萬殊莫不均。群籟雖參差，適我無非新。(王羲之〈蘭亭詩二首〉之二)

歌的創作價值，錢志熙尤其指出了東晉詩歌所具有的藻彩競繁、講求簡勁清拔的特質。

﹝註391﹞《世說新語‧文學》注引《續晉陽秋》。

﹝註392﹞袁宏〈失題詩〉：「森森千丈松，磊砢非一節。」

﹝註393﹞孫統〈蘭亭詩二首〉之一：「茫茫大造，萬化齊軌。」

﹝註394﹞許詢〈農里詩〉：「疊疊玄思得，濯濯情累除。」

﹝註395﹞鍾嶸在《詩品》卷中曾以「鮮明繁健」形容袁宏的〈詠史詩二首〉。

> 炎精育仲氣，朱離吐凝陽。廣漢潛涼變，凱風乘和翔。令月
> 肇清齋，德澤潤無疆。四部欽嘉期，潔己升雲堂。靜晏和春
> 暉，夕惕厲秋霜。蕭條詠林澤，恬愉味城傍。逸容研沖賾，
> 綵綵運宮商。匠者握神標，乘風吹玄芳。淵汪道行深，婉婉
> 化理長。疊疊維摩虛，德音暢遊方。……（支遁〈五月長齋詩〉）

可以這樣說，透過了上述這些技巧，東晉詩家主要希望追求一種「奇
藻」的效果，以召喚對於簡勁、簡潔的想像。「奇」的意涵對他們來
說，主要表現如下：一來是以隻字片語、講究字句凝鍊與音聲之美所
展露出來的簡勁奇拔的效果；二來，則是辭彙新奇所展露出來的「花
爛映發」〔註396〕般的鮮明效果。誠如《世說新語・賞譽》中「文學
鏃鏃，無能不新」的話語所顯示者，東晉詩歌等文學乃是十分注重形
式所帶來的新奇效果的，除了採用生澀的字彙外，蒐羅自人物美、自
然美與藝術美所獲得的新鮮辭藻無疑為東晉詩歌新奇效果的產生，作
出了莫大的貢獻。除此之外，詩句與詩句間生澀、支離的組合方式，
更促進了「奇」的效果。例如：

> 緬哉冥古，邈矣上皇。夷明太素，結紐靈綱。不有其一，二
> 理曷彰。幽源散流，玄風吐芳。芳扇則歇，流引則遠。朴以
> 彫殘，實由英翦。捷徑交軫，荒塗莫踐。超哉沖悟，乘雲獨
> 反。青松負雪，白玉經飆。鮮藻彌映，素質逾昭。（孫綽〈贈
> 謝安詩〉）

形象辭彙與言理辭彙、乃至形象詩句與言理詩句間類似拼貼的組合方
式，非僅讓詩歌本身產生了一種理路不暢的感覺，更讓整首詩呈顯出
了一種詩句好似被鑲嵌上去般的效果，因而再一次強化了原先對於奇
拔的美學想像。

　　總而言之，「名理」與「奇藻」已成了東晉詩歌最重要的書寫方
式。所謂的「名理」主要係從符旨的層面著眼，透過詩玄雙運的方式，
亦即義理思維與形象思維的互相辯證，以探求深邃的理境；「奇藻」
則是從符徵的層面著手，透過音聲辭彙的修飾以及詩句的支離拼貼而

〔註396〕《世說新語・文學》。

形塑「奇」的效果，以召喚對於簡勁、簡約的符旨想像。故這是一種講究深致、玄遠、而又顧及形式美感的書寫方式，注重的是詩歌理境的開拓與理趣的探求，較缺乏個體情感的展現。

第七節　晉宋之際詩歌發展的新趨勢及陶淵明的美學變調

一、晉宋之際的社會歷史脈絡及詩歌美學的新趨勢

　　「王與馬，共天下」乃是東晉門閥政治的典型格局，然而這樣的政治態勢，卻在淝水之戰後開始有了轉變。淝水之戰的勝利固然使得以謝安爲首的家族勢力達到了顛峰，卻也造成了謝氏家族與其他政治勢力間的激烈矛盾。由於代表皇族勢力的司馬道子與謝氏衝突加劇，太元九年謝安終於出居廣陵，並於不久後逝世，謝氏家族從此退出了東晉政治的中心，而由太原王氏遞補了空缺，直到桓玄叛亂爲止。處於司馬氏力圖振興皇權與相權的局勢下，不再擁有兵權的太原王氏是與先前的王、庾、桓、謝家族不能相比的，他們只能依附於皇權之下。田余慶說道：

> 以司馬道子的相權輔佐孝武帝的皇權，加上主、相的分屬太原王氏兩支的后黨、妃黨的助力，東晉朝廷出現了一種不同於門閥政治的政治格局。這種政治格局基本上與漢、晉以來以宗室、外戚輔佐皇帝、駕馭朝廷的格局相同，只不過有以太原王氏爲代表的士族權宜維繫於其間，還保留著門閥政治的痕跡。東晉政權在孝武帝時，如果不是司馬皇室與諸家士族同樣腐朽不堪的話，是有可能結束士族凌駕皇權這種門閥政治的格局，而回歸於專制皇權的古老傳統的。〔註397〕

又說：

> 太原王氏居位的門閥政治，實際上是回歸皇權過渡的一步，

是東晉嚴格意義的門閥政治的終場。〔註398〕

自此之後，門閥政治的格局即一直在衰頹之中，其間雖曾出現桓玄的興廢，但只是門閥政治的迴光返照。等到劉裕於義熙十四年（西元418年）弒殺安帝，並於元熙二年（西元420年）迫恭帝禪位後，中國的政治格局又回復到了以皇權為主的傳統。

隨著門閥政治的逐步瓦解，原先的世族群體開始有了明顯的分化。不僅世族之間的政治矛盾日益擴大，既有以自然名教合一為基礎的理想人格模式亦在消解當中，世族間開始出現了清濁分流的現象。承繼著東晉前中期門閥世族傳統的正統玄學之士如王恭、王薈、王珣、謝混等雖然提倡清操，一意維持著名教自然合一的人格理想〔註399〕，但卻有另一批士人已在沿著相反的方向而發展。事實上，孝武帝在位時的太元士風是相當奢侈靡廢的，不僅孝武帝本人溺於酒色，圍繞在他身旁的司馬道子、王國寶、王雅等人亦都是耽於酒色或喜好裸遊的放廢之人〔註400〕。名士的清濁分流，加深了原先世族間的隔閡。東晉末期及南朝的世族已不再像東晉前中期的世族般廣於交遊、彼此推崇，他們反而是以門第自高、嚴於交納，甚至於互相攻訐與詆毀。而隨著皇權的復興（尤其在劉裕篡位之後），世族群體分化的情形一直在加劇當中。在這段歷史時勢中，固然有一部份的士人仍舊堅持著門閥政治的原則，但卻有愈來愈多的士人拋棄了門閥政治的信仰而甘心為皇權政治效命。

就在世族逐漸分化並退出政治中心的同時，寒素之士則開始崛起。回顧歷史，孝武帝在位時雖仍是世族活躍之際，但已出現了裁抑大族、以忠謹為標準的用人舉措。在此潮流下，劉裕等方能以一介布衣藉由軍功而取得權柄，並造就了寒素階層在劉宋以後的舉足

〔註398〕全上注，頁257。
〔註399〕參閱《晉書・王恭傳》、《晉書・謝安傳》、《晉書・謝微傳》與《晉書・王導傳》；錢志熙《魏晉詩歌藝術原論》。北京：北京大學出版社，1993年1月初版，頁418～頁429。
〔註400〕《晉書・簡文三子傳》；《晉書・王國寶傳》。

輕重。劉裕爲了統治，雖然必須借重世族的聲譽，但他更爲看重的乃是以能力見長的素族人士，素族終於成了南朝政治的活躍階層。

世族的分化以及寒素的興起，一方面意味著政治社會結構的巨大變化，同時也代表了社會生活及文化主流價值的根本改變。由於世族之間隔閡的日益深化，原先用以維繫世族內部認同的清談交遊遂告衰頹，清談藝術隨著世族的退出政治中心而成了歷史的絕響。在此過程中，晉宋之際的門閥世族已將精力由政治及玄學轉向了文學等藝術，諸如謝混、殷仲文、傅亮乃至後來的謝靈運、顏延之等即是最明顯的例子。這種文學復興的趨勢，由於素族的崛起而獲得了推波助瀾的效果。東晉末期逐漸活躍於政治舞台上的寒素人士，除了有倚靠本身優異的政治或軍事才能而崛起者外，亦有部分係憑藉著卓越的文學成就和廣博的學問而獲得晉升者，例如劉宋之際的著名詩人鮑照即是以文學見長，並因而獲得了生活改善的具體例子〔註 401〕。然而，以劉裕爲首的新起寒素集團，最爲重視的仍是軍功與政務能力，比較缺乏文化的素養，因此經常造成具有文化素養的人才無法見用的下場，其中陶淵明即是相當典型的例子〔註 402〕。

隨著文學的復興，詩歌創作中情感的因素亦重新獲得了重視。當時的詩歌創作雖仍可見玄理的成分，但已不同於東晉詩人刻意強調「意」與「理」、但卻取消「情」的作法。在殷仲文、謝混等的詩歌中，皆可見其描寫之外物與情感重新結合的趨勢：

> 四運雖鱗次，理化各有準。獨有清秋日，能使高興盡。景氣多明遠，風物自淒緊。爽籟驚幽律，哀壑叩虛牝。歲寒無早秀，浮榮甘鳳隕。何以標貞脆，薄言寄松菌。哲匠感蕭晨，肅此塵外軫。廣筵散汎愛，逸爵紆勝引。伊余樂好仁，惑祛吝亦泯。猥首阿衡朝，將貽匈奴哂。（殷仲文〈南州桓公九井作詩〉）

〔註 401〕 《南史・劉義慶傳・附鮑照傳》。
〔註 402〕 參閱景蜀慧《魏晉詩人與政治》。台北：文津出版社，民國 80 年 11 月出版，頁 175。

> 悟彼蟋蟀唱，信此勞者歌。有來豈不疾，良遊常蹉跎。逍遙
> 越城肆，願言屢經過。迴阡被陵闕，高臺眺飛霞。惠風蕩繁
> 囿，白雲屯曾阿。景昃鳴禽集，水木湛清華。褰裳順蘭沚，
> 徒倚引芳柯。美人愆歲月，遲暮獨如何。無爲牽所思，南榮
> 戒其多。（謝混〈遊西池詩〉）

上引殷仲文與謝混之詩係以感興作爲主調。殷詩雖仍宗仰理趣，但理不侵情；而謝詩則情感更爲澎湃，不僅語調活潑，而且筆墨更流利自然。事實上，除了殷、謝之外，當時謝瞻、傅亮等人都希望能超越已經僵化的玄言詩風。這些文士在創作上顯然更近於鄴下和西晉的傳統，其對陶淵明有直接的影響。

二、陶淵明生命中「出」與「處」的矛盾及其歸隱田園的意義

東晉末年政治及社會結構開始產生了變化，皇族勢力在淝水戰後重新取得了政治上的優勢。在此情況下，東晉雖仍維繫著門閥政治的表象，但世族勢力卻已逐漸在衰頹當中，寒素階層因而有了更多晉升的機會。然而這樣的態勢演變，並未爲東晉社會帶來安定的局面，反而促成了一系列的動亂，終於導致了東晉的覆亡。根據史傳所載，隨著謝安被排擠以及司馬道子父子的專權，孝武帝統治的後期，東晉政治可說已進入了完全腐敗的狀況。孝武帝及司馬道子等不僅所用非人，且沉溺於酒色。他們日夜飲宴、親近僧尼女巫，造成了朝政無主、王國寶等小人趁機排除異己的現象。之後，孝武帝與司馬道子各聚朋黨、彼此爭鬥的情形越演越烈，政治危機愈發不可收拾。安帝即位後，政權雖完全落入司馬道子之手，但旋即引發了王恭、殷仲堪、桓玄等軍閥的起兵割據事件，道教孫恩又乘機起事。深具野心的桓玄於是趁隙篡位，於元興二年（西元 403 年）廢安帝自立。其後桓玄雖爲劉裕擊潰，安帝亦獲反正，但東晉皇朝已名存實亡，直至元熙二年終爲劉宋所取代。

東晉社會經歷太元以來的動盪，早已呈現出「綱紀不立，豪族陵

縱，小民窮蹙」〔註403〕的窘境，社會可說是相當地黑暗混亂，百姓莫不希望能脫離困境，重新獲得一個清明安定的生活環境。面對著這樣的局勢，固然有素族趁機崛起，透過戰功與才幹而成為統治的新貴，但亦有因不得意或不願違逆心志而選擇遠離政治漩渦者，其中陶淵明即是後者的典型。

陶淵明，又名潛，字元亮，號五柳先生，生於晉哀帝興寧三年（西元 365 年），卒於宋文帝元嘉四年（西元 427 年）。他的曾祖父為東晉名臣陶侃，祖父陶茂亦為晉太守，然至陶淵明時，家道已然中落，生活頗為艱苦。顏延年〈陶徵士誄〉即謂其「少而貧苦，居無僕妾，井臼弗任，藜菽不給」。大約在二十九歲左右，他首次出仕擔任江州祭酒的職位，但因無法適應很快就自動辭官歸隱。安帝隆安二年（西元 399 年）前後，他曾為桓玄幕僚，然在隆安五年母喪後即返回故鄉繼續躬耕之生活。到了元興三年（西元 404 年）他再度離家東下，入鎮軍將軍劉裕府中任參軍之職，並隨即轉至江州刺史建威將軍劉敬宣府中任參軍。次年（義熙元年）三月安帝反正，劉敬宣自表解職，陶淵明亦萌生歸隱之心。他雖曾迫於物質之需而於該年八月接受了彭澤令的職務，但因無法忍受官場逢迎之生活，於十一月即棄官歸隱田園，終生不再出仕。

陶淵明雖然終身不再出仕，但內心中對政局卻是十分關切的。他的詩作，有相當部份如〈擬古〉、〈述酒〉等，即是通過對平常景物的描寫以表達他對東晉政治歷史的看法。在此同時，他亦藉由詩歌表達了他特有的政治理想。根據齊師益壽的研究，陶淵明少時即懷有「在盛明之君，大化之世，過他蕭散自在的生活」的想法。而到了晚年，由於受到了東晉之亡與恭帝之死的影響，他更徹悟了殷商以下所有政權憑藉暴力以奪取政權的殘暴本質，而嚮往一種「無君臣」關係存在的羲農世界〔註404〕，並將之具現在〈桃花源詩〉中：

〔註403〕《資治通鑑》卷一一三晉安帝元興三年。
〔註404〕參閱齊師益壽《陶淵明的政治立場與政治理想》。文史叢刊之二十

> 相命肄農耕，日入從所憩。桑竹垂餘蔭，菽稷隨時藝。春蠶
> 收長絲，秋熟靡王稅。荒路曖交通，雞犬互鳴吠。俎豆猶古
> 法，衣裳無新製。童孺縱行歌，斑白歡遊詣。草榮識節和，
> 木衰知風厲。雖無紀曆誌，四時自成歲。怡然有餘樂，于何
> 勞智慧。

詩中描繪了一個民風淳厚、天真未泯的古樸社會，其中體現的即是一種無君臣關係的政治社會理想。齊師說道：

> 陶淵明有了這個恍然大悟之後，他頓時覺得這個世界無他立
> 錐之地。經過痛苦的打擊之後，忽然有一天陶淵明心中閃出
> 一朵鮮麗的火花，這朵鮮麗的火花便產生了「桃花源記」。
> 他想從一切靠暴力起家的統治階級所統有的世界中跳出
> 去，想從一切有君臣關係存在的世界中跳出去。〔註405〕

又說：

> 如果把蕭散沖淡認做是陶淵明老年的心境，那是大錯特錯
> 的。陶淵明之有「無君臣」思想之產生，他之欲置身於一切
> 有君臣關係存在的世界之外，這正是他對現實所發出的痛苦
> 的憤怒與抗議。〔註406〕

誠如齊師指出者，陶淵明的內心深處並非是沖淡超越的，相反地，他是對現實社會感到十分痛苦失望的。從這一角度來看，〈桃花源詩並記〉等的創作，可說是他對不理想社會所發出的沉重抗議。他之所以有這種想法，固然是因為看到了東晉王朝的腐朽以及劉氏集團的以暴易暴，然更在於對當時「真風告退，大偽斯興」〔註407〕的整個時代道德理想淪喪的悲痛。陶淵明一生曾幾度出仕，但終告退隱，其原因除了不欲折腰外，更在於政治理想的無法實現。是以，他在〈桃花源

五，台北：國立台灣大學文學院印行，民國 57 年 4 月初版，頁 86
～頁 90。

〔註405〕引自齊師益壽《陶淵明的政治立場與政治理想》。文史叢刊之二十
五，台北：國立台灣大學文學院印行，民國 57 年 4 月初版，頁 90。

〔註406〕仝上注，頁 89。

〔註407〕陶淵明〈感士不遇賦〉。

記〉中會說出「遂迷不復得路」的話語，暗喻了自己的政治理想終將無法實現。

這是一種現實與理想無法契合的衝突，也是一種人生「出」與「處」抉擇的困境。面對著惡劣的現實，陶淵明固然需要做官以維持物質生活，但已無法如東晉世族般再以出處同歸、自然名教合一的理論說服自己浮沉在毫無遠景的宦海之中。深受著儒家理想主義薰陶的他，並無法如其他士人般隨意地與惡劣的現實妥協，難怪他會在詩中道出了他對東晉知識份子捲入政治漩渦的憂慮與惋惜：

> 幽蘭生庭前，含薰待清風。清風脫然至，見別蕭艾中。行行失故路，任道或能通。覺悟將念還，鳥盡廢良弓。（〈飲酒詩二十首〉之十七）

不同於晉末諸多士人的為政治所牽，陶淵明有如傲然高飛的孤鳥般，選擇了一條「但使願無違」〔註408〕的生命道路，並在實踐的過程中積澱出了他深刻而獨特的審美意識。基本上，他這一回歸本真自我的人生實踐，主要包含了理論與生活兩個面向。藉此，他為自己開拓了一個遠離污濁現實的人生境界。

藉由〈形影神詩三首〉等，陶淵明提出了一套有別於名教與自然合一的學說，從而為自己對人生本質的堅持提供了理論的基礎。他在組詩的序言中說道：「貴賤賢愚，莫不營營以惜生，斯甚惑焉。故極陳形影之苦，言神辨自然以釋之。好事君子，共取其心焉。」可見，形影神關係的闡述並非只是為了反駁佛家神不滅的論述，而是為了解決人生的矛盾。所謂的「形」即指形體，直接聯繫了人的自然存在以及對物質生活的慾望。從〈形贈影〉可知，他認為營營惜生乃是痛苦而徒勞無功的。根據〈影答形〉，「影」則指人生行為的社會影響，是名教思維的對象。相對於永恆的自然，「影」比「形」來得更為短暫與虛幻，是以對它的追求同樣無助於擺脫百年的煩惱。有鑑於此，陶淵明在〈神釋〉中將「神」提到了首位，認為「神」作為一種心靈的

〔註408〕陶淵明〈歸園田居詩五首〉之三。

主宰既是最高理性的象徵，同時也是自由與自覺的展現。他因而希望藉由對人精神本體的追求，以徹底地調節「形」與「影」所帶來的限制與煩憂。這種「委運任化」〔註409〕的態度，落到具體的實踐，即是以理節制欲與情，以求得生命境的昇華。錢志熙說道：

> 形、影、神，在某種意義上，等同于欲、情、理。陶氏的主旨不是去除形影即欲情二者，獨存理性；而是以理性制約欲情，平衡欲情所生的矛盾。實際上真正的理性正是這樣的，離開了欲與情，也無真正理性可說。這是陶淵明不同于佛、玄學者的地方。玄學要徹底取消情累，佛學對生命本身也持否定態度。〔註410〕

有這種想法，難怪陶淵明在面對「出」與「處」的矛盾時，會毅然決然地選擇了歸隱田園的道路。除了言語的闡述外，他更以具體的生活力行了他對於人生本真理想的追求。〈歸園田居詩五首〉之一即說明了這種抉擇：

> 少無適俗韻，性本愛丘山。誤落塵網中，一去三十年。羈鳥戀舊林，池魚思故淵。開荒南野際，守拙歸園田。方宅十餘畝，草屋八九間。榆柳蔭後簷，桃李羅堂前。曖曖遠人村，依依墟里煙。狗吠深巷中，雞鳴桑樹巔。戶庭無塵雜，虛室有餘閑。久在樊籠裏，復得返自然。

對陶淵明來說，回歸田園提供了他無違本性的具體可能。因為田園生活支持了生存的最基本保障，讓他可以從官場中徹底地解脫出來。事實上，在歸隱之初，他的生活是相當安定優裕的。義熙四年後，其家園雖開始遭到了火災與戰禍的破壞，陶淵明也於義熙七年左右移居尋陽負郭的南村，但生活仍有一定的保障，直至晚年方才出現了斷炊乞食的狀況。田園於是成了他抵禦物質缺乏的關鍵基地，藉著這樣一個

〔註409〕〈神釋〉中有「甚念傷吾生，正宜委運去。縱浪大化中，不喜亦不懼」的話語。

〔註410〕引自錢志熙《魏晉詩歌藝術原論》。北京：北京大學出版社，1993年1月初版，頁446。

基地，陶淵明才得以保全對道德理想的堅持。

三、陶淵明詩歌回歸田園「沖淡」之美的審美向度

《詩經》中雖曾出現對農村生活的寫照，但那是屬於民歌的即興之作，真正對田園生活進行系統化歌頌的，則非陶淵明莫屬。他可說是第一個將田園生活題材帶入詩中並開創出個體審美之路的文人。

陶淵明會將田園生活題材帶入詩中，與東晉以來文士自然觀的轉變具有著密切的關係。立基於玄學以無為本的形上認知，東晉文士摒棄了西晉以前將自然視為天道意志反映的觀點，而賦予自然以無為的角色。在此基礎上，他們更把眼光投置於山水園林之間，將自然視為追求隱逸與玄悟的重要領域。陶淵明雖與東晉士人在一定程度上具有相同的自然觀，但兩者關注的對象並不相同，審美的方式也不相同。羅宗強在《魏晉南北朝文學思想史》中說道：

> 陶淵明的同時代人，是把山水帶到詩中來了，：……但是山林與他們的關係，是被觀賞者與觀賞者的關係。他們雖身在自然之中，而其實心在自然之外。他們只是從自然得到美的享受，得到寧靜心境的滿足。他們與自然並未融為一體。……他們並未生活於其中。他們另有一套自己的生活，山水只是其中的一種點綴。陶淵明就完全不同了。他不是優遊山林的富足名士，他對於自然，不只是美的感受，而是生活的需要。……在田園中，他對於自然，不是欣賞者，不是旁觀者，他就生活於其中，與之融為一體。〔註411〕

歸隱田園對他來說，意味了一種特殊生活方式的開展：

> 種豆南山下，草盛豆苗稀。晨興理荒穢，帶月荷鋤歸。道狹草木長，夕露沾我衣。衣沾不足惜，但使願無違。(〈歸園田居詩五首〉之三)
>
> 開春理常業，歲功聊可觀。晨出肆微勤，日入負未還。山中

〔註411〕引自羅宗強《魏晉南北朝文學思想史》。北京：中華書局，1996 年10 月初版，頁 166。

> 饒霜露，風氣亦先寒。田家豈不苦，弗獲辭此難。四體誠乃
> 疲，庶無異患干。盥濯息簷下，斗酒散襟顏。遙遙沮溺心，
> 千載乃相關。但願長如此，躬耕非所歎。(〈庚戌歲九月中於西
> 田穫早稻詩〉)

這是一種充滿了真實體力勞作的生活方式。陶淵明在農閒之際雖會讀
書飲酒、撫琴自娛，但他卻是真實地過著辛勤的農耕生活，而且與墟
里農人共同關心著農事：

> 野外罕人事，窮巷寡輪鞅。白日掩荊扉，虛室絕塵想。時復
> 墟里人，披草共來往。相見無雜言，但道桑麻長。桑麻日已
> 長，我土日已廣。常恐霜霰至，零落同草莽。(〈歸園田居詩五
> 首〉之二)

這是一種勞動之美，也是一種實踐之美，農事的辛勤與甘苦，展
現出一種特殊的生命節奏，同時也凝聚出一種踏實堅毅的美感。不同
於優遊的東晉世冑刻意在靜中追求玄境，陶淵明係在親身勞作之中領
會了自然的英旨，並體悟了人生根本的恬靜。是以鍾惺《古詩歸》在
評他的〈勸農詩〉時會說：「即從作息勤屬中，寫景觀物，討出一段
快樂。高人性情，細民職業，不作二義看，惟真曠遠人知之。」；評
〈丙辰歲八月中於下潠田舍穫詩〉時又說：「陶公山水朋友詩文之樂，
即從田園耕鑿中一段憂勤討出，不別作一副曠達之語，所以為真曠達
也。」

對陶淵明來說，田園生活是一種價值的體現，這一方面是一種對
崇實價值的回歸，有其儒、墨的來源；另一方面則是一種對於物質墮
落的抵抗以及對於精神昇華的向慕。其雖是一種與既存文人社會的隔
絕，卻是對人生底層社會的回歸：

> 昔欲居南村，非為卜其宅。聞多素心人，樂與數晨夕。懷此
> 頗有年，今日從茲役。弊廬何必廣，取足蔽床席。鄰曲時時
> 來，抗言談在昔。奇文共欣賞，疑義相與析。(〈移居詩二首〉
> 之一)
> 春秋多佳日，登高賦新詩。過門更相呼，有酒斟酌之。農務
> 各自歸，閒暇輒相思。相思則披衣，言笑無厭時。(〈移居詩二

首〉之二）

> 清晨聞叩門，倒裳往自開。問子為誰歟，田父有好懷。壺漿
> 遠見候，疑我與時乖。（〈飲酒詩二十首〉之九）

從上引詩篇可見，陶淵明在田居中感受到了人與人關係的醇厚與溫
暖，他雖然棄絕了與官場文士的交遊，卻從農村社會純真的情感中獲
得了真摯的回報。

在此情況下，他雖仍掛心著易代等政治事件所產生的波瀾，也仍
懷著政治理想不得實現的孤獨感，但在田園生活的撫慰下，卻發展出
了一種沖淡的審美境界。田園風光的美、以及田園生活的踏實與真
摯，讓他完成了心靈境界的審美超越。〈和郭主簿詩二首〉之一對於
田居的描述，相當能顯示這種平淡卻豐富的生活境界：

> 藹藹堂前林，中夏貯清陰。凱風因時來，回飆開我襟。息交
> 遊閒業，臥起弄書琴。園蔬有餘滋，舊穀猶儲今。營己良有
> 極，過足非所欽。春秫作美酒，酒熟吾自斟。弱子戲我側，
> 學語未成音。此事真復樂，聊用忘華簪。遙遙望白雲，懷古
> 一何深。

這種對於沖淡之美的歌頌，亦可自其對田園樸素景色的描繪見之：

> 開荒南野際，守拙歸園田。方宅十餘畝，草屋八九間。榆柳
> 蔭後簷，桃李羅堂前。曖曖遠人村，依依墟里煙。狗吠深巷
> 中，雞鳴桑樹巔。戶庭無塵雜，虛室有餘閒。久在樊籠裏，
> 復得返自然。（〈歸園田居詩五首〉之一）

從詩中可知，陶淵明對於農村的樸素與悠閒特質是深有體會的，因其
予他一種平淡自然的深刻美感。

陶淵明沖淡審美境界的出現，與他田居中「委運任化」的特有審
美姿態是脫不了關係的：

> 孟夏草木長，繞屋樹扶疏。眾鳥欣有托，吾亦愛吾廬。既
> 耕亦已種，時還讀我書。窮巷隔深轍，頗回故人車。歡然
> 酌春酒，摘我園中蔬。微雨從東來，好風與之俱。泛覽周
> 王傳，流觀山海圖。俯仰終宇宙，不樂復何如！（〈讀山海經
> 詩十三首〉之一）

> 結廬在人境，而無車馬喧。問君何能爾，心遠地自偏。採菊東籬下，悠然見南山。山氣日夕佳，飛鳥相與還。此中有眞意，欲辨已忘言。(〈飲酒詩二十首〉之五)

陶淵明雖然身處在平凡的田居中，但生活的內容卻非常豐富。憑藉著心靈的積極作用，詩人與自然融成了一體，他「不是作爲客，而是作爲主來看待大千世界，他與自然之間沒有任何的阻隔與粘滯，他已化爲自然的分子和生機。」〔註412〕在這個主體與客體泯滅界線、合而爲一的過程中，酒經常扮演了關鍵的角色。對本無惜生觀念的他而言，既想快飲又恐傷身的狼狽是不曾存在的。不同於嵇康、阮籍將飲酒當作排遣內心苦痛的工具，他則是一種徹底的陶醉，不僅將飲酒視爲一種生活中的樂趣，更把藉酒入醉當成了一種與自然溝通、回歸自然的手段〔註413〕。是以他說道：

> 故老贈余酒，乃言飲得仙。試酌百情遠，重觴忽忘天。天豈去此哉，任眞無所先。……形骸久已化，心在復何言。(〈連雨獨飲詩〉)

這是一種不粘滯於物，超越有限而走向無限的審美姿態，遙遙呼應了他在〈神釋〉中所曾提及的「委運任化」的生命態度：

> 甚念傷吾生，正宜委運去。縱浪大化中，不喜亦不懼。應盡便須盡，無復獨多慮。

從這樣的境界可知，陶淵明所受玄學影響的痕跡雖然十分明顯，但卻已將之轉化。誠如吳功正說道：「玄學之於陶淵明是內在的，已化爲玄機、玄意、玄理」〔註414〕，不僅他的生活本身是玄理的展現，他的詩作更體現了玄學對自然沖淡境界的根本回歸。

這種沖淡之美，除了指田園生活所散發出來的高遠意境外，更意

〔註412〕引自吳功正《六朝美學史》。南京：江蘇美術出版社，1994年12月一版，頁585。

〔註413〕參閱景蜀慧《魏晉詩人與政治》。台北：文津出版社，民國80年11月出版，頁212～頁214。

〔註414〕引自吳功正《六朝美學史》。南京：江蘇美術出版社，1994年12月一版，頁582～頁583。

涵了一種對語言經營的獨特觀點。誠如〈飲酒詩二十首〉之五說道：「採菊東籬下，悠然見南山。山氣日夕佳，飛鳥相與還。此中有眞意，欲辨已忘言。」對他來說，處於物我泯滅、主客合一的境界，人生的種種眞理實已盡在其中，不必多費言詞。陶淵明顯然看到了語言所具有的侷限性，可說是對玄學言意之辯的反響。在此認知下，他雖然使用辭彙，但特別要求應不著痕跡地傳達出深刻的意境，以便在平淡中見出眞意。是以，他除了直接以田園題材入詩以喚起對沖淡之美的想像外，更經常使用接近口語的質樸言辭以加強此種效果，例如：

> 夏日抱長飢，寒夜無被眠。(〈怨詩楚調示龐主簿鄧治中〉)
>
> 今我不爲樂，知有來歲不？(〈酬劉柴桑〉)

近於口語化的詩句易令人產生性情自然流露的感覺，在此，語言的無華被等同於情感的眞摯，引起了讀者對人生最眞誠境界的無窮想像！

第六章 結論——存在眞理的詩性開顯：魏晉詩歌實踐的審美自覺

　　魏晉乃是中國歷史上第一個審美自覺的時代，除了相關的美學理論陸續出現外，諸如文學、繪畫、書法、音樂等創作亦逐漸擺脫了原先的政治教化目的而有了蓬勃的發展。在這些文藝創作中，詩歌的發展可說是相當重要的一環。經由建安、正始、西晉與東晉諸多詩人的努力，逐漸擺脫了政教功能的詩歌突出、確立了其展現個體才性的關鍵性地位，並積澱了特屬於魏晉整個時代的審美意識。

一、建安時期

　　建安時期可說是這一美學發展歷史的先導。身處在東漢末年皇權殞落的時勢中，博涉多通、重視藝能、講究個人才性、且以文化復興爲己任的鄴下統治集團，經過了辛苦的征戰，已在動盪的時局中崛起，並透過詩歌紀錄下他們隨軍出征、公讌戲遊等種種生活經驗。在這個以詩歌爲重心的階段中，除了政治、社會、生活等因素外，相關的學術、思想論述對於詩歌的審美意識亦具有重要的影響。其中，尤以曹丕所開展的文氣說最爲顯著。在《典論‧論文》中，曹丕不僅建立了以作者天賦氣質、個性與才能爲主的文氣論，同時也發展出了一套以「壯密」爲文氣是否具體展現的詩文品評標準，深刻地影響了建

安詩歌特重風骨、梗概多氣的風格展現。

對鄴下文士來說，平常出席公讌、戲遊場合，可說是他們生活中最重要的模式。從其詩作中可知，這是一個具有著文人氣息、充滿了聲色美感的時空場域。藉著美景、酒餚及舞樂等重要審美品類的細膩鋪陳，詩人建構出了一種遠離征戰與人間俗務的昇平世界。他們並非只在一旁遊目觀察，而是以自身的情思與感官主動地投入戲遊的過程之中，盡情地享受了參與其中的快感。這種主體放懷縱情的審美方式，除了具有一種藉物同樂、偕人共遊的「戲遊」特質外，更是一種特殊的儀式構成。藉助美酒的催發，鄴下文士不僅暫時顛覆了他們與曹操、曹丕之間既有的君臣關係，同時亦將戲遊提高到了一種詩意縱橫的詩性境界。公讌戲遊作為一種儀式於是成了一首詩、成了一場經常上演的文學盛宴，充滿了劇場般的意象與張力。而在此脫去政治性的過程中，詩人作為一文學主體受到了空前的重視，詩歌作為一種藝術也被提升到了重要的位置。在戲遊詩作中，他們不約而同地道出了對「好合同歡康」之美學境界的嚮往，寓涵了一種對於人與人間相知相惜、彼此欣賞的「和諧」關係的深刻禮讚。這種共同理想的呈現，不僅具有營造文人認同的作用，同時更具有著「敘憂勤」與「釋鬱結」的政治社會效果。對他們來說，現實官場中的挫折雖仍存在，他們也不時有「背時」、「命輕」的感慨，但透過戲遊的過程，卻得以一掃時不我予所造成的陰霾，並重獲意氣昂揚的生機。

鄴下文士藉由公讌戲遊的純粹詩性展演，雖得以暫時撇開現實政治上的不如意，而找到屬於自我生命的存在之姿，但是，這並不表示他們便因而忘情於政治，也不意味了他們不再掛意著人間的種種牽扯。相反地，他們是相當具有現實意識的，且往往在詩文中傳達出了對理想社會的遠大憧憬。相較於漢樂府及東漢文人詩的作者，他們不僅在詩體的運用上更加地豐富，在詩境與詩歌題材的使用上亦更加地寬廣與開闊。他們不僅延續了東漢文人五言詩的抒情傳統，更在重新詮釋儒家詩教的原則下，融合了漢末部分文人即已開展的諷時、言志

傳統，而爲建安詩歌奠定了「情志合一」的藝術特色。

在這樣一種哀時言志成爲新主題的時勢下，鄴下文士展開了他們在公讌戲遊等日常社交生活經驗外的另一美學篇章。從他們對儒家理想中井然有序的古代社會的歌頌可知，他們是相當企盼一個具有理想美質的社會的。武力的征伐是不得已之事、是一種手段，目的在於藉此達成理想中以仁義爲本的禮樂盛世。這顯然是一個軌則分明、井然有序的社會：不僅風調雨順、五穀豐收，外在自然世界中的萬物如草木昆蟲等各得其所。在賢君明主施行仁政的照料下，人間亦充滿了各得其宜的禮儀法度，不但君王賢明、宰臣忠良，而且家無爭訟，人講禮讓，充滿了一片和諧的景象。甚至連企盼中遊歷的神仙世界，亦沾染了這種人文的美學風采。對他們來說，個人因才性之故雖有其獨立的價值，然而更爲重要的卻是整體社會秩序的和諧運行。這是一種以「倫理學」爲本的美學，他們十分看重人倫秩序所構成的人文之美，並將之比擬爲日月之光，欲藉日月烘托出理想社會「明明光昭」的「和諧」美質，並突顯出不同於表象事物瞬息即變的至高眞美！

只是，和諧的理想社會固然令人期待，但鄴下文士實際上卻知道，這可能是一個永遠也無法達成的夢想。畢竟，他們所處的乃是一個連年征戰、悽慘萬分的人間煉獄。身當亂世，屢涉沙場，不管是軍旅生活的艱辛，抑或是親眼目睹了人命的朝不保夕，皆讓他們對人生苦難多了一分細膩的觀照，對生死存亡亦多了一份哀歎。這種哀歎所牽扯的其實是一種對於時間流逝、生命無常以及理想可能失落的感傷，充分突顯出了一種個體深陷在孤寂境遇中，對生命存在感受到焦慮、因而發出了歎逝心聲的美學。事實上，他們在面對著極度的空無時，往往會突然意識到了時間的無常而將之轉化、凝鍊、結晶在現時的刹那空間之中。「人生幾何」、「譬如朝露」般充滿著生命焦慮與歎逝的美感於是油然而生，其對照著企盼中「明明光昭」的永恆理想，愈發顯得具有無窮的張力與矛盾，從而讓人感受到了人生眞正可能的失落與悲涼。在這種處境之中，他們雖曾產生諸如公讌戲遊的及時行

樂風氣、以及遊仙等退縮的思想，但往往更轉化爲一種期盼在碎裂的現實中重建生命永恆的具體行動。他們不但不怨天、不尤人，還往往能從哀傷自憐的情境中跳脫出來，或憑藉軍事武力、或藉由詩歌言志，希望能達成理想中的太平盛世，從而揮灑出了另一番「自由」的天地，並營造出了一種「明朗剛健」的境遇美感。

他們這種慷慨任氣、磊落使才的生命審美特質，其實是有著具體的詩歌藝術風格作爲基礎的，「直抒胸臆，慷慨多氣」可說是包含了詩歌創作在內的建安文學美學的一般性特色。藉由詩中書寫主體位置的變換、配合上樂府詩以「歌」言志的方式、以及不拘於細節的大略印象描寫，他們大膽地抒發了內心澎湃的情感與志向，因而令人有一種直接的生命感動。然而，建安詩歌整體而言雖具有著「通脫質樸」的特質，但到了曹丕以後，卻日益顯現出一種「壯麗」的色彩。他們除了維持著原先「通脫質樸」的重質表現以外，同時亦逐漸加入了對文辭本身的講究，因而展現出了一種「發揚顯露，麗句滋多」的整體風格。這種詩美展現，可謂是對先秦儒家所提出的「文質彬彬」觀點的最佳反應，意味了詩作在內容與形式上已達到了一種相互生發、彼此滋長的審美境界。難怪，建安會被視爲文學覺醒的重要時代，因爲藉著「文」與「質」的齊轡並進，建安詩歌實已獲致了詩性精神得以開顯的重要憑據。

在鄴下眾多文士中，曹植可說是相當獨特的。他在早年時雖然是建安詩歌審美意識建構的直接參與者，然而他的晚期卻見證了建安之後詩歌美學產生新變的發展趨勢。曹植後期的詩歌美學雖然有著相當強烈的個人色彩，但卻與黃初之後政治社會情勢的發展有著密切的關係，可說是他個人對就藩後漂泊、苦難生活的具體反映。除了政治的迫害外，他更面臨了兄弟骨肉親情的破滅以及文友相繼去世的打擊，這在在使他成爲一個失群且極度孤獨的人。爲了解決現實與理想間充滿了落差的疑惑與焦慮，身受儒學薰陶的他雖曾轉向老莊，但顯然未曾找到永恆的出路。他在兩種哲學互相搏擊之下，反而造成了更多的

自我懷疑與不平靜。這樣憂思百結的心態，不難在他詩作中看出，詩歌因而成了他抒發心理焦慮、探索人生的重要出路，並呈顯了他最為深刻而感人的審美意識。

綜而觀之，曹植晚期詩歌中所呈現出的乃是一種沈憂積憤、但卻怨而不怒的特殊美感。面對著兄長的不平等待遇，他雖能秉持著對儒家人倫之禮的堅持而力行忠恕之道，然而自覺待罪的心態卻使他產生了怨極而哀的生命根本質問，從而鏡照出一種對於外在網羅無力反抗的荒謬美感。在一切難以理解的情況下，他只得轉向相信心靈主體精微的力量，體現了神思般的審美經驗。這是一種審美主體馳騁心靈力量，透過想像的翅膀以安頓受創心靈的審美方式。藉之，曹植一方面揭櫫了「美女」、「佳人」、「仙境」等所具有的瑰麗美質、以及男女歡會所具有的「和」、「諧」審美理想；另一方面也傾洩了他對於「蒼蠅」、「鴟梟」、「豺狼」、「蝙蝠」、「奸佞」等具有陰森、晦暗醜陋性質之物的厭惡。而相應著上述審美意識的轉變，他後期詩歌從而展現一種獨特的詩美風格。藉由類似《楚辭》般將「憂」與「遊」加以結合的浪漫書寫方式，他已經將表現的重心由外在轉向內心。他雖只以傳統的題材與意象入詩，但卻具有豐富的人文理想與深厚的歷史關懷。而配合著主觀性生動意象的大量使用、以及實境與虛境的交互疊合，在在營造出了一種空靈恍惚、神思超逸的色彩。他雖相當重視辭藻，卻不流於艱澀、隱晦，而是從民間樂府層出不窮的形式創新中汲取了創作的源頭活水，從而賦予了詩歌真情流露的自然本色。

二、正始時期

正始是一個玄學大興的時期。玄學之所以出現，與當時政治社會情勢的發展有十分密切的關聯。齊王曹芳在位時，雖是魏代君主箝制最寬鬆之際，卻也是曹氏與司馬氏集團相互爭權最為慘烈的時期。因此，由何晏與王弼所開啓的正始玄學，具有在理論上為曹魏統治合理化及抵抗司馬氏集團奪權的政治意涵。

　　在此狀況下，不同於建安時代在詩歌創作中展現出無限的熱情，正始士人將其注意力轉到了玄學理論的追求上面。這是一個熱衷於理論建構的時代，也是一個高度理性的時代。玄談高手雖不乏個體情感的流露，但更講究對情感衝動的節制與提昇。在這樣主智風氣的影響下，包含詩歌在內的文學傳統明顯是比較不容易培養與承傳的。相對於玄談，士人對詩歌等文學創作的熱情是比較低落的，他們即使有所創作，也多沾染了玄學的痕跡，詩歌可說是玄學的附庸。

　　正始玄學乃是以「貴無」作為理論上的依歸的。在以無為本的哲學基礎上，正始玄學引申出了一系列美學的觀點。首先，所謂的「美」或「大美」乃是超越有限以達無限，必須透過有限以掌握無限；其次，美意味了人生中一種絕對自由的境界；再者，美不可能受限於個別單一的事物，也無法以任何名號或概念表達之；又再者，美是一種超越形音之上（超感性）的不可見聞之物；最後，這時推重的是一種「平淡無味」之美。

　　正始玄學對形而上本體的追求不僅引發了有關美學問題的討論，同時也影響了詩歌等文藝的創作。事實上，當時詩歌創作在內容上多可見對形而上的企求，詩人紛紛援引了老莊哲學的各種主題與境界入詩。在此情況下，詩歌往往成了說理的工具，它固然有可能形成嵇康、阮籍般的佳作，但亦可能產生如何晏之徒般的平淡之作。因為玄學對於所謂「大美」以及諸如「無味之味」的超感性審美推崇，往往阻斷了詩歌等藝術所需要的情感根基，從而極深地妨礙了詩歌創作的發展。

　　除了對「有、無」與「本、末」等問題的討論外，王弼、阮籍與嵇康等不約而同地對音樂的藝術本質作了一番探討。他們三人皆秉持了「將欲全有必返於無」的玄學原則，指出音樂必須調適於虛靜平和之心，藉之以歸本於自然之道。他們認為，在平常用感官可以感覺的五聲八音之上，存在著一種寂寞無聽的大音，必須透過心靈的主動實踐方能掌握。可見，三者對創作與鑑賞主體所應具有的能動性是相當

關切的。不僅大大提昇了主體在藝術創作過程中所應具有的能動性與重要性，也間接宣示了美感的形成，鑑賞主體之心靈佔有了相當關鍵的作用。這是一種回到以人爲本、同時掌握物我交融關係的美感產生論，從嵇康、阮籍的詩作中，不難看到對這種心靈能動的企求，已然成爲詩歌審美意識深刻積澱的憑藉。

阮籍與嵇康可說是正始詩歌審美意識最重要的代表，他們獨特詩歌美學的出現，與政權的移轉有密切的關聯。隨著司馬氏的取得政權，談玄與政治緊密結合的階段終於過去，繼之而起的則是一個玄學與政治較爲疏離的時期。嵇康、阮籍等竹林名士身處於日益嚴酷的專制統治下，可說較何晏、王弼等承擔了更多的苦難。由於他們與社會現實間的矛盾比較多，因而充滿了激越與不平，以任自然爲主的玄學與荒誕的行徑於是成了他們與現實間對立的緩衝劑，也是他們異議現實的表現。

身處於血腥、殘忍、動亂與腐敗的惡劣現實環境下，嵇康、阮籍等內心中可說是十分孤獨的。由於平生志向的無從遂行、不肯與現實同流合污、乃至於玄學本身超越境界之知音難求，在在形成了他們內心中巨大深沉的孤獨感。弔詭的是，正是在這樣孤獨的境界中，他們才得以發展出具有獨特風格的玄學，並吟唱出具有深刻內涵的詩歌。玄學對他們而言無疑是一種苦難時代中的「心學」，是他們藉由心靈力量尋求超越理想與現實鴻溝、追求生命安頓的具體表徵。

在這種狀況下，詩歌創作於是成爲一種苦悶的象徵，是他們抒發自身苦痛經驗與憂傷情感的管道。是以他們詩中雖常有哲思玄理的展現，卻也不時可見因苦悶而肇生孤獨憂傷的具體美感。這是一種植基於「憂悶」體驗下所散發出來的境遇美感，是他們心靈眞實體驗的產物。然而，阮籍與嵇康的生命境界並非僅止於此，他們雖處於不圓滿的現實之中，但藉由苦痛年代的心學，卻得以超越既存的憂悶，而達到一自由的境地，並開展出了一個充滿超越性審美理想的境界。

阮籍與嵇康追求超越性審美理想的方式，是從對現實美的否定與

揚棄開始的，他們對於世俗以爲美的事物通常抱持著懷疑與否定的態度。此一趨勢從他們對於文學品類的選擇即不難看出。鄴下文壇流行的幾種文學類型，到了他們手中不是完全消失不見，即是改變了性質。例如建安年間盛行一時、用以描寫人情世態的樂府詩，阮籍根本就沒有此類的作品。而嵇康雖存有〈代秋胡歌〉一首，但內容已轉向以言理、遊仙爲主。另外，他們亦捨棄了建安言情詠物小賦的優美與寫實風格，而以各種形式展現出浪漫文學的意涵，具有崇高的美感。

這樣的態度，驅使了他們轉向對山水自然之美的追求。然而，他們之所以盤桓於大自然中，並非爲了尋找逸野閒趣，而是爲了進一步藉由自然上參造化，尋得那自然作爲本體的玄機妙理以及蘊含於其中的終極美境。他們尋找玄機的企圖甚至延伸到與遊仙有關的詩作之中，藉由遊仙形象的描述，他們不但建構了一個超越於現實之外的逍遙世界，同時也揭示了一個理想的美境。對他們來說，這種美是存在於本體、亦即自然本身的。換言之，這種美並非具體的感官所能察覺，只有進入「悠悠念無形」的境界之中，只有藉助「變化神微」的神感能力才能予以把握，並於刹那的冥合之中達到永恆的境界。這種境界無以名說，差可用「窈窕而淑清」來加以比擬，指的乃是一種眞正純潔永恆的超感官之美，是只有在專一、寧靜、精誠的狀態下方能神感而見的微妙之象。

這種透過內在生命以參贊造化的過程，實際上具現了相當豐富的時空變化意涵。他們雖然身處於一個如同網羅籠罩的現實時空之中，但透過於大自然中的身體實踐、以及想像時空中翔鸞等的振翅飛翔，他們卻得以投擲安身立命的存在之姿，並且營造逐漸昇華的美學境界。在此過程中，想像中的時空是被逐次地跳躍並予以捨棄的，首先捨棄的當是網羅所在的現實紅塵，其次則是大自然樂土之境，最後連想像中建構而出的仙境也被捨棄，而到達自然之道所在的終極時空之中。在逐次的捨離當中，不僅新的時空意象被接引插入，嶄新的美學想像也被連帶地吸納引進，構成了一意象豐富而充滿了時空層次的美

學之境。然而，這層層的時空構造，並非他們最後的歸宿，當想像力透過捨棄的過程建構出超現實的時空之後，卻在最後將其收納入一己的心靈之中。藉此，使得心靈也達到了充滿理想與自由的境界，充分體現出了東漢末年以來，詩歌等美學追求個體自覺的趨勢。

　　除了超時空審美經驗與理想的提出，正始詩歌亦呈現出獨特的詩美觀，這與當時言、意之辨的論述開展脫不了關係。基本上，除了少數士人秉持著言盡意論的立場外，大部分的士人都是認爲「言不盡意」的。他們普遍認爲美即是無味之味，然而美作爲無限的表現卻是感性而具體的，亦即不能脫離有限而有所展現。但是，任何的有限卻有其侷限性，無法充分而完全地表現無限，因此，成功的詩歌創作便須藉用藝術的語言，以揭露無限所具有的境界。阮籍與嵇康等詩人莫不具有這樣的詩美觀，希望藉由特殊語言、技巧的運用，呈顯出詩歌形象以外的深遠之意，從而完成他們作爲一個玄學家對於自然無限之道的徹底追尋。只是，「言不盡意」雖是阮籍與嵇康共同的詩美理想，但綜觀兩人之創作，卻又有實踐程度上之差異。由於嵇康詩中大多數使用簡潔樸素之字句與白描直述之法，加以普遍採用了較爲生硬的道家和養生用語，因此其詩歌創作平心而論是離「言不盡意」的詩美理想有一段距離的，顯示出實踐與理想間所產生的落差。相較之下，阮籍則比較能貫徹此一理想。藉由比興手法、透過邅辭詭譬、加上對比轉折的語法、以及特殊詩組的結構性重複原則，他不僅建構了詩歌「厥旨淵放」的特色，更在其中爲讀者開創了一個無盡妙解的世界，可謂是言不盡意藝術語言的絕佳典範。

三、西晉時期

　　西晉文學創作的主體乃是寒素士人。司馬氏在掌權後雖以五等爵制、九品中正制度保障了世族的利益，但卻沒有對寒素人士採取完全排除的態度。司馬氏不僅高舉名教、推動崇儒，並拔擢了部分的素族士人，使他們成爲名教道統的護衛者，從而制衡世族，並達到正當統

治的效果。

由於對曹魏滅亡教訓的錯誤認知，司馬氏除了分封異姓權貴外，更大封宗室，因而形成了諸王擁兵自重、割據一方的情形。他們競相網羅黨羽以擴充自己的勢力，伺機搶奪皇位，從而上演了一齣又一齣骨肉互相殘殺的慘劇，八王之亂即是箇中的高潮。其後，八王之亂雖然平息了，但皇室卻已元氣大傷。除了各地紛亂四起外，北方也揭開了五胡亂華的序幕，並導致了西晉的滅亡。面對著這樣的局勢，寒素士人的處境是相當狼狽的。他們除了必須體察上意、周旋於權力的縫隙外，還要隨時因應情勢而改變依附的權貴，否則，難免遭致殺身之禍。

這種現象，具體反映出了士無特操的情形。在司馬氏高壓進逼、甚至殺嵇康等名士以爲戒的情況下，素族士人對於士操已經不再有堅持的空間。他們於是對時事噤聲不語，並依附、周旋於眾多權貴之間，將熱情投注於對一己前途的追求。爲了解除自己違反名教的罪名，他們雖然強調任自然，卻轉而提倡名教與自然合爲一體的主張。而在王弼注易著重發揮柔順謙損之義的影響下，他們更養成了一種「儒玄揉合」的人格模式以及「柔順文明」的心態結構。這是一種折衷的、具有相當調和色彩的人格模式與精神特質，相當程度構成了詩賦等文學生成以及文論發展的溫床。

事實上，由於統治者潤色鴻業之需，廟堂祭儀、朝廷大會、以及公讌場合皆需作詩爲襯，包含了詩歌在內的文學，成了素族士人極端關注的部分。詩歌等文學不是成爲文士晉升的工具，便是成爲其抒發個體細怨或形式自娛的遊戲。而在這種轉變中，詩歌作爲一種美學文本不僅內涵變窄了，視野也變小了。它不再承載著詩人對於社會家國改造的無限熱情與理想，也不再直接宣洩慷慨激昂的情感，而成了一種技藝。即便如此，在看似典雅、雕琢而接近程式化的詩歌創作中，仍舊是潛藏著素族文士對生命存在的渴望的，是他們內心意欲的曲折表現。

素族文士詩歌審美意識的形成，與陸機在〈文賦〉中所開展出來的審美向度有著密切的關係。〈文賦〉可說是陸機文學創作追求雅麗風格的理論展現，充滿了對於文學創作應該如何才好、才美的想像，乃是一種素族文士與現實互動後，對於文學規範、典律的反映。通觀〈文賦〉全文，揭示的是一種以易、老「自然」爲基礎的文學美學本體論。在其「尙巧貴妍」、注重音韻自然的論述中，呈顯了對文學形式之美的注重；而在其強調想像、靈感的論述中，則預設了對創作天才個體能動心靈力量的重視。這兩點，與西晉詩人將精力投注於美辭的追求，因而蔚成了魏晉時代「文的覺醒」、乃至於「人的覺醒」的風潮，具有著極大的關聯。

素族文士的詩作乃是在一定的生活脈絡中產生的，因此其審美經驗通常帶著生活體驗的痕跡。他們雖有社交共遊之時，亦必須負責郊廟詩歌等頌美文學的起草工作，但生活的主要型態以及生命的主要情調，卻是經常處於羈旅漂泊的狀態之中。爲了追求功名，他們必須遠離家鄉，前往京師洛陽以尋求出仕的機會。而官場上的不得意與不時的職務調動，也使他們必須一再地離鄉背井，遠別家庭與妻小。處在這種以流動、遷徙爲主的生活模式中，他們養成了一種具有機敏戒愼身體的特殊審美姿態。他們往往在異鄉感受到暫容歇止的不平靜後，轉而以自然之物及私我情感爲意識投射的美學對象。他們除了發爲歎逝的情懷外，更藉由過往的時空沉入回憶的流裡以解脫外物所帶來的沉重壓力。這是一種以世俗私我情感爲主的美感呈現，夾雜了素族文士的生平細怨。從其詩作中可發現，他們只是以一己的命運作爲關注的對象，不僅缺乏對社會人類的大愛，同時也缺乏任性使才的宏偉氣勢。

誠如上述，自然之物乃是素族文士重要的審美品類，在創作中，他們無不顯現了藉由天體運行及季候變化以觀人間世事崇替興衰之理的深厚旨趣。對他們來說，自然宇宙乃是一個恆常運行的實體系統，它包括了最核心的日、月等「天體」、佔關鍵地位的風、雲等「氣

象」、較爲邊緣的「花草樹木」與「飛禽走獸」、以及最爲邊緣的「山水」。這種思想的生發，一方面固然反映了他們具有一種以天人合一爲基礎的自然宇宙觀，相信天道意志與人間萬事具有著類比關係；但另一方面，卻也與素族文士遊宦生活所具有的羈旅漂泊特性脫不了關係。身處於碎裂的時空中，爲了使主體能獲得恆久的寄託，他們經常以所感之物作爲開端，轉而對形上世界超越之理的追求。其表現在詩歌創作上，除了自然事物的入詩外，即是詩歌的程式化。在他們的認知中，理想的自然體系是充滿了美質的：它是既能動而又充滿著秩序的，同時更是雄偉而充滿著絢爛光輝的，所謂的「雲漢隨天流，浩浩如江河」即是對此一景致的最佳描述，它往往展露出了「赫赫明明」的至麗美質。對他們來說，所謂的至美是存在於自然宇宙體系之中的，是一種至麗品質的客觀展現。

除了私我情感、自然宇宙，文辭也是西晉素族文士投注以審美觀照與人生熱情的重要品類。陸機雖曾在〈文賦〉中提出了「會意尚巧」的論述，但與前代詩人相較，西晉詩人對於詩境的開發與關注顯然是比較不足的，他們表現較爲突出的部分，是在詩歌形式本身的創新之上，亦即著重在陸機所謂「遣言貴妍」的面向之上。這種「準形式主義」創作傾向之所以發展，與西晉詩歌本身的雅化發展關係密切。由於承繼了魏代廟堂文學的創作旨趣，雅頌等四言體成了眾人詩歌創作依循的一定法門。其在應制的過程中，內容早已流於千篇一律，反倒是具有裝點門面效果的華麗辭藻成了眾人競逐的焦點。在這種情況下，太康詩歌的藝術特色普遍具有濃厚的古典主義色彩，詩歌的創作不僅典雅高華，而且具有一種博奧工麗的色彩。這種「高雅綺麗」的藝術風格，主要是透過特定的書寫方式達成的：四言體的大量採行、甚至於其精神貫串至其他五言體詩歌的情形，使得詩歌奠定了雅化的基調。在這樣的基礎下，太康詩人更透過了對字句詞語的斟酌損益，賦予了詩歌高雅綺麗的品質特色。其伴隨著雙聲疊韻、聯綿詞、頂針以及對偶等修辭技巧的巧妙運用，一方面創造出了諸多的佳句，另一

方面也呼應了陸機〈文賦〉對「遣言貴妍」的重視，具體地展現了文學邁向自覺過程中，對形式之美日益強調的美學觀點。

四、東晉時期

　　東晉政權得以在江左維持偏安的局面，門閥世族扮演了相當重要的角色。延續著八王之亂結束後東海王司馬越與王衍初步結合的模式，「王與馬，共天下」成了東晉基本的政治格局，不僅世族取得了與皇權共享天下的地位，各門戶間也達成了一定的平衡。這是一個世族權力高漲的時期，由於政權日益穩固以及南北對峙態勢漸成定局，已經在江南重行安頓生業的世族，拋棄了初渡江時新亭對泣的惆悵心緒，轉而抱持著一種偏安的心態。在這樣和緩的大環境中，儘管曾經出現對玄談誤國的批評之聲，但玄談風氣並沒有在江左中斷，而且還發展成了特殊的雅賞活動。世族文士除了不時舉行以三玄及佛理爲主的清談活動外，還一起遊賞山水、展開詩文、音樂與書畫的往返、以及養生之道的修習。透過了這種以清談爲主的雅賞社交活動的進行，他們不僅鞏固了世族的理想形象，同時也將生活重心轉向了對內心精神世界的企求。在這樣的情況下，沾染了玄味的詩歌雖仍是玄談的附庸，卻已成了世族文人藉以發露才性、標榜風流的重要媒介，而且因爲與玄談藝術的合流而有了新的發展。事實上，文藝創作與玄學清談乃是當時門第家學最重要的內容，而世族及遊僧也已取代了西晉時的素族文士而成爲詩歌創作的最重要主體。詩歌作爲一種文學及美學實踐，已越來越受到重視，並成了世族名士及遊僧強調精神性、展露個性的社交生活中不可或缺的一環。

　　世族名士詩歌審美意識的積澱，是有著具體的時空作爲基礎的。由於精神自由以及豐裕物質所提供的基礎，讓世族名士發現了江南山水之美，並將之轉化落實在三吳、會稽一帶園林的營造之中。而世族名士不僅以山水園林作爲雅賞社交的基地，更將其轉化爲心靈沉浸的參化對象。藉由這樣一種「詩意地棲居」的生活方式，他們不僅開展

出一種以悟道者爲主的澄懷審美經驗，同時也涵養了講究「神靈清秀」的美學品味，從而對詩歌美學的發展產生了重大的影響。

東晉詩歌審美意識的特殊面貌呈現，與當時文化論述的發展是脫不了關係的。首先，發軔於漢末的玄談，到了東晉時逐漸轉變成一門對玄學內涵進行深究的純粹哲學。隨著對義理、形上之道的追求成爲最重要的任務，它進一步結合了「即色論」等佛教般若學，促成了玄學的佛學化。這種發展，不僅使得玄言、佛理大量入詩，更有助於「形盡神不滅」等佛學美學的流傳，可說對詩歌審美的形塑產生了重要的影響。其次，以王羲之爲代表的書論、以及以顧愷之爲首的畫論，在當時玄學、佛學的影響下，莫不提出了藝術創作必須追求言外或象外之意的論點。王羲之「點畫之間皆有意」，而且「意」須「深」，要「言所不盡」的論點即是明證；顧愷之則提出了「傳神寫照」、「以形寫神」、「遷想妙得」與「玄賞則不待喻」等見解，不僅將繪畫所追求的象外之意提到了「神」的境界，更將其與人作爲個體感性存在的獨特風姿神貌直接聯繫了起來，從而體現了東晉世族名士對美的極度追求。最後，作爲一個冷靜的旁觀者，葛洪在《抱朴子》中不但對魏晉以來文的自覺傳統作出了回應，也批判了當時以世族士人爲主的詩歌論述，因而參照折射出了詩歌實踐所積澱出的審美意識。從他的文論中，不難看到詩歌創作在東晉的蓬勃發展以及非功利性。而從他將文與德作出區別、突出審美判斷的論述中，更可一窺當時詩歌創作對於奇辭妙藻以及風神之美的追求。

由於政治上對務實的要求以及爲了維繫世族的共同利益，東晉文士註定了不可能走上感官放縱的道路。因此他們在承認名教、自然各有特性的前提下，透過雅賞社交等具體的生活實踐，試圖重新詮釋出世與入俗的關係，並建構出了一套強調「和光同塵」的人格典範。這樣的價值觀，明顯展露在詩歌等文學的創作之中。除了山水、玄言等內容外，東晉詩歌有極大部分係以名教與自然合一的人格形象作爲主題的。他們將眼光投置於當代具有特殊風範的名士、莊老等先賢先聖

以及具體的歷史人物上，從對這些典型人物的品賞中，展露了他們獨特的審美品味。然而，這些人物之所以成爲審美對象，主要在於其所具有的「自然」特性。事實上，東晉詩人相當習慣以具有美感的自然事物來形容人品，他們往往將在山水園林中所體驗到的自然之美，用以形容人物。可以這麼說，不管是人物、還是山水等自然物，皆著重於其所召喚的「自然」想像。自然以其飄逸的形象與千變萬化的如畫姿態，獲得了東晉士人的青睞，並引以爲審美的最主要品類。而在這樣的基礎上，他們進一步吸取了「即色游玄」的方法，發展出了一種追求「理境」陶醉的審美經驗。

　　這是一種主、客（色）、玄三體合一的循環映照過程。先是主體懷抱著玄學的視域以觀看、接近外在的自然，亦即「以玄對山水」；其次，則藉由山水自然，追索與其具有相互映照關係的本體，並返過來體察色的存在，形成一種色與玄間的循環探尋；再者，則透過色、玄的循環以探尋境界的開展。這是一種透過「理感」而掌握「理境」「神趣」的「神感玄悟」過程。在此「游」的過程中，主體除了爲理境本身的朦朧特質所感動外，更對「妙歸」般的體道昇華過程有所體會，因而構成了令人陶醉的美感經驗。最後，主體更將這個已然滋生的境界拉回到心靈之中，除了藉此產生「除情累」的作用外，並開顯出「暢」、「豁」的境界。至此，不僅「山水」成了心靈的棲居之處，心靈也獲得了存在的安頓，並具有一種「新」、「鮮」美質的逍遙感受。

　　除了發展出即色游玄、理境陶醉的審美經驗外，東晉士人在以人物及自然作爲審美品類的觀照中亦呈現出了對理想風神之美的看法。東晉之際，正是人物品藻從政治性轉向審美性發展的重要關鍵。爲了維繫世族內部的認同以利於門閥政治的運作，世族名士透過了清談、以及玄言詩、頌、偈等文學的書寫，建立一套以名教自然合一爲基調的人格哲學外，並且將品題人物的精神性活動轉化爲審美的活動。透過人物美、自然美與藝術美的相互比擬形容，發展出了諸如「骨氣」、「簡秀」、「韶潤」等有關「美」的範疇。他們認爲，「人物」即

是「自然」、即是「藝術（美）」，三者是必須劃上等號而且可以互相比擬形容的。而在諸多美的範疇中，可以看出「神」是其中特別突出的一個。以「神」為中心所發展出來的相關概念，可說是東晉世族品鑒人物最重要的標準。

東晉世族重神美學論述的出現，與當時思想界對形神問題的討論具有密切的關係。為了反擊戴逵等對命運有因、行為有果的質疑，慧遠提出了輪迴之說，把報應推到了無可驗證的將來。此說除了具有拯救傳統報應說的效果外，亦在無形中闡揚了他對「形盡神不滅」的看法。這種關於形神關係的理論，除了是一種哲學思想外，實具有著深刻的美學意涵，廣泛影響了詩歌等文藝論述。首先，他強調神高於形、且兩相為化的論點，導致了「美」乃是神表現於形、為感性與理性內在統一的深刻認知；其次，他提出了物只有在表現其內在精神時，方可稱為美。亦即，美是一種精神境界的體現，是「神」微妙難測特質的發顯；再者，他提出了「擬狀靈範」、「儀形神模」的觀點，相當類似顧愷之「傳神寫照」的主張，皆是強調透過對「自然」之形的描寫以掌握神；最後，他明確指出了身體係神之安宅，呼應了東晉詩家希望透過人物的舉止姿容以尋求風神之美的深刻企盼。

受到了重自然、重風神論述的交互影響，世族名士在詩歌中藉由對人物的禮讚建構了對理想美質的想像。他們對人物的關注，主要集中在行為舉止與姿態容顏兩個方面。透過對雅致高尚而具有智慧的行止、以及美好姿容的描寫，他們希望除了能把握人作為一個獨立個體所呈顯的整體品質外，亦能判斷其所具有的內在精神內涵以及人格境界。為了掌握這種人格整體品質，他們援用了許多美的經驗、自然及藝術等象徵物以作為比擬，從而建構了一種追尋「形神自然」的美學理想，遙寄了對「藐姑射山」之「神人」的浪漫想像。這種「風神清令」之美明顯具有一種詩意，指的是一種在恍惚飄渺中煥發出珠玉、冰雪般光澤、而又具有空靈玄寂的美，十分類似世族名士周遊於山水時所發現的「神靈清秀」之美。「神」以其所召喚的無窮詩意，於是

成了東晉詩家終極的審美理想。對他們來說，神並非只是精神實體，而是一種美學境界的開顯，它有如鏡水般，鑒照出人格在極度逍遙自由狀況下所散發出來的清朗靈澈之美。

　　東晉詩人的審美自覺，亦展現在他們對詩歌藝術的追求之上。誠如明人劉應登所啓示，「高簡有法」正是東晉文學以及言談間共同的審美理想。世族詩人不僅重視詩歌的玄境生發、講求玄勝及深致，同時還強調整體詩歌的簡約、簡勁效果，希望藉此輝映高遠的美學境界。此外，他們還講究快捷、看似毫無匠意卻自有佳致的創作姿態，務求透過「清微簡遠，居然玄勝」的風格展現以召喚理想的人格。爲了達成這種詩美，他們主要從「名理」與「奇藻」兩方面著手：所謂「名理」，主要透過「詩玄雙運」的書寫手法建構出涵義豐富的符旨，並將其當作符徵以啓動對更爲深層符旨的循環追求，體現的是一種求高、求深的書寫進路；至於「奇藻」，則意味了藉由奇藻的意象式拼貼來構成獨特的符徵，以開展、翻新原先由詩玄雙運所建構出來的符旨，體現的是一種見新、見奇的書寫進路。整體而言，兩者共同展現了「高奇見貴」的創作精神。這雖可見詩家對「理」的追求，卻缺乏個體情感的奔放。

　　世族名士透過詩歌創作所積澱出的審美意識，到了東晉末年有了改變。隨著門閥政治的逐漸解體，原先的世族群體開始有了明顯的分化，不僅門戶間的政治矛盾日益擴大，既有以自然名教合一爲基礎的理想人格模式亦在消解當中。在此同時，寒素之士則開始崛起，逐漸活躍於權力的舞台。政治社會結構的巨大變化，直接帶來了社會生活及文化主流價值的根本改變。在清談藝術及社交生活隨著世族的退出政治中心而成爲歷史絕響的同時，文學卻重新受到了關注，伴隨著這種轉變，詩歌創作中情感的因素亦重新獲得了重視。

　　晉宋之際詩歌的創作，具有著濃厚的現實因素。面對著政治黑暗、社會混亂的窘境，仕或隱可說是陶淵明等士人面臨的最關鍵抉擇，也往往成爲他們文學表現的主題之一。不同於晉末諸多士人的捲

入政治，陶淵明有如傲然高飛的孤鳥般，選擇了一條「但使願無違」的生命道路，並在實踐的過程中積澱出了他深刻而獨特的審美意識。在〈形影神詩三首〉中，他爲自己對人生本質的堅持建構了堅強的理論基礎，並毅然決然地選擇了歸隱田園的道路。田園一方面成了他身體力行以抵抗物質侵害的關鍵基地，同時也成爲他詩歌創作的活水源頭，爲他提供了生命昇華的無限可能。

　　歸隱田園的生活方式本身，體現的即是一種勞動之美、實踐之美。農事的辛勤與甘苦，展現出一種特殊的生命節奏，同時也凝聚出一種踏實堅毅的美感。在其中他領略了自然的英旨，並體會了人生根本的恬靜。他雖然棄絕了與官場文士的交遊，卻從田園生活中獲得了情感眞摯的回報。因此，他雖仍掛心著政局的波瀾，也仍懷著政治理想不得實現的孤獨感，但卻逐漸發展出一種沖淡的審美境界。田園風光的美以及田園生活的眞摯踏實，加上酒的催發，讓他展現出一種不粘滯於物的「委運任化」的審美姿態，從而完成了心靈回歸沖淡的審美境界。而陶氏對沖淡之美的回歸，更表現在他對語言經營講究自然的獨特觀點之上。他顯然已看到了語言的侷限性，因此，特別要求詞彙的使用應不著痕跡地傳達出深刻的意境，以便在平淡中見出眞意。其配合著接近口語的質樸言辭使用，在在令人產生了性情自然流露的想像。

　　從上述的歷史性鳥瞰不難發現，魏晉詩歌具有著豐富的審美意識。透過這樣的歷史性杷梳與編織，除了提供吾人對於魏晉每一階段詩歌審美意識生發的內核、脈絡因素與意義展現的理解外，亦具有如下幾點意義，有助於吾人對魏晉、乃至於整體中國詩歌美學相關問題的思考：

　　首先，魏晉作爲一個詩歌審美意識發展的重要階段，有其整體性與系統性。這是一個文學藝術逐漸脫離政治教化規範的階段，也是一個以人文爲中心、深受人倫品鑑之風影響的時代。不管是文學藝術的創作、還是審美意識的積澱，皆必須對人作爲存在及審美個體、充滿

了自覺的思維模式作出適當的反應。建安詩歌可說是這一趨勢的前鋒，承接了漢末古詩從民間歌謠所尋得的新生命，建安詩人昂揚而熱情地站在了時代的轉振點，不僅深刻地體察了人間的疾苦、發而爲對人倫理想社會的和諧企求，還藉由詩歌之美直接展露了他們任氣使才的存在之姿，並煥發出明朗剛健的美感。這樣對個體生命熱愛的情懷，一直延續到曹植晚年的詩作之中。雖然由於政治局勢歪變等因素，使得曹植外顯的姿態日益地縮瑟且充滿了沉憂激憤之怨，但從他詩作中對於內心世界的探索、對於想像世界的神遊以及對於文辭之美的經營，在在可見他對於個體存在自由的深切渴望。

　　正始是個玄學開始發展的階段，從玄學家對於談玄過程中美姿儀的重視，可知他們對於人的存在有著深刻的體認。當時的詩歌雖然流於玄學說理的附庸，但仍舊可見對於人文自覺的反映。除了老、莊哲理的入詩說明了對於個體逍遙境界的企求外，嵇康、阮籍更以充滿了情感的詩歌傳達了憂悶個體的苦痛、以及對於內在理境超越、窈窕淑清人格之美的企求。西晉之際的素族文士，雖然由於政治社會結構以及柔順文明人格模式的限制，讓他們無法以昂然之姿盡情地揮灑詩歌，但他們仍然在詩作中間接地表現了對於人文存在的感動。西晉詩歌中相當普遍的細怨情懷的展現，即是他們對自我生命的告白，透露了對自由存在之姿的向慕。他們所以會將精力投注於自然宏麗以及文辭之美的探求，莫不是個體在人生自覺後的熱情展現。到了東晉，世族文士追求個體自覺的情形更是明顯，以玄談爲中心所展開的詩歌等創作的走向精神化即是最好的說明。他們不僅透過了生活行動本身展開了對於人文詩性的實踐，同時亦在詩歌中藉由即色游玄審美經驗的生發、以及風神之美的歌頌，開顯了自身存在的審美之姿。到了晉末，以清談爲主的世族文化雖然因爲門閥政治的解體而逐漸退出了政治的舞台，然而士人們對於人文的自覺追求卻未曾中斷，其中，陶淵明可說是相當典型的例子。陶氏回歸田園的本身即是一種對於個體人生自覺的產物，而他於這一基礎上透過田園詩歌所展露的沖淡率眞之

美，更是對委運任化所肇生的人文之美的深刻詮釋。

在不同階段的過程中，詩人作爲一個個體，已然意識到了他們自身存在的價值，他們儘管不見得直接在詩歌的內容中顯露這種意識，卻往往透過了詩歌美學的實踐本身間接地回應了這種思想，是以，世人常以「魏晉風度」稱之。整體而言，魏晉詩人藉著詩歌實踐開顯了一段個體逐漸邁向人文自覺的審美道路，在詩中，他們召喚了屬於個體存在的審美之姿。

其次，魏晉詩歌審美意識的發展雖具有整體性、系統性，但觀諸歷史的事實，仍舊具有著相對性與獨特性。歷史發展的道路往往不是直線的，魏晉詩歌美學雖然是圍繞著人文與美學自覺的主線而開展的產物，然由於詩人主體的更迭、社會情境的改變，其所呈顯的審美意識內核與階段性意義亦有所不同，因此有必要將其放入脈絡之中來加以研究，方能掌握具體的成果。事實上，對於詩歌審美意識研究之所以要採用歷史鳥瞰的方法，一方面除了可以讓吾人看到變遷後的具體內容、以及因爲社會文化等結構性因素改變所肇致的變遷過程外，另一方面則有助於吾人掌握個別與整體，透過不同階段具體成果與整體意義的辨証性對話，研究者方能更爲清晰、深刻地掌握個別與整體的精髓。

再者，從魏晉詩歌審美意識發展的歷史過程來看，不難發現文人的傳統已在逐步地建立當中。從建安、正始、西晉、乃至東晉，東漢末年以來逐漸具有自覺意識的文人群體，開始以特有的審美生活建構了他們獨特的文化。自此，「文人」成了一種具有獨特鏡像的群體認知，它往往穿透了歷史與空間的限制，而成了集體的潛意識。身爲一個文人，意味著具有獨特的價值、品味以及生活方式。他們不僅酷愛著松、竹、鶴等，更經常徜徉於山水園林和田園之中，總是透過了琴、棋、書、畫等藝術實踐以表達他們超塵絕俗的審美經驗，從而在中國詩歌等藝術的創作上以及審美意識的積澱上，扮演了舉足輕重的角色。

　　最後，魏晉詩歌審美意識的發展亦開啓了一個對於詩歌本質進行思考的向度。這主要可分爲兩方面陳述之：一來，「詩」意味了一種特殊的語言形式。從具體的歷史過程來看，魏晉各個階段雖有不同的詩美觀，不同的詩人主體對於詩歌形式的主張亦有所不同，然而他們在無形中皆已透過了創作本身具體實踐了「詩」乃是一種獨特文體、具有不同於一般語言特質的論述。這樣的觀點，其實也在當時的文論中出現。例如曹丕《典論・論文》即說：「詩賦欲麗」；而陸機〈文賦〉則說：「詩緣情而綺靡」，顯然皆已意識到詩作爲一種獨特語言的特質。這樣的觀點顯然和俄國形式主義者羅曼・雅可布遜（Roman Jakobson, 1896〜1982）對詩歌乃是一種獨特語言的看法具有一定的親近性。雅可布遜乃是從語言的角度對詩學進行研究的大家，他認爲從語言的角度研究詩、以及從詩的角度研究語言，乃是美學最有效的一個角度。他認爲，所謂詩的語言乃是人類對語言施加一種有組織之外力的結果。亦即，使習慣性與實用性的語言變形、扭曲，語言方才具有詩意，成其爲詩的語言〔註1〕。

　　然與雅可布遜的觀點相當不同的是，魏晉詩人雖然潛藏了詩歌乃是一種獨特語言的觀點，卻沒有走上形式主義的道路。雅氏認爲詩歌詩意性的產生，乃是因爲詩歌中的每一個用詞都令人覺得其所表現者乃在於詞本身，而不是詞所指的對象或內容。魏晉詩人顯然並不作如是觀，他們在意會到詩乃是一種獨特語言、文體的同時，並不曾將其與內容加以割離。即使是最接近形式主義創作道路、講究詞藻華麗的西晉詩歌，亦不曾完全割捨了詩歌的內容。基本上，對魏晉的詩人而言，他們不是將詩歌與情感加以聯繫，便是將其與玄理結合在一起。對他們來說，詩歌雖然是特殊的語言，但形式本身仍是與內容緊緊地結合在一起，無法斷然分割的。

〔註1〕參見滕守堯、張金言編《當代西方著名哲學家評傳》（第八卷　藝術哲學〈導論〉）。濟南：山東人民出版社，1996 年 1 月初版，頁 209〜頁 259。

　　就歷史的進程與結果來看，魏晉對於詩歌作爲一種特殊語言與文體的展現，整體而言乃是朝向以情感作爲詩歌語言之根本特徵而發展的。詩歌藝術經過了魏晉的發展，終於確定了其與情感緊密結合的特性。正始、東晉玄言詩的創作雖然勃興一時，但最終仍舊在陶淵明的詩歌中回歸了以情感作爲創作特質的根本路線。難怪，齊梁之際的鍾嶸會在《詩品·序》中大力頌揚詩歌感興外物與撼動心靈的巨大美學力量：

> 若乃春風春鳥，秋月秋蟬，夏雲暑雨，冬月祁寒，斯四候之感諸詩者也。嘉會寄詩以親，離群託詩以怨。至於楚臣去境，漢妾辭宮；或骨橫朔野，或魂逐飛蓬；或負戈外戍，殺氣雄邊；塞客衣單，孀閨淚盡；或士有解佩出朝，一去忘返；女有揚蛾入寵，再盼傾國。凡斯種種，感蕩心靈，非陳詩何以展其義，非長歌何以騁其情。故曰：「詩可以群，可以怨。」使窮賤易安，幽居靡悶，莫尚於詩矣。

理論與實踐乃是互爲鏡像的辨証產物，鍾嶸《詩品》會出現這種看法，除了意味著詩歌地位的突顯外，同時也代表了其作爲一種以情感爲主之語言的確立。藉外物而感、而興從此成了詩歌語言的基本特徵，並對後代中國詩歌的創作，產生了定調的影響。

　　二來，詩歌在魏晉乃至整個中國文學史的進程中，最終雖然回歸了以情感作爲本質的發展，然而它的確曾在歷史的發展過程中出現以理性或理感作爲內涵的現象，因此有必要以更爲開放的心態對所謂的「詩」的本質作出另類的考察。事實上，詩雖然是一種語言、文體，但卻也指涉了語言之外的某物，具有著形上的意涵。這樣的指涉在魏晉詩人的創作實踐中相當普遍，而以興起於正始、而在東晉達到高峰的玄言詩最爲明顯。玄言詩雖然沒有成爲後來詩歌創作的主流，然從它所以出現的生活脈絡以及社會文化意義，卻可以發現東晉詩人其實已然揭示了一種詩歌所應具有的本質意義。對他們來說，詩所以爲詩，乃是因其提供了一條通達玄悟本體的玄妙進路，這就在無形中將

詩與形而上的本質聯繫在一起。對他們來說，詩不僅是一種語言，更意味了語言之外的某物，亦即是「詩性」，乃是對形而上本體意涵的特殊指涉。對他們來說，詩性意指了一種突破既存現實的浪漫性舉動，是一種對於生命存在的探尋與依歸，同時具有著過程義與目的義。在這樣的認知下，「詩」其實具有更爲寬廣而深刻的意涵，它除了指一種語言、文體本身外，更涵括了具有詩性的生活實踐以及存在眞理的開顯。

這樣的觀點，不禁令人想起了海德格與伽達默爾對「詩」與「眞」的論述。海德格指出語言是存在的家園，並認爲藝術是自行置入眞理的話語。他於是透過對荷爾德林、里爾克等詩作的分析，解釋了詩人是如何透過詩的世界的營造來召喚存在（亦即眞理）的開顯。立基於海德格對於科技的批判，伽達默爾進一步闡發了詩與眞的關係。一如雅可布遜，他乃是從語言的本性上來理解詩的，指出了詩乃是一種特殊的語言。對他而言，詩是一種「述說」（Aussage）的語言，不同於宗教是一種「承諾」（Zuszge）的語言、以及法律是一種「公佈」（Ansage）的語言。詩的語言作爲一種「述說」，體現了一種對於「圓滿性」的要求：

> （述說）是對特定事態如何的充分表述。……我要特別強調這種述說總體的或完美主義的特徵，因爲正是在這裡，我們發現它和詩意的言說之間的聯繫。它屬於這樣一種說，即說得如此完美，以至於爲了在其語言現實中接受它，我們無需在所說之物之上再添加任何東西。詩的詞語在其自身運作的意義上說，是一種無需其他東西來證實的述說。〔註2〕

伽達默爾在此指出了詩所具有的「自律性」，意謂了詩不是物的再現

〔註2〕 Gadamer, H-G, The Relevance of the Beautiful and Other Essays, Cambridge : Cambridge University Press, 1986, pp.xi-xii., 轉引自周憲《二十世紀西方美學》。南京：南京大學出版社，1997 年 12 月初版，頁 436。

（re-presentation），而是一種與詮釋結構本身息息相關的自身呈現（self-presentation）。這即是說，詩的語言並非指向詩人意圖或其原初意義的過程，而是讓語言自身在詩中出現、說話的過程。此觀點雖類同於雅可布遜，但遠較雅氏的論點來得深刻，因為他還根據詮釋學進一步指出了詩的語言所具有的對話性、以及它同本體的聯繫。他認為詩作為一種語言是存在著一種問答關係的，詩總是處在於一種自我發問、回答的動態過程之中，從這樣的對話循環中，詩獲得了意義，同時也使人體驗到了一種可親近性。這乃是因為，人們的經驗雖然稍縱即逝，然而詩卻不會褪色，詩的語言具有一種把短暫時間帶入凝滯之中的功效，它能夠把相關的經驗給凝定下來，讓人得以對話、得以親近。值得注意的是，詩雖然具現了一種自我問答的過程，然而對話循環卻不僅限於自問自答本身，他指出，對話其實意謂了一種更為廣泛的連結，詩的語言具有聯結的功能，它把一個人的存在同另一個人的存在給聯繫了起來。這種對於詩的連結功能的強調，讓人想起了他對於節慶功能的論述。他認為，節慶本身即是一種將不同的人在同一種對話關係連結起來的儀式活動，這種特殊的生活實踐具有著詩般開顯主體存在的功能〔註3〕。

　　總而言之，伽達默爾對詩進行詮釋的最大特色，即在於指出詩的語言與人的內在的關聯。他認為，詩的語言是人的存在的呈現和擴展。因為，詩的語言具有讓自己產生「在家」的感覺。「在家」意謂了自己存在的呈現，是一種對於真理的持續開放。伽達默爾說道：

> 詩的語言並不僅僅意味著這個 Einhausung 或「使我們在
> 家」的過程，它還像一面鏡子似的反映著這個過程。然而，
> 在鏡子中所呈現的並不是詞語，也不是世上的這件事或那
> 件事，確切地說是我們暫時身處其中的某種親近或親暱。

〔註3〕 參見周憲《二十世紀西方美學》。南京：南京大學出版社，1997 年
　　　　12 月初版，頁 434～440；李醒塵《西方美學史教程》。台北：淑馨
　　　　出版社，1996 年 10 月初版，頁 624～頁 633。

這種身處和親近在文學語言，特別是在詩的語言中找到了
永存。這並不是一種浪漫的理論，而是以下事實的直接描
述，即語言使我們接近了世界，正是在這個世界中人類體
驗的某種特殊形式出現了：宗教消息是昭示著拯救，法律
判斷告訴我們社會中何爲正誤，詩的語言則是我們自己的
存在的見證。〔註4〕

伽達默爾對於詩性本質的詮釋，顯已超越了形式主義者的侷限，而邁
入了對於存在眞理的關切。這樣的論述對於理解魏晉詩人的詩歌審美
實踐其實是相當適切的。身處在人的自覺與文的自覺的歷史脈絡下，
魏晉詩人其實是透過詩性的美學實踐在昭顯著他們自身的存在的。這
段詩歌審美意識積澱、生發的過程清楚地昭示著：不僅語言本身是
詩，生活的本身是詩，存在本身的開顯也是詩，透過了語言與身體的
雙重實踐，「詩」展現了它對於存在眞理探尋的永恆貢獻。

〔註4〕Gadamer, H-G, The Relevance of the Beautiful and Other Essays, Cambridge: Cambridge University Press, 1986, p.115., 轉引自周憲《二十世紀西方美學》。南京：南京大學出版社，1997 年 12 月初版，頁 440。

參考書目

專　書

1. 丁福保編，《全漢三國魏晉南北朝詩》（台北：世界書局，民國 51 年 4 月初版）。

2. 丁福保編，《清詩話》（台北：明倫出版社，出版年月不詳）。

3. 中國文史資料編輯委員會編著，《中國美學史資料選編》（上）（下）（台北：輔新書局，民國 73 年 9 月初版）。

4. 丹青藝叢編委會編，《當代美學論集》（台北：丹青圖書有限公司，民國 78 年再版）。

5. 毛漢光，《兩晉南北朝士族政治之研究》（台北：中國學術著作獎助委員會，民國 55 年出版）。

6. 王力堅，《六朝唯美詩學》（台北：文津出版社有限公司，1997 年 7 月初版）。

7. 王力堅，《魏晉詩歌的審美觀照》（台北：文津出版社有限公司，2000 年 1 月初版）。

8. 王夫之，《古詩評選（船山遺書全集二十）》（台北：中國船山學會、自由出版社聯合印行，民國 61 年出版）。

9. 王伊同，《五朝門第》（香港：中文大學出版社，1987 年出版）。

10. 王仲犖，《魏晉南北朝史》（台北：谷風出版社，民國 76 年出版）。

11. 王志弘譯（R. J. Johnston, D. Gregory, and D.M. Smith eds），《人文地理學詞典選譯》（台北，1995 年 4 月二版）。

12. 王邦雄等編著，《中國哲學史》（台北：國立空中大學，民國 87 年 1 元月初版）。

13. 王玫，《六朝山水詩史》（天津：天津人民出版社，1996年8月初版）。

14. 王金凌，《中國文學理論史》（台北：華正書局，民國77年4月初版）。

15. 王師更生，《文心雕龍讀本》（台北：文史哲出版社，民國80年9月初版）。

16. 王師國瓔，《中國山水詩研究》（台北：聯經出版事業公司，民國75年出版）。

17. 王弼，《老子王弼注》（台北：復文圖書出版社，民國70年10月初版）。

18. 王朝聞主編，《美學概論》（北京：人民出版社，1981年6月初版）。

19. 王貴苓，《陶淵明及其詩的研究》（文史叢刊之十八，台北：國立台灣大學文學院印行，民國55年5月初版）。

20. 王運熙、顧易生主編，《中國文學批評通史——魏晉南北朝卷》（上海：上海古籍出版社，1996年12月出版）。

21. 王煒、周國平編，《當代西方著名哲學家評傳（第九卷人文哲學）》）（濟南：山東人民出版社，1996年出版）。

22. 王夢鷗，《傳統文學論衡》（台北：時報文化出版企業有限公司，民國76年6月初版）。

23. 王瑤，《中古文學史論》（台北：長安出版社，民國64年出版）。

24. 王曉毅，《放達不羈的士族》（台北：文津出版社，民國79年出版）。

25. 王繪絜，《傅玄及其詩文研究》（台北：文津出版社，1997年6月初版）。

26. 北大中文系編，《魏晉南北朝文學史參考資料》（台北：里仁書局，民國81年3月出版）。

27. 古直，《阮嗣宗詩箋》（台北：廣文書局有限公司，民國68年10月三版）。

28. 古直，《曹子建詩箋》（台北：廣文書局有限公司，民國65年4月三版）。

29. 田余慶，《東晉門閥政治》（北京：北京大學出版社，1989年1月初版）。

30. 田曼詩，《美學》（台北：三民書局股份有限公司，民國82年10月五版）。

31. 伍至學編，《哲學雜誌》第十一期（美學的極致：盡美與盡善）（台北：業強出版社，民國84年出版）。

32. 伍蠡甫，《山水與美學》（台北：丹青圖書有限公司，民國76年出版）。

33. 任繼愈主編，《中國哲學發展史（魏晉南北朝）》（北京：人民出版社，1988年4月出版）。

34. 成復旺，《神與物遊》（台北：商鼎文化出版社，民國81年出版）。

35. 朱光潛，《西方美學史》（台北：漢京文化事業有限公司，民國 71 年 10 月初版）。

36. 朱光潛，《美學再出發》（台北：丹青圖書有限公司，出版年月不詳）。

37. 朱光潛，《啓蒙運動的美學》（台北：金楓出版有限公司，民國 76 年 出版）。

38. 朱光潛，《悲劇心理學》（台北：駱駝出版社，民國 76 年出版）。

39. 朱光潛，《談美》（台北：國文天地雜誌社，民國 79 年出版）。

40. 朱光潛編譯，《西方美學家論美與美感》（台北：天工書局，民國 77 年 9 月、10 月出版）。

41. 朱狄，《當代西方美學》（台北：谷風出版社，民國 77 年 12 月台一版）。

42. 朱師榮智，《文氣與文章創作關係研究》（台北：師大書苑有限公司，民國 77 年 3 月初版）。

43. 朱師榮智，《文氣論研究》（台北：台灣學生書局印行，民國 75 年 3 月初版）。

44. 朱義雲，《魏晉風氣與六朝文學》（台北：文史哲出版社，民國 69 年 出版）。

45. 朱德生、冒從虎、雷永生，《西方認識論史綱》（台北：谷風出版社，民國 76 年 12 月出版）。

46. 池上嘉彥（林璋譯），《詩學與文化符號學——從語言學透視》（南京：譯林出版社，1998 年 2 月初版）。

47. 何啓民，《中古門第論集》（台北：學生書局，民國 71 年出版）。

48. 何啓民，《魏晉思想與談風》（台北：台灣學生書局，民國 79 年 6 月 出版）。

49. 伽達默爾，《哲學解釋學》（上海：上海譯文出版社，1994 年出版）。

50. 作者不詳，《美學基本原理》（台北：麥芽文化，出版日期不詳）。

51. 余斯大，《建安七子》（長沙：岳麓書社，1998 年 6 月初版）。

52. 余嘉錫，《世說新語箋疏》（台北：華正書局，民國 78 年出版）。

53. 吳功正，《六朝美學史》（南京：江蘇美術出版社，1994 年 12 月一版）。

54. 呂思勉，《魏晉南北朝史》（台北：台灣開明書店，民國 72 年出版）。

55. 李中華，《新譯抱朴子》（台北：三民書局，民國 85 年 4 月初版）。

56. 李元洛，《詩美學》（台北：東大圖書股份有限公司，民國 79 年 2 月 初版）。

57. 李幼蒸《理論符號學導論》（北京：中國社會科學出版社，1993 年 3

月初版）。

58. 李孝定，《甲骨文字集釋》（中研院史語所專刊之五十）。

59. 李昉等同編，《太平廣記》（台北：明倫書局，民國 60 十年出版）。

60. 李建中，《心哉美矣——漢魏六朝文心流變史》（台北：文史哲出版社，民國 82 年 9 月初版）。

61. 李建中，《魏晉文學與魏晉人格》（漢口：湖北教育出版社，1998 年 9 月初版）。

62. 李景華，《建安文學述評》（北京：首都師範大學出版社，1994 年 7 月初版）。

63. 李澤厚，《美的歷程》（台北：元山書局，民國 75 年出版）。

64. 李澤厚，《美學四講》（台北：三民書局股份有限公司，民國 85 年 9 月出版）。

65. 李澤厚，《美學論集》（上海：文藝出版社，1980 年版）。

66. 李澤厚，《華夏美學》（台北：時報文化出版企業有限公司，民國 78 年出版）。

67. 李澤厚、劉綱紀主編，《中國美學史》第一卷（上）（下）（台北：谷風出版社，1987 年 2 月再版）。

68. 李澤厚、劉綱紀主編，《中國美學史》第二卷（台北：谷風出版社，台一版，民國 76 年 12 月出版）。

69. 李醒塵，《西方美學史教程》（台北：淑馨出版社，1996 年 10 月初版）。

70. 沙特（陳宣良等譯），《存在與虛無》（民國 79 年出版，台北：桂冠圖書有限公司）。

71. 汪耀進、武佩榮譯（R. Barthes 原著），《戀人絮語》（A Lover's Discourse）（台北：唐山出版社，民國 79 年 7 月初版）。

72. 周發祥，《西方文論與中國文學》（南京：江蘇教育出版社，1997 年 11 月初版）。

73. 周憲，《二十世紀西方美學》（南京：南京大學出版社，1997 年 12 月初版）。

74. 周憲，《中國當代審美文化研究》（北京：北京大學出版社，1997 年 11 月出版）。

75. 宗白華，《美學的散步》（台北：洪範書店有限公司，民國 76 年 3 月四版）。

76. 宗白華，《藝境》（北京：北京大學出版社，1987 年出版）。

77. 林芬芳，《陸雲及其作品研究》（台北：文津出版社，1997 年 6 月初版）。

78. 林美齡，《世說新語中所反映的思想》（台北：文津出版社，民國 79 年）。

79. 林師文月，《山水與古典》（台北：純文學出版社有限公司，民國 65 年 10 月初版）。

80. 林瑞翰，《魏晉南北朝史》（台北：五南圖書出版公司，民國 79 年 5 月初版）。

81. 邱鎮京，《阮籍詠懷詩研究》（台北：文津出版社，民國 69 年 7 月出版）。

82. 金開誠，《文藝心理學概論》（北京：北京大學出版社，1999 年 1 月二版）。

83. 俞紹初，《建安七子集》（台北：文史哲出版社，民國 79 年 4 月初版）。

84. 俞智敏、陳光達、王淑燕譯（Chris Jenks 著），《文化》（Culture）（台北：巨流圖書公司，民國 87 年一版）。

85. 姜一涵編著，《中國美學》（台北：空中大學，民國 81 年初版）。

86. 柯師慶明，《文學美綜論》（台北：長安出版社，民國 72 年出版）。

87. 柯師慶明，《境界的探求》（台北：聯經出版事業公司，民國 66 年出版）。

88. 柯師慶明、曾師永義編輯，《兩漢魏晉南北朝文學批評資料彙編》（台北：成文出版社，民國 67 年出版）。

89. 洪順隆，《六朝詩論》（台北：文津出版社，民國 74 年 3 月再版）。

90. 范文瀾，《文心雕龍注》（台北：台灣開明書店，民國 74 年出版）。

91. 迪克・赫布迪齊（Dick Hebdige）原著、張儒林譯，《次文化：生活方式的意義》（Subculture: The Meaning of Style）（台北：駱駝出版社，1997 年 9 月初版）。

92. 韋政通，《中國思想史》下冊（台北：水牛圖書出版事業有限公司，民國 81 年 9 月十一版）。

93. 香港中文大學中國語言學系主編，《魏晉南北朝文學論集（魏晉南北朝文學國際研討會論文集）》（台北：文史哲出版社，民國 83 年出版）。

94. 凌繼堯，《西方美學藝術學擷英》（上海：上海人民出版社，1998 年 4 月初版）。

95. 唐長孺，《魏晉南北朝史論拾遺》共收論文十四編，讀史釋詞八篇（1958～1982）（台北某書商（未署名）影印本，出版年代未詳）。

96. 夏鑄九，《公共空間》（台北：藝術家出版社，1994 年出版）。

97. 夏鑄九、王志弘編譯《空間的文化形式與社會理論讀本》（台北：明

文書局，民國 82 年 3 月增訂再版）。

98. 孫良水，《阮籍審美思想研究》（台北：文津出版社有限公司，1999年 7 月初版）。

99. 孫旗，《藝術美學探索》（台北：結構群文化公司，民國 81 年出版）。

100. 徐復觀，《中國藝術精神》（台北：台灣學生書局，民國 5 年 2 月初版）。

101. 海德格（王慶節　陳嘉映譯），《存在與時間》（台北：久大文化股份有限公司、桂冠圖書股份有限公司，1990 年 1 月初版）。

102. 袁濟喜，《六朝美學》（北京：北京大學出版社，1999 年 1 月二版）。

103. 郝立權，《陸士衡詩注》（台北：藝文印書館，民國 65 年 10 月再版）。

104. 國立成功大學中文系主編，《魏晉南北朝文學與思想學術研討會論文集》（台北：文史哲出版社，民國 80 年出版）。

105. 國立成功大學中文系主編，《魏晉南北朝文學與思想學術研討會論文集第二輯》（台北：文津出版社有限公司，民國 82 年出版）。

106. 崔富章，《新譯嵇中散集》（台北：三民書局，民國 87 年 5 月初版）。

107. 張仁青，《六朝唯美文學》（台北：文史哲出版社，民國 69 年 11 月出版）。

108. 張法，《中西美學與文化精神》（北京：北京大學出版社，1994 年 6 月初版）。

109. 張彥遠，《法書要錄》（上海：商務印書館，民國 25 年 12 月初版）。

110. 張彥遠，《歷代名畫記》（台北：商務印書館，民國 55 年）。

111. 張溥，《漢魏六朝一百三家集》（台北：新興書局，民國 57 年 3 月新一版）。

112. 戚廷貴，《藝術美與欣賞》（台北：丹青圖書有限公司，民國 77 年出版）。

113. 敏澤，《中國美學思想史》第一卷（濟南：齊魯書社，1987 年 7 月初版）。

114. 曹道橫，《南朝文學與北朝文學研究》（南京：江蘇古籍出版社，1998年 7 月初版）。

115. 淡江大學中國文學研究所主編，《文學與美學——當代中國美學之省思》第四集（台北：文史哲出版社，民國 84 年 9 月初版）。

116. 郭繼生，《籠天地於形內：藝術史與藝術批評》（台北：聯經出版事業公司，民國 75 年 5 月初版）。

117. 陳伯君，《阮籍集校注》（北京：中華書局，1987 年 10 月初版）。

118. 陳偉，《文藝美學論綱》（上海：學林出版社，1997 年 3 月初版）。

119. 陳傳席，《六朝畫論研究》（台北：台灣學生書局，民國 80 年 5 月初版）。

120. 陸貴山，《美學・文論・批評》（桂林：廣西師範大學出版社，1996 年 4 月初版）。

121. 章國鋒、王逢振主編，《二十世紀歐美文論名著博覽》（北京：中國社會科學出版社，1998 年 1 月初版）。

122. 傅亞庶，《三曹詩文全集譯注》（長春：吉林文史出版社，1997 年 1 月出版）。

123. 勞思光，《新編中國哲學史（二）》（台北：三民書局股份有限公司，民國 76 年 9 月增訂三版）。

124. 勞幹，《魏晉南北朝史》（台北：中國文化大學出版部，民國 80 年 6 月二版）。

125. 景蜀慧，《魏晉詩人與政治》（台北：文津出版社，民國 80 年 11 月出版）。

126. 曾祖蔭，《中國古代美學範疇》（台北：丹青圖書有限公司，民國 76 年出版）。

127. 湯用彤，《漢魏兩晉南北朝佛教史》上卷（中華書局，1955 年出版）。

128. 著者不詳（顧俊發行），《西方美學名著引論》（台北：木鐸出版社，民國 77 年 9 月初版）。

129. 黃永武，《中國詩學——設計篇》（台北：巨流圖書公司，民國 66 年出版）。

130. 黃永武，《中國詩學——鑑賞篇》（台北：巨流圖書公司，民國 66 年出版）。

131. 黃長美，《中國庭園與文人思想》（台北：明文書局，民國 77 年 4 月三版）。

132. 黃集偉，《審美社會學》（北京：東方出版社，1991 年 10 月初版）。

133. 黃暉，《論衡校釋》（台北：台灣商務印書館，民國 58 年 1 月臺二版）。

134. 黃節，《曹子建詩注》（台北：藝文印書館，民國 64 年 9 月三版）。

135. 黃節，《魏文武明帝詩註》（台北：藝文印書館，民國 61 年 9 月二版）。

136. 黑格爾著、朱孟實譯，《美學》第三卷（台北：里仁書局，民國 71 年 3 月出版）。

137. 黑格爾著、賀自昭、王玖興譯，《精神現象學》（台北：里仁書局，民國 73 年 7 月出版）。

138. 逯欽立，《先秦漢魏晉南北朝詩》（台北：木鐸出版社，民國 77 年出版）。

139. 奧夫相尼柯夫、拉祖姆内依主編，《簡明美學辭典》（台北：駱駝出版社，民國 81 年 4 月初版）。

140. 楊小濱，《否定的美學：法蘭克福學派的文藝理論和文化批評》（台北：麥田出版有限公司，1995 年 3 月初版）。

141. 楊仁愷主編，《中國書畫》（台北：南天書局有限公司，民國 85 年 5 月出版）。

142. 楊家駱主編，《新校本三國志附索引》（台北：鼎文書局，民國 79 年 2 月六版）。

143. 楊家駱主編，《新校本宋書附索引》（台北：鼎文書局，民國 79 年 7 月六版）。

144. 楊家駱主編，《新校本南史附索引》（台北：鼎文書局，民國 74 年 3 月四版）。

145. 楊家駱主編，《新校本南齊書附索引》（台北：鼎文書局，民國 79 年 7 月六版）。

146. 楊家駱主編，《新校本後漢書并附編十三種》（台北：鼎文書局，民國 79 年出版）。

147. 楊家駱主編，《新校本晉書并附編六種》（台北：鼎文書局，民國 79 年 6 月七版）。

148. 楊家駱主編，《新校本梁書附索引》（台北：鼎文書局，民國 79 年 7 月六版）。

149. 楊家駱主編，《新校本陳書附索引》（台北：鼎文書局，民國 79 年 7 月六版）。

150. 楊恩寰，《審美心理學》（北京：東方出版社，1991 年 9 月初版）。

151. 楊祖聿，《詩品校注》（台北：文史哲出版社，民國 70 年出版）。

152. 葉太平，《中國文學之美學精神》（台北：水牛出版社，民國 87 年 7 月初版）。

153. 葉日光，《左思生平及其詩之析論》（台北：文史哲出版社，民國 68 年 4 月初版）。

154. 葉秀山，《美的哲學》（北京：東方出版社，1991 年 9 月初版）。

155. 葉師慶炳，《中國文學史》（台北：學生書局，民國 76 年出版）。

156. 葉朗，《中國小說美學》（台北：天山出版社，出版日期不詳）。

157. 葉朗，《中國美學史》（台北：文津出版社，民國 85 年 1 月出版）。

158. 葉朗主編,《現代美學體系》(台北:書林出版有限公司,民國 82 年 10 月一版)。

159. 葉潮,《文化視野中的詩歌》(成都:巴蜀書社,1997 年 5 月初版)。

160. 葛路,《中國古代繪畫理論發展史》(台北:丹青圖書有限公司,出版時間不詳)。

161. 鈴木虎雄撰、洪順隆譯,《中國詩論史》(台北:台灣商務印書館,民國 68 年出版)。

162. 廖師蔚卿,《六朝文論》(台北:聯經出版事業公司,民國 74 年出版)。

163. 管雄,《魏晉南北朝文學史論》(南京:南京大學出版社,1998 年 3 月初版)。

164. 臺師靜農編,《百種詩話類編》(台北:台北藝文印書館,民國 63 年出版)。

165. 趙士林,《當代中國美學研究概述》(台北:谷風出版社,民國 77 年 11 月台一版)。

166. 趙幼文,《曹植集校注》(台北:明文書局,民國 74 年 4 月初版)。

167. 趙憲章,《二十世紀外國美學文藝學名著精義》(南京:江蘇文藝出版社,1987 年 9 月初版)。

168. 齊力、蔡錦昌、黃瑞祺譯(Raymond Aron 著),《近代西方社會思想家:涂爾幹、巴烈圖、韋伯》(台北:聯經出版事業公司,民國 75 年 5 月出版)。

169. 齊師益壽,《陶淵明的政治立場與政治理想》(文史叢刊之二十五,台北:國立台灣大學文學院印行,民國 57 年 4 月初版)。

170. 劉大杰,《中國文學發達史》(香港:古文書局,1973 年出版)。

171. 劉文潭譯(Wtadystaw Tatarkiewicz 著),《西洋六大美學理念史》(台北:聯經出版事業公司,民國 78 年 10 月初版)。

172. 劉永濟,《文心雕龍校釋》(台北:華正書局,民國 70 年 10 月初版)。

173. 劉昌元,《西方美學導論》(台北:聯經出版事業公司,民國 76 年 8 月修訂再版)。

174. 劉若愚(杜國清譯),《中國文學理論》(台北:聯經出版事業公司,民國 70 年 9 月初版)。

175. 劉師培,《中國中古文學史》(台北:鼎文書局,民國 66 年 2 月初版)。

176. 劉康,《對話的喧聲——巴赫汀文化理論述評》(台北:麥田出版有限公司,民國 84 年 5 月出版)。

177. 劉淑芬,《六朝的城市與社會》(台北:台灣學生書局,民國 81 年

10 月初版）。

178. 劉道廣，《中國古代藝術思想史》（上海：上海人民出版社，1998 年 4 月初版）。

179. 劉漢初，《六朝詩發展述論》（台大中文研究所博士論文，民國 73 年）。

180. 劉熙載，《藝概》（台北：華正書局，民國 77 年出版）。

181. 德尼斯‧伊斯曼著；樂棟、關寶艷譯，《美學》（台北：遠流出版公司，民國 79 年出版）。

182. 樊華森、楊恩寰等合著，《美學教程》（台北：曉園出版社，1992 年 5 月初版）。

183. 滕守堯，《審美心理描述》（成都：四川人民出版社，1998 年 3 月初版）。

184. 滕守堯，《藝術社會學描述》（台北：生智文化事業有限公司，1997 年 4 月初版）。

185. 滕守堯、張金言編，《當代西方著名哲學家評傳》（第八卷藝術哲學〈導論〉）（濟南：山東人民出版社，1996 年 1 月初版）。

186. 蔡英俊，《比興物色與情景交融》（台北：大安出版社，民國 75 年 5 月初版）。

187. 鄭美珍，《曹子建詩之研究》（香港新亞書院碩士論文，民國 76 年）。

188. 鄭毓瑜，《六朝文氣論探究》（台北：國立臺灣大學出版委員會，民國 7 年 6 月初版）。

189. 鄭毓瑜，《六朝情境美學》（台北：里仁書局，民國 86 年 12 月初版）。

190. 鄧仕樑，《兩晉詩論》（香港：中文大學，1972 年 1 月初版）。

191. 蕭統編、李善等注，《增補六臣注文選》（台北：漢京文化事業有限公司，民國 72 年出版）。

192. 蕭馳，《中國詩歌美學》（北京：北京大學出版社，1986 年 11 月初版）。

193. 諾伯舒茲（C. Norberg-Schulz）著、施植明譯，《場所精神——邁向建築現象學》（Genius Loci: Towards a Phenomenology of Architecture）（台北：田園城市文化事業有限公司，民國 84 年 3 月初版）。

194. 錢中文、李衍柱主編，《文學理論：面向新世紀》（濟南：山東人民出版社，1997 年 7 月初版）。

195. 錢志熙，《魏晉詩歌藝術原論》（北京：北京大學出版社，1993 年 1 月初版）。

196. 謝凝高,《山水審美:人與自然的交響曲》(台北:淑馨出版社,民國 81 年出版)。

197. 鍾嘉文譯(泰雷‧伊格頓原著),《當代文學理論》(台北:南方叢書出版社,民國 77 年 1 月初版)。

198. 鍾優民,《中國詩歌史》(高雄:麗文文化事業股份有限公司,民國 83 年 5 月初版)。

199. 韓格平,《竹林七賢詩文全集譯注》(長春:吉林文史出版社,1997 年 1 月初版)。

200. 韓格平,《建安七子詩文集校注譯析》(長春:吉林文史出版社,1991 年 10 月初版)。

201. 韓格平,《建安七子綜論》(長春:東北師範大學出版社,1998 年 1 月初版)。

202. 聶恩彥,《郭弘農集校注》(太原:山西人民出版社,1991 年 4 月初版)。

203. 顏進雄,《六朝服食風氣與詩歌》(台北:文津出版社,民國 82 年 8 月初版)。

204. 羅宗強,《玄學與魏晉士人心態》(台北:文史哲出版社,民國 81 年 11 月初版)。

205. 羅宗強,《魏晉南北朝文學思想史》(北京:中華書局,1996 年 10 月初版)。

206. 嚴可均,《全上古三代秦漢三國六朝文》(台北:世界書局,民國 8 年出版)。

207. 蘇珊‧朗格,《藝術問題》(北京:中國社會科學出版社,1983 年出版)。

208. 蘇紹興,《兩晉南朝的士族》(台北:聯經出版事業公司,民國 86 年出版)。

209. 龔鵬程,《文化符號學》(台北:台灣學生書局,民國 81 年 8 月初版)。

學位論文

1. 丁嬪娜,《陸機研究》(輔大中文所碩士論文,民國 61 年)。

2. 王文進,《論六朝詩中巧構形似之言》(師大國文所碩士論文,民國 67 年)。

3. 王次澄,《兩晉五言詩研究》(東吳大學中文研究所碩士論文,民國 65 年)。

4. 王秋傑,《陸機及其詩賦研究》(臺大中文所碩士論文,民國 82 年)。

5. 王貴苓，《陶淵明及其詩的研究》（臺大中文所碩士論文，民國 47 年）。

6. 朴泰德，《建安時代鄴下文士的研究》（臺大中文所碩士論文，民國 78 年）。

7. 朴敬姬，《魏晉儒道之爭》（政大中文所博士論文，民國 76 年）。

8. 江建俊，《魏晉玄理與玄風研究》（文化中文所博士論文，民國 75 年）。

9. 余寶貝，《阮籍研究》（文化中文所碩士論文，民國 75 年）。

10. 李中庸，《漢魏晉玄風的流變及其展現》（清大史研所碩士論文，民國 78 年）。

11. 李正治，《六朝詠懷組詩研究》（師大國文所碩士論文，民國 69 年）。

12. 李永生，《嵇康研究》（臺大中文所碩士論文，民國 72 年）。

13. 李國熙，《兩漢魏晉辭賦中失志題材作品之研究》（文化中文所碩士論文，民國 75 年）。

14. 李清筠，《時空情境中的自我影像──以阮籍、陸機、陶淵明詩爲例》（師大國文所博士論文，民國 88 年）。

15. 李清筠，《魏晉名士人格研究》（師大國文所碩士論文，民國 79 年）。

16. 李瑞騰，《六朝詩學研究》（文化中研所碩士論文，民國 67 年）。

17. 沈禹英，《魏晉隱逸詩研究》（政大中文所碩士論文，民國 73 年）。

18. 周大興，《魏晉玄學中「自然與名教」關係問題研究》（文化哲研所碩士論文，民國 78 年）。

19. 周靜佳，《六朝形神思想與審美觀念》（臺大中文所碩士論文，民國 77 年）。

20. 林泰德，《建安時代鄴下文士的研究》（臺大中文所碩士論文，民國 79 年）。

21. 林顯庭，《魏晉清談及其名題之研究》（文化哲研所博士論文，民國 71 年）。

22. 金南喜，《魏晉飲酒詩探析》（台大中文研究所碩士論文，民國 74 年）。

23. 施忠賢，《魏晉「言意之辨」研究》（中央中文所碩士論文，民國 78 年）。

24. 孫良水，《阮籍審美思想研究》（高師大國文研究所博士論文，民國 87 年）。

25. 徐麗霞，《阮籍研究》（師大國文所碩士論文，民國 68 年）。

26. 栗子菁，《魏晉任誕士風研究》（臺大中文所碩士論文，民國 76 年）。

27. 康萍，《魏晉遊仙詩研究》（輔大中文所碩士論文，民國 59 年）。

28. 張仁青，《魏晉南北朝文學思想史論》（師大國文所博士論文，民國 67 年）。

29. 張玲娜，《六朝隱逸思想研究》（輔大中文所碩士論文，民國 73 年）。

30. 張釩星，《魏晉知識分子道家意識之研究》（政大中文所博士論文，民國 76 年）。

31. 張堯欽，《阮籍研究》（臺大中文所碩士論文，民國 81 年）。

32. 張鈞莉，《六朝遊仙詩研究》（台大中文研究所碩士論文，民國 76 年）。

33. 張鈞莉，《魏晉美學趨勢之研究》（師大國文所博士論文，民國 86 年）。

34. 張靖亞，《魏晉南朝繪畫美學研究》（東海哲研所碩士論文，民國 75 年）。

35. 張蓓蓓，《漢晉人物品鑒研究》（臺大中文所博士論文，民國 73 年）。

36. 莊師耀郎，《原氣》（師大國文所碩士論文，民國 73 年）。

37. 陳大爲，《建安七子詩研究》（香港新亞書院碩士論文，民國 68 年）。

38. 陳玉惠，《陸機詩研究》（高師大國文研究所碩士論文，民國 76 年）。

39. 陳昌明，《六朝「緣情」觀念研究》（臺大中文所碩士論文，民國 75 年）。

40. 陳欣欣，《阮籍思想人格初探》（香港能仁學院哲研所碩士論文，1983 年）。

41. 陳淑美，《潘岳及其詩文研究》（文化中文所碩士論文，民國 86 年 6 月）。

42. 陳義成，《漢魏六朝樂府研究》（輔大中文所碩士論文，民國 62 年）。

43. 陳慧玲，《由世說新語探討——魏晉清談與雋語之關係》（東吳中文所碩士論文，民國 75 年）。

44. 黃偉倫，《六朝玄言詩研究》（華梵大學東方人文思想研究所碩士論文，民國 88 年 1 月）。

45. 黃雅歆，《魏晉詠史詩研究》（台大中文研究所碩士論文，民國 79 年）。

46. 黃錦燦，《曹丕文學研究》（香港新亞學院中文所碩士論文，1979 年）。

47. 楊建國，《天人感應哲學與兩漢魏晉文學思想》（東海中文所碩士論文，民國 79 年）。

48. 葉日光，《詩人潘岳及其作品校注》（政大中文所碩士論文，民國 57 年）。

49. 葉言都，《兩晉世族政治形勢發展演變之研究》（臺大史研所碩士論文，民國 63 年）。

50. 賈元圓，《六朝人物品鑒與文學批評》（東吳中文所碩士論文，民國 74 年）。

51. 寥柏森，《世說新語中人物美學之研究》（東海哲研所碩士論文，民國 78 年）。

52. 劉瑞琳，《魏晉玄論思想之研究》（東吳中文所碩士論文，民國 73 年）。

53. 劉漢初，《六朝詩發展述論》（臺大中文所博士論文，民國 73 年）。

54. 鄭毓瑜，《六朝藝術理論中之審美觀研究》（臺大中文所博士論文，民國 78 年）。

55. 鄭煥鍾，《郭象思想研究》（臺大中文所碩士論文，民國 73 年）。

56. 盧建榮，《魏晉自然思想研究》（師大史研所碩士論文，民國 66 年）。

57. 蕭振邦，《從後設美學論先秦至魏晉儒道美學規模》（文化哲研所博士論文，民國 79 年）。

58. 蕭登福，《嵇康研究》（政大中文所碩士論文，民國 65 年）。

59. 錢佩文，《論晉詩之個性與社會性》（師大國文所碩士論文，民國 75 年）。

60. 顏國明，《魏晉儒道會通思想之研究》（師大國文所碩士論文，民國 75 年）。

期刊、單篇論文

1. 丁履譔，〈中國古代美學思潮的再體認〉（《高雄師院學報》八期，民國 69 年 1 月）。

2. 毛漢光，〈五朝軍權轉移及其對政局之影響〉（《中研院史語所集刊》第三十七本，1967 年 6 月）。

3. 王力堅，〈自然之道與白賁之美——正始詩歌審美理想新探〉（《大陸雜誌》，第九十一卷第五期，民國 84 年 11 月）。

4. 王力堅，〈西晉形式主義文論的貢獻〉（《中國文化月刊》，第一八五期，民國 84 年 3 月）。

5. 王力堅，〈西晉詩人——張協、陸機對藝術形式美的追求〉（《中國文化月刊》，第一九七期，民國 85 年 3 月）。

6. 王力堅，〈理論的剛柔分野與創作的柔美歸趨——論六朝文學風格形態〉（《中國國學》第二十四期，民國 85 年 10 月）。

7. 王志弘，〈後現代的空間思考：愛德華‧索雅（Edward W. Soja）思想評介〉（《空間》雜誌五十三期，民國 82 年）。

8. 王夢鷗，〈試論曹丕怎樣發見文氣〉（《中外文學》八卷四期，民國 68 年 9 月）。

9. 王夢鷗,〈劉勰的創作論與陸機文賦之比較〉(《中外文學》第十一卷第一期,民國 71 年 6 月)。

10. 王增斌、董振歐,〈論西晉孫楚〉(《山西文獻》第四十五期,民國 84 年 1 月)。

11. 王曉毅,〈西晉玄學與佛教的互動〉(《中國文哲研究集刊》第九期,1996 年 9 月)。

12. 田兆元,〈天人合一與古代美學〉(《中國文化月刊》一七○期,民國 82 年 12 月)。

13. 田哲益,〈魏晉玄學與魏晉文學思潮的互動〉(《中華文化復興月刊》十二期,民國 79 年 12 月)。

14. 田哲益,〈魏晉清談與玄學和魏晉文學思潮的互動關係〉(《中國文化月刊》一四六期,民國 79 年 12 月)。

15. 朴泰德,〈劉勰、鍾嶸評論曹操的詩歌〉(《中國語文》第四六一期,民國 84 年 11 月)。

16. 朱光潛,〈形象思維在文藝中的作用和思想性〉,收錄於《美學再出發》(台北:丹青圖書有限公司,出版年月不詳)。

17. 朱光潛,〈維柯的《新科學》的評價〉,收錄於《美學再出發》(台北:丹青圖書有限公司,出版年月不詳)。

18. 何啓民,〈東晉時代的南北族群問題〉(《歷史月刊》九十四期,民國 84 年 11 月)。

19. 何啓民,〈魏晉思想與士族心態〉(《國立政治大學歷史學報》第一期,民國 72 年 3 月)。

20. 吳天任,〈正始文學與阮籍詠懷〉(《中國詩季刊》第十六卷第四期,民國 74 年 12 月)。

21. 吳金治,〈西晉大詩人左思及其妹左芬〉(《反攻月刊》第四五五期,民國 76 年 9 月)。

22. 沈志方,〈論鄴下樂府的主題類型〉(《古典文學》第十二集,民國 81 年 10 月)。

23. 沈淦,〈東晉中興名士溫嶠〉(《歷史月刊》第一一三期,1997 年 6 月)。

24. 辛金順,〈從生命的形態——試論曹操的遊仙詩〉(《文明探索叢刊》第九卷,民國 76 年 4 月)。

25. 宗白華,〈中國畫論中的美學思想〉(《鵝湖》五卷十期,民國 69 年 4 月)。

26. 林師文月,〈潘岳陸機詩中的「南方」意識〉(《台大中文學報》第五期,民國 81 年 6 月)。

27. 林師文月，〈蓬萊文章建安骨——試論中世紀詩壇風骨之式微與復興〉（《中外文學》第十一卷第一期，民國 71 年 6 月）。

28. 林朝成，〈六朝佛家美學——以宗炳暢神說爲中心的研究〉（《國際佛學研究》二期，民國 81 年 12 月）。

29. 林麗真，〈魏晉人論聖賢高士〉（《孔孟月刊》十八卷三期，民國 68 年 11 月）。

30. 林麗真，〈魏晉清談名士之類型及談風之盛況〉（《書目季刊》十七卷三期，民國 72 年 12 月）。

31. 杰姆遜，（台灣譯爲詹明信）〈後現代主義或晚期資本主義邏輯〉，收錄於王岳川、尚水編《後現代主義文化與美學》（北京：北京大學出版社，1992 年 2 月初版）。

32. 祁志祥，〈中國古代藝術觀照方式論——「心物交融」說〉（《文藝理論研究》1990 年六期，1990 年 6 月）。

33. 邱師燮友，〈中國文學美學的本質與內涵〉（《中等教育》四十二卷五期，民國 80 年 10 月）。

34. 胡曉明，〈由「陳思贈弟」看曹魏政權的文化品質〉（《中國文化月刊》第一九七期，民國 85 年 3 月）。

35. 徐復觀，〈中國文學中的氣的問題文心雕龍風骨篇疏補〉，收錄於《中國文學論集》（台中：民主評論社，民國 55 年 3 月初版）。

36. 袁行霈，〈中國古典詩歌的意象〉（《文學遺產》1983 年四期，1983 年 4 月）。

37. 袁行霈，〈論意境〉（《文學評論》1980 年四期，1980 年 4 月）。

38. 高友工，〈文學研究的美學問題（下）：經驗材料的意義與解釋〉（《中外文學》第十二期，民國 68 年 5 月）。

39. 高友工，〈文學研究的美學問題（上）：美感經驗的定義與結構〉（《中外文學》第七卷第十一期，民國 68 年 4 月）。

40. 崔末順，〈嵇康四言詩及其詩的評價——與阮籍詩評價的比較爲主〉（《人類學報》第三卷第二十一期，民國 86 年 8 月）。

41. 張大新，〈明理、圖貌、傳神、寫心〉（《文學評論》1992 年 2 期，1992 年 2 月）。

42. 張玲，〈從世說新語看魏晉士風的轉變〉（《史學會刊 （東海大學）》十五期，民國 77 年 6 月）。

43. 張鈞莉，〈從遊仙詩看曹氏父子的性格與風格〉（《中外文學》第二十卷第五期，民國 80 年 10 月）。

44. 張蓓蓓，〈東晉詩家孫許殷謝通考〉（《文史哲學報》第四十六期，民

國 86 年 6 月）。

45. 莊師耀郎，〈魏晉形體美學試論〉（《國文學報》第二十六期，民國 86 年 6 月）。

46. 郭紹虞，〈文氣的辨析〉，收錄於《照隅室古典文學論集》（上海：上海古籍出版社，1983 年 9 月初版）。

47. 陳志梧譯（Paul Rabinow 原著），〈空間、知識與權力：與米歇・傅寇對談〉（Space Knowledge and Power: Interview of Michel Foucault），收錄於夏鑄九、王志弘編譯，《空間的文化形式與社會理論讀本》（台北：明文書局，民國 82 年出版）。

48. 陳志梧譯（傅寇原著），〈不同空間的正文與上下文〉（Text and Contexts of Other Space），收錄於夏鑄九、王志弘編譯，《空間的文化形式與社會理論讀本》（台北：明文書局，民國 82 年出版）。

49. 陳協志，〈曹操詩歌風格之探析〉（《輔大中研所學刊》第五期，民國 84 年 9 月）。

50. 陳昌明，〈「形—氣—神」——中國人獨特的美學思維〉（《國文天地》九卷九期總號一〇五，民國 83 年 2 月）。

51. 陳芳汶，〈試論阮籍詠懷詩〉（《人文學報》第二卷第十八期（民國 84 年 7 月）。

52. 陳美朱，〈嵇康、阮籍的「理想士人論」——由「宏達先生」與「大人先生」的形象談起〉（《孔孟月刊》第三十四卷第二期，民國 84 年 10 月）。

53. 陳貞吟，〈阮籍詠懷詩研究〉（《中國國學》第二十一期，民國 82 年 11 月）。

54. 陳鴻銘，〈曹植之文學理論與實踐〉（《人文學報》第三卷二一期，民國 86 年 8 月）。

55. 陶希聖，〈東晉之世族名士與州郡權力〉（《食貨月刊》第四卷第七期，民國 74 年 12 月，民國 63 年 10 月）。

56. 景蜀慧，〈西晉名教之治與放達士風〉（《中國文化月刊》第一四二期，民國 80 年 8 月）。

57. 曾文樑，〈從世說新語談魏晉文人與酒〉（《輔仁國文學報》六期，民國 79 年 6 月）。

58. 曾春海，〈魏晉「自然」與「名教」之爭探義〉（《國立政治大學學報》六十一期，民國 79 年 6 月）。

59. 湯用彤，〈嵇康、阮籍之學〉（《中國文化》第二期，民國 79 年 6 月）。

60. 程南洲，〈試析陸機〈文賦〉的文學理論與文體分類〉（《中國語文》

第七十四卷第四期，民國 83 年 4 月）。

61. 黃忠信，〈魏晉玄學與詩歌〉（《東吳大學中國文學系系刊》六期，民國 69 年 6 月）。

62. 黃振民，〈嵇康詩研究〉（《教學與研究》第九期，民國 76 年 6 月）。

63. 黃景進，〈論儒學對魏晉至齊梁文論之影響：兼論六朝文藝美學之特徵〉（《中華學苑》三十六期，民國 77 年 4 月）。

64. 黃錦鋐，〈曹丕典論論文對魏晉文風的影響〉（《書目季刊》十七卷三期，民國 72 年 12 月）。

65. 葉日光，〈左思生平及其作品年代之推測〉（《明新學報》第一期，民國 68 年 11 月）。

66. 葉日光，〈略論左思詩中之文辭〉（《明新學報》第二期，民國 70 年 6 月）。

67. 葉朗，〈中國傳統美學的現代意味〉（《哲學與文化》二十一卷一期、總號二三六，民國 83 年 1 月）。

68. 廖俐惠，〈鬱鬱澗底松──評左思《詠史》詩〉（《中國語文》第八十一卷第二期，民國 86 年 8 月）。

69. 廖師蔚卿，〈晉末宋初的山水詩與山水畫〉（《大陸雜誌》四卷四期，1952 年 2 月）。

70. 廖師蔚卿，〈從文學現象與文學思想的關係談六朝「巧構形似之言」的詩（上）、（下）〉（《中外文學》三卷七期、八期，1974 年 12 月、1975 年 1 月）。

71. 管雄，〈聲律論的發生和發展及其在中國文學史上的影響〉（《古代文學理論研究》第六輯，1982 年 9 月）。

72. 趙雅博，〈中古與當代士林派之美學〉（《大陸雜誌》八十四卷三期，1987 年 3 月）。

73. 齊師益壽，〈陸機文賦所代表的文學觀〉（《中外文學》第八卷第二期，民國 68 年 7 月）。

74. 劉琦、徐潛，〈言意之辨與魏晉南北朝文學思維理論的發展〉（《文藝研究》，1992 年 4 月）。

75. 劉楚華，〈維摩經與東晉士人的生死觀〉（《鵝湖月刊》第二○卷第七期總號第二三五期，民國 84 年 1 月）。

76. 劉滌凡，〈六朝風骨論的美學思想〉（《中國國學》二十期，民國 81 年 11 月）。

77. 滕固，〈中世人的苦悶與遊仙的文學〉（《小說月報》十七卷（號外），1927 年 6 月）。

78. 鄭毓瑜，〈六朝文學審美論探究〉(《中外文學》第二十一卷第五期，民國 81 年 10 月)。

79. 魯迅，〈魏晉風度及文章與藥及酒之關係〉，收錄於《魯迅全集》第三卷 (台北：谷風出版社，民國 78 年 12 月台一版)。

80. 盧明瑜，〈六朝玄言詩小探〉(《中國文學研究》第三輯，民國 78 年 5 月)。

81. 蕭振邦，〈魏晉前期審美觀的轉化與特色暨「人物志」的美學意義〉(《國立中央大學人文學報》九期，民國 80 年 6 月)。

82. 錢穆，〈略論魏晉南北朝學術文化與當時門第之關係〉(《新亞學報》五卷二期，1963 年 8 月)。

83. 戴璉璋，〈玄學中的音樂思想〉(《中國文哲研究期刊》第十期，1997 年 3 月)。

84. 簡復聰，〈魏晉南北朝社會風尚〉(《東海歷史》，1974 年)。

85. 顏崑陽，〈論魏晉南北朝文質觀念及其所衍生諸問題〉(《古典文學》第九集 (台北：台灣學生書局，民國 76 年 4 月)。

86. 龔鵬程，〈文學的美學思考〉(《文藝月刊》一六五期，民國 72 年 3 月)。

西　文

1. Bachelard, G.（1969），The Poetics of Space, Boston: Beacon Press.

2. Bakhtin,M.（1984），Rabelais and His World, Indiana University Press.

3. Bourdieu,P.（1993），The Field of Cultural Production: Essays on Art and Literature（Randal Johnson ed.），Cambridge UK.：Polity Press in association with Blackwell Publishers.

4. Davis,R.C.and Schleifer, R.（1986），Contemporary Literary Criticism: Literary and Cultural Studies, New York: Longman.

5. Heidegger, M.（1985），"Building Dwelling Thinking", Basic Writings, 台北：雙葉書店，民國 74 年出版

6. Lacan, J.,（1949/1977），"The Mirror Stage as Formative of the Function of the I as Revealed in Psychoanalytic Experience", in Alan Sheridan ed. Ecrits, London: Tavistock, pp.1～7.

7. Soja, E.W.（1989），Postmodern Geographies, London: Verso.

8. Weber,M.（1958），The Protestant Ethic and the Sprit of Capitalism, New York : Charles Scribner's Sons.

9. Williams,R.（1984），Keywords: A Vocabury of Culture and Society, 台北：書林出版有限公司，民國 73 年 8 月出版。